R.S.

Beate Vera

Ein Sommer in Berlin

Beate Vera

Ein Sommer in Berlin

Roman

Jaron Verlag

Originalausgabe
1. Auflage 2015

www.jaron-verlag.de
Umschlaggestaltung: Bauer+Möhring, Berlin. Foto:
© plainpicture/Ingrid Michel
Satz: Pinkuin Satz und Datentechnik, Berlin
Druck und Bindung: CPI books GmbH, Leck

ISBN 978-3-89773-791-4

Für all die tollen Frauen,
deren Träume platzten
und die etwas Besseres daraus gemacht haben,
und für Jutta L., die weiß, warum

Carpe diem!
Denken Sie nur an all diese Frauen auf der Titanic,
die, als der Dessertwagen vor ihnen stand,
abgewunken haben.
Erma Bombeck

Man kann lieben, ohne glücklich zu sein,
und man kann glücklich sein, ohne zu lieben.
Aber lieben und dabei glücklich sein,
das wäre ein Wunder.
Honoré de Balzac

Ein französisches Sprichwort besagt: Die Liebe besteht aus Dummheiten und Vernunft. Nach dieser Maxime war ich bis dato eine mächtig dusselige Kuh.

»Bis dato« umfasste in erster Linie die vergangenen fünfzehn Jahre, die ich mit Hanno verbracht habe. Hanno Hecht war groß, gut aussehend, hatte stets ein gewinnendes Lächeln aufgesetzt und immer einen guten Spruch auf den Lippen. Hanno war zwölf Jahre älter als ich. Er hatte früh »mit Literatur Karriere gemacht«, wie er seinen Lebensweg beschrieb – gefragt oder ungefragt. Während seines Germanistikstudiums in den frühen achtziger Jahren hatte Hanno mit dem Verfassen von Arztromanen begonnen. Die waren so gut gelaufen, dass er damit seinen Lebensunterhalt hatte bestreiten wollen. Hanno wechselte dann zu BWL und machte 1986 seinen Abschluss mit *summa cum laude*. Direkt im Anschluss daran gründete er mit einem Startkapital, das er seinen Eltern verdankte, einen eigenen Verlag, die Mediola Verlags GmbH. Anfang der Neunziger konzipierte er eine überaus erfolgreiche Heftreihe mit dem Titel *Der Vollmondrächer* – Geschichten um einen Mann Ende vierzig, der sich des Nachts in einen Werwolf verwandelt und Verbrechen und Unrecht bekämpft. Die Serie um den äußerlich unscheinbaren Buchhalter, der im Mondschein zum jugendlich-virilen Kämpfer für Gerechtigkeit wird und dabei sämtliche Frauenherzen erobert, brach alle deutschen Verkaufsrekorde und wurde auch international erfolgreich. Hannos Eltern bekamen ihr Darlehen mit einer ordentlichen Rendite zurück. Noch rund 25 Jahre später war die Mediola unangefochtener Marktführer im Segment Romanheft.

Hanno Hecht haute mich buchstäblich um, als wir uns das erste Mal begegneten. Ich wollte mich gerade in der Schöneberger Buchhandlung, in der ich damals arbeitete, vor dem Regal *Fremdsprachliche Titel* nach dem Band *La Poursuite du bonheur* bücken, einem frühen Werk von Michel Houellebecq, als Hanno fast in mich hineinlief. Im Fallen riss ich das installationsartige Buchdisplay von Günter Grass' neuem Bestseller *Mein Jahrhundert* um und fand mich, hingestreckt wie ein hilfloser Käfer, in einem Stapel Bücher wieder. Hanno lachte lauthals, bevor er mir betont galant wieder aufhalf. »Aber, aber, meine Liebe, ich habe wohl einen umwerfenden Effekt auf Sie ...«

Als er mich anstrahlte, war es schon um mich geschehen – viele Jahre lang glaubte ich fortan an die Liebe auf den ersten Blick. Dass selbiger damals stark getrübt war, war mir leider nicht klar. Mal Hand aufs eigene Herz: Haben Sie etwa noch nie Ihr Lenor-Gewissen ignoriert? Hanno lud mich am selben Abend zum Essen ein und erzählte mir alles von sich. Seine Selbstsicherheit, seine gewandten Umgangsformen, sein teurer Maßanzug und seine Erfolgsgeschichte beeindruckten mich sehr.

Ich war 25 und hatte bis zu jenem Zeitpunkt drei Liebhaber gehabt. Christoph war der erste. Ich war furchtbar jung und furchtbar verliebt. Er trat nach dem Abitur ein Studium in Göttingen an und erledigte diese große Liebe furchtbar schnell. Während meiner Ausbildung zur Buchhändlerin verliebte ich mich dann in Rainer. Rainer war sehr rücksichtsvoll – so rücksichtsvoll, dass es sechs Monate dauerte, bis ich herausfand, dass er auch Verhältnisse mit der Schwester eines Ausbildungskollegen und deren bester Freundin hatte. Kein Wunder, dass ich ihn eher selten zu Gesicht bekommen hatte.

Die folgenden zwei Jahre lang konzentrierte ich mich auf meine Ausbildung und machte einen sehr ordentlichen Abschluss. Es folgten ein Jahr im Ausland und der Beginn eines Studiums der französischen Sprache. Im Laufe des zweiten Semesters änderte ich meine Meinung und trat kurz darauf den Job in Quinns Buchhandlung an. Mein Chef und ich wurden kaum acht Wochen, nachdem er mich eingestellt hatte, ein Paar.

Quinn, eigentlich Quintus Hartmann, als fünftes und letztes Kind seiner promovierten Eltern an einem 5. Mai geboren, war ein echter Bücherwurm. Wir hatten ein paar schöne Jahre, in denen wir viele schöne Bücher lasen, viele schöne Dinge unternahmen und viele schöne Orte sahen. Dann wollte ich mehr. Ich wollte einen Ehemann. Ich wollte Kinder. Quinn wollte das nicht, und die Beziehung fand ein Ende. Unser Arbeitsverhältnis blieb davon nicht unberührt, und ich hatte mich schon eine ganze Weile nach einer neuen Stelle umgesehen, als ich im Grass'schen *Jahrhundert* landete.

Was soll ich sagen? An dem Abend, als Hanno mich zum Essen ausführte, gingen wir ohne große Umschweife miteinander ins Bett. Hanno war ein versierter Liebhaber, der alles unter Kontrolle hatte. Das genügte mir. Lodernde Leidenschaft, da war ich mir sicher, wurde überbewertet. Ich hängte meinen Job in Quinns Laden an den Nagel. Hanno und ich waren sechs Monate später verheiratet, und es folgten viele Jahre, in denen ich mich glücklich wähnte. 2001 bekamen wir Helene, knapp drei Jahre danach kam Vincent, und weitere drei Jahre später brachte ich Daniel auf die Welt. Wir hatten ein großes Haus in Kleinmachnow, in dem wir regelmäßig unsere Nachbarn, Freunde und Hannos Geschäftspartner bewirteten. Meine Tage waren damit ausgefüllt, drei Kinder und den Haushalt zu organisieren, mich um den Garten zu kümmern, Abendessen mit Gästen auszurichten und unsere Urlaube vorzubereiten. Ich stand jeden Morgen um fünf Uhr dreißig auf – Frühstücksbrote für Kita und Schule schmierten sich nicht alleine. Die Vormittage verbrachte ich mit Hausarbeit sowie Einkauf und Planung der Abendessen. Dann holte ich die Kinder ab, fuhr sie zu Sport, Musik und Freunden oder sorgte für ein vernünftiges Rahmenprogramm bei uns daheim für die Zeit bis zum Abend. Wenn die Kinder abends im Bett lagen und kein Dinner anstand, nähte ich kaputte Kinderkleidung, backte Kuchen, Muffins oder Kekse, bereitete das Mittagessen für den nächsten Tag vor und kümmerte mich um die Bügelwäsche. Um Mitternacht, meist sogar weitaus später, fiel ich regelmäßig erschöpft ins Bett.

Sporadisch kehrte unsere Nachbarin Franziska auf einen Kaffee oder ein Glas Sekt ein, wenn sie am frühen Nachmittag aus dem Büro kam. Sie wohnte drei Häuser weiter und hatte einen Sohn, der drei Jahre älter als Helene war und eine internationale Ganztagskita und später die Ganztagsschule besuchte, der sie angegliedert war. Franziska war ständig im Stress. Ein Halbtagsjob, das Haus, Kosmetik und vier Sportkurse in der Woche nahmen ihre ganze Zeit in Anspruch. Ich beneidete sie gelegentlich um ihre Putzfrau, teilte aber Hannos Meinung, dass das nicht nötig sei bei uns, da ich ja zu Hause war.

Hanno entsprach derweil dem klassischen Vaterbild des zwanzigsten Jahrhunderts. Das Leben seiner Kinder kannte er nur vom Rande her. Abends zog er sich, wenn wir keine Gäste hatten, oft in sein Arbeitszimmer zurück, und an den Wochenenden brauchte er seine Ruhe, wenn er nicht geschäftlich auf dem Golfplatz zu tun hatte. Außerdem arbeitete er an seinem Romandebüt. Der König des Kitschromans versuchte sich an echter Literatur. Rund fünf Jahre lang. Dass er nicht nur an seinem Roman arbeitete, sondern sich auch in einschlägigen Online-Kontaktforen tummelte, wenn er in seinem Arbeitszimmer verschwunden war, erfuhr ich erst viel später.

Ich hatte nichts Falsches an meinem Leben gesehen. Die Kinder waren bestens versorgt. Sie besuchten erstklassige Schulen, wir hatten ein wunderschönes Zuhause, und ich würde meine Zille-Hüften auch bald wieder unter Kontrolle bekommen, da war ich mir ganz sicher. Dass Hanno und ich nach den drei Kindern kein aufregendes Liebesleben mehr führten, schien mir wenig problematisch. Ich war eben meist zu müde, und Hanno war zu selten daheim. Es ging uns doch gut.

Dusselige Kuh! Sagte ich ja bereits.

An jenem Tag, der meinem Leben eine unerwartete Wendung gab, stand ich mit einem weiteren Schreiben von Hannos Anwalt in der Hand vor meinem Schlafzimmerspiegel, der einmal *unser* Schlafzimmerspiegel gewesen war. Was ich sah, war das fleischgewordene Versagen. Viel Versagen und viel Fleisch.

Der Mai neigte sich dem Ende zu und hatte seinem Ruf als Wonnemonat alle Ehre gemacht. Berlin war in sattem Grün erstrahlt, die Temperaturen hatten sich auf rund 25 Grad eingependelt, und die Aussichten standen auf heiter bis sonnig. Mir war jedoch nicht nach Sommer zumute, während ich zurückblickte, denn die vergangenen neun Monate waren trostlos und düster gewesen.

Hanno war neun Monate zuvor, im September, am Wochenende nach meinem vierzigsten Geburtstag, ausgezogen und hatte den Teppich unter meinen Füßen gleich mitgenommen. Ich hatte Dana Sroka, seine neue Marketingchefin, kennengelernt. Wie alle neuen Mitglieder seiner Führungsriege hatte er sie zum Abendessen zu uns nach Hause eingeladen. Wir verbrachten einen angeregten Abend miteinander. Dana lobte mein Essen überschwenglich und verglich es mit dem ihrer Kindheit. Ihre Eltern kamen aus Krakau und führten ein Restaurant in Charlottenburg. Ich fühlte mich geschmeichelt und fand sie sehr sympathisch. Sie bewunderte unseren Garten und die wunderschönen Rosenbeete, während sie sich ihr Chasuble aus Rohseide um die Schultern legte, weil es ein wenig zu kühl war abends. Sie war stilvoll, eloquent und begleitete ihre Ausführungen mit temperamentvollen Handbewegungen. Sie war eine wahre Augenweide.

Die polnische Sexbombe spannte mir keine drei Monate später meinen Mann aus. Getrieben hatten sie es miteinander vermutlich bereits am Nachmittag jenes Tages, an dem sie uns abends besuchte. Auf dem Mahagoni-Schreibtisch in Hannos Büro.

Hanno zog zu ihr. Während ich die Kinder in die Schule brachte, packte er die nötigsten Sachen zusammen. Meine Tränen ignorierte er bei seinem Abschied gekonnt. Im Flur drehte er sich noch einmal um und sagte beinahe beleidigt: »Trine, schau dich doch mal an! Du passt einfach nicht mehr zu mir. Du hattest doch nach Daniels Geburt genug Zeit, dich wieder auf Vordermann zu bringen. Ich werde auch nicht jünger und muss einfach mal an mich denken. Ich brauche eine junge, dynamische Partnerin an meiner Seite. Es kann dich doch wirklich nicht überraschen, dass mir Dana mehr zu bieten hat!« Die Tür bereits in der Hand, fügte er noch hinzu: »Ich lasse meine restlichen Sachen morgen abholen. Dann hast du genug Zeit, sie zusammenzupacken.«

Die Haustür fiel mit dem lautesten Geräusch von Einsamkeit ins Schloss, das man sich vorstellen kann.

Der Tag, an dem meine Welt zusammenbrach, war ein wunderbarer Spätsommertag. Die Luft war warm, die Vögel zwitscherten, und die Sonne strahlte vom Himmel. Es war ein Vormittag, der zu einem späten oder zweiten Frühstück auf der Terrasse einlud, ein Morgen wie in der perfekten Reklamewelt. Nur ich passte nicht hinein: Ich fror erbärmlich und klapperte mit den Zähnen, während ich versuchte, meinem Entsetzen über das, was gerade geschehen war, Einhalt zu gebieten. Nachdem Hanno fort war, lief ich ins Bad, um mich zu übergeben. Noch zwei Stunden später kauerte ich als Häufchen Elend zwischen Toilette und Badewanne. Ich weiß nicht mehr, wie ich es schaffte, die Kinder von ihren Schulen abzuholen, ihnen Mittagessen zu machen und sie dann zu ihren Nachmittagsaktivitäten zu bringen. Helene, meine Große, schaute mich zwar ein paar Male neugierig von der Seite an, stellte aber keine Fragen.

Sie nehmen sicher an, ich hätte Hannos Anzüge zerschnitten oder wenigstens aus dem Fenster in den Vorgarten geworfen. Da muss ich Sie enttäuschen. Ich verpackte seine Kleidung ganz ordentlich in unserem mehrteiligen Burberry-Kofferset.

Am frühen Abend klingelte es an der Tür. Ich hatte gehofft, es wäre Franziska, meine Nachbarin, der ich in meiner Verzweiflung mehrere SMS geschickt hatte, doch statt ihrer schaute mich Hannos Fahrer voller Mitgefühl an. Er überreichte mir den ersten Brief seines

Chefs und griff sich Hannos Koffer, die bereits im Flur auf ihn warteten. Dann lud er sie in den Kofferraum, nickte mir kurz zu und setzte schließlich rückwärts aus der Einfahrt hinaus. Den Kindern sagte ich nichts an jenem Tag. Helene nahm die beiden umgefallenen Flaschen Rotwein vor dem Sofa am nächsten Morgen genauso wortlos zur Kenntnis wie meine rotgeweinten Augen.

In jenem ersten Schreiben ließ Hanno durch seinen Anwalt, Herrn Doktor Eberhard Wittig, ankündigen, sich kulant zeigen zu wollen, so ich vernünftig sei. »Wittig – wie witzig, nur ohne Z, dafür mit einem zweiten T«, so stellte der sich stets vor. Ich möge bitte *die Sache* den Kindern erklären, ohne ihren Vater in einem schlechten Licht dastehen zu lassen, las ich. Schließlich trüge ich ja die Hauptschuld am Scheitern unserer Ehe. Er erwarte die drei an jedem zweiten Wochenende in Frau Srokas Stadtwohnung in Mitte, zum ersten Mal am nächsten Wochenende. Frau Sroka freue sich schon darauf, mit den Kindern tolle Sachen zu unternehmen. Das Haus ließe er schnellstmöglich verkaufen, auf dem aktuellen Immobilienmarkt stelle das sicher kein Problem dar. Ich bekäme eine Summe *zur Überbrückung*. Er nähme an, dass drei Monate ausreichend für mich seien, einen Umzug zu organisieren und mir eine Arbeit zu suchen. Der Unterhalt, den er für die Kinder zu zahlen bereit sei, läge über dem Betrag, zu dem er verpflichtet sei – ein weiteres Zeichen seines Entgegenkommens. Doktor Wittig wünschte mir *viel Glück* auf meinem *weiteren Weg* und wies auf seine Kontaktdaten hin, da ich ab sofort über ihn mit Hanno zu kommunizieren hätte. Mein zukünftiger Exgatte hatte an alles gedacht.

Jenem ersten Schreiben waren weitere gefolgt, in beinahe monatlichem Rhythmus. Es ging immer um die Besuche der Kinder. Zunächst wollte er sie schon ab Donnerstag bis einschließlich Sonntag bei sich haben. Ich widersprach. Nach drei Monaten kürzte er dann den Unterhalt ganz erheblich. Ich fragte nach dem Grund. Wittig offenbarte mir daraufhin, dass sämtliche Gewinne der letzten beiden Geschäftsjahre sowie nahezu auch alle privaten Rücklagen des Herrn Hecht in die Firma geflossen seien – wegen dringend notwendiger Umstrukturierungsmaßnahmen und eines Firmenumzugs. Herr Hecht selbst bezöge nur noch ein eher bescheidenes Gehalt und sei somit nicht in der Lage, mehr zu zahlen. Hanno ließ regelmäßig die Frage stellen, wann ich endlich wieder in Lohn und Brot stünde, lieferte genaue monatliche Auflistungen von den Ausgaben, die er an »seinen« Wochenenden für die Kinder getätigt habe, und erwähnte eine Vielzahl anderer Belastungen, denen er ausgesetzt sei.

Mein Geld war knapp geworden. Die Kinder mussten auf ihre Hobbys verzichten, da Hanno sich weigerte, die Kosten dafür weiter zu tragen. Im vorletzten Schreiben hatte Doktor Wittig (wie witzig, nur ohne Witz, fand ich mittlerweile) bemängelt, Herr Hecht und Frau Sroka hätten die Kinder *wieder einmal neu einkleiden müssen*, da deren Kleidung verschmutzt gewesen sei, und überdies hätte Herr Hecht beim Abholen warten müssen. Daniel hatte an jenem Freitag darauf bestanden, sein Lieblingssweatshirt anzuziehen, das ich nur heimlich waschen durfte, wozu ich einige Wochen nicht gekommen war. Das sah man dem guten Stück an. Doch Daniel war nicht davon abzubringen, nur in diesem Pullover zu seinem Vater zu gehen. Und da Hanno bereits unten hupte und Siebenjährige doch ohnehin nur nach Keksen und Liebe rochen, auch wenn sie noch so lange in derselben Kleidung steckten, hatte ich Daniel seinen Willen gelassen, einen Pullover zum Wechseln in die Tasche gesteckt und die Kinder hinunter zu ihrem Vater geschickt.

Ich stand nun also mit dem aktuellen Schreiben von Hannos Anwalt vor dem Spiegel in meinem Schlafzimmer. Was dachte Hanno sich nur dabei, seinen Anwalt derartige Briefe aufsetzen zu lassen? Ich verstand sein Verhalten nicht nur mir, sondern vor allem auch den Kindern gegenüber von Woche zu Woche weniger. Er führte einen bestens organisierten Kleinkrieg gegen mich, und ich hatte nichts, um mich dagegen zur Wehr zu setzen. Ich kam mir vor wie eine Maus, die mit gebrochenen Hinterbeinen darauf wartete, dass die Katze sie endlich verschlänge. Die aber schubste das lustig zappelnde Ding nur weiter hin und her.

Seit seinem ersten Schreiben waren neun Monate vergangen. Neun dunkle, kalte, hässliche Monate, in denen ich meinen Kindern wieder und wieder erklären musste, warum ihr Vater nicht nur unser Zuhause verlassen hatte, sondern dieses Zuhause auch verkauft hatte und wir umziehen mussten. Neun schlaflose, durchweinte und verzweifelte Monate, in denen ich zu viel trank und große Angst vor der Zukunft hatte. Neun Monate, in denen ich funktionierte, damit die Geschehnisse – Trennung, Umzug, neue Schulen, Mama am Rande eines Nervenzusammenbruchs – für die Kinder möglichst wenig belastend wurden.

Den Weihnachtsabend hatte ich alleine verbringen müssen. Hanno hatte darauf bestanden, dass die Kinder das Weihnachtsfest mit ihm und Dana in Berlin-Mitte feierten. Franziska hatte ihre und die Eltern ihres Mannes bei sich und bedauerte, mich nicht dazubitten zu können, und meine Eltern waren ebenfalls furchtbar enttäuscht, den Heiligen Abend ohne ihre Enkel verbringen zu müssen, und hatten sich von Freunden in ein Restaurant einladen lassen. Ich hätte davor nicht für möglich gehalten, dass man jemanden so vermissen konnte, dass es körperlich schmerzte. Um vier öffnete ich eine Flasche Rotwein. Als Hanno die Kinder zurückbrachte, war die dritte zur Hälfte leer – und ich betrunken. Anders hätte ich diesen Tag nicht überstanden.

Die Kinder hatten eigentlich bei ihrem Vater übernachten sollen, aber die drei hatten abends um halb neun so lange Terror gemacht, bis er nachgegeben und sie nach Hause gefahren hatte. Hannos Blick hatte Bände gesprochen, als er mich im Türrahmen unserer neuen Wohnung stehen sah.

Hannos Anwalt listete in dem zweiseitigen Brief, den ich in meiner zitternden Hand hielt, speziell diesen Vorfall als deutlichen Beweis für meine Unfähigkeit auf, Herrn Hechts Kindern ein stabiles und liebevolles Umfeld zu gewährleisten. Frau Sroka hingegen habe ein neues Haus in Köpenick gekauft, in welches sie mit Herrn Hecht und dessen Kindern einzuziehen gedenke. Es verfüge über einen weitläufigen Garten und drei große Kinderzimmer, die auf ihre neuen Bewohner warteten. Genau wie Wanja, der Golden Retriever, den Frau Sroka aus pädagogischen Gründen angeschafft habe. In der Nähe läge eine wunderbare internationale Ganztagsschule, die alle drei Kinder besuchen könnten und ein phantastisches Angebot an Arbeitsgemeinschaften und weiteren Freizeitangeboten für die Schüler böte. Ich dürfe die Kinder jedes zweite Wochenende und jeweils die Hälfte der Ferienzeiten sehen, so ich dieses Angebot akzeptiere. Überdies schlug Herr Doktor Wittig vor, das offizielle Trennungsdatum einvernehmlich um vier Monate rückzuverlegen, so dass er die Scheidung unmittelbar einreichen könne. Es sei mir sicherlich ebenfalls daran gelegen, möglichst schnell klare Verhältnisse zu schaffen. Für den Fall, dass ich seinen *Wünschen* nicht entspräche, behielte Herr Hecht sich vor, das Jugendamt einzuschalten und das alleinige Sorgerecht einzuklagen.

Damit war Hanno zu weit gegangen! Ich ließ die Hand, in der ich das Schreiben hielt, sinken und blickte ganz genau in den Spiegel. Ich sah eine mittelgroße Frau mit großen blaugrauen Augen, unter denen dunkle Schatten lagen, einer klassischen Nase über einem vollen Mund, blassen und aufgesprungenen Lippen, fahler Haut und strähnigen Haaren, einem vollen Busen über einem erkennbaren Bauch und üppigen Hüften sowie kräftigen Schenkeln, die die weite graue Jogginghose nicht verbergen konnte, sondern eher noch betonte. Das vor fünfzehn Jahren aufgenommene Foto, das ich im Spiegel an der Wand hinter mir sehen konnte, zeigte eine völlig andere Person. Die schlanke, sportliche Frau dort strahlte, sie sah ausgesprochen glücklich aus. Ihr aschblondes Haar leuchtete, sie war leicht gebräunt und trug ein knielanges Sommerkleid, das ihr ausgesprochen gut stand. Wie hatte ich es nur so weit kommen lassen können?

Ich zerknüllte das Papier in meiner Hand, sah meinem Spiegelbild tief in die Augen und fasste einen Entschluss: Hanno Hecht würde sich *meine* Kinder nicht schnappen!

Mit der neuen Wohnung hatten wir unglaublichen Dusel. Unser Vermieter, Herr Meyerbeck, hatte sich schon lange nicht mehr um seine Immobilie gekümmert. Heiner Meyerbeck war ein älterer Herr, der sich für das von seinen Schwiegereltern geerbte Haus nicht mehr interessierte, seit seine Frau Magda zwei Jahre zuvor verstorben war. Der Makler, der dort seine Geschäftsräume gehabt hatte, hatte vor kurzem gekündigt, weil er sich vergrößern wollte. Seitdem stand das Gebäude leer. Aufgrund der Lage hätte Herr Meyerbeck sehr viel Geld für das Haus bekommen können, doch es zu verkaufen interessierte ihn nicht. Herr Meyerbeck war ein sehr guter Freund meines Vaters und der Nachbar meiner Eltern. Er hatte einen äußerst eigenwilligen Bluthund namens Hugo, einen ehemaligen Zollhund, dem er zu einem verdient gemütlichen Ruhestand verholfen hatte. Er war selbst pensionierter Zollbeamter und fand, man müsse zusammenhalten. Paps hatte Herrn Meyerbeck um Hilfe gebeten, und der hatte nichts dagegen, dass wir die Wohnung im obersten Stock bezogen, wenn wir ein Auge auf die leerstehenden Ladenräume darunter hätten. Das Haus war denkmalgeschützt, die Wohnung war renovierungsbedürftig und lag an der vielbefahrenen Potsdamer Straße, deren Verlängerung über Zehlendorf und Nikolassee bis nach Wannsee führte – und die Miete, die Herr Meyerbeck für die Fünfzimmerwohnung haben wollte, war lachhaft.

Glück hatten wir auch mit den Nachbarn. Im Nebenhaus wohnte Familie Alvarez Garcia, die Kinder freundeten sich schon kurz nach unserem Einzug an. Astrid Alvarez hatte ihren Mädchennamen Marotzke abgelegt und den wohlklingenden Nachnamen ihres Mannes angenommen. Sie war Kinderärztin und arbeitete in Teilzeit in einer Praxis, die in unmittelbarer Nachbarschaft lag. Astrid war im Kiez bekannt wie ein bunter Hund, obwohl die Familie erst seit drei Jahren hier wohnte. Astrids Mann hatte aus beruflichen Gründen von Barcelona nach Berlin wechseln müssen.

Am Tag unseres Einzugs kam sie am frühen Abend mit einer Paellapfanne von enormer Größe, einer Flasche Rotwein, zwei Gläsern und ihren Kindern vorbei, um uns willkommen zu heißen. »Hallo! Wir wohnen nebenan, ich bin Astrid, das hier sind Marisol, Jake und Pilar, meine Kinder. Wir haben Sie einziehen sehen und dachten uns, Sie haben sicher nichts Vernünftiges im Kühlschrank an so einem Tag und noch viel zu tun. Da haben wir kurzerhand eine Paella gemacht. Ich hoffe, Sie mögen Paella!« Sie wandte sich an die Kinder. »Und wer seid ihr?«

Die drei stellten sich vor, und ich nahm dieser wunderbaren Frau die Pfanne ab. Das Reisgericht roch phantastisch. »Das ist furchtbar nett von Ihnen. Aber kommen Sie doch erst einmal herein! Helene, kannst du dich mit den Jungs ums Tischdecken kümmern, bitte?«

Die sechs Kinder trabten an den Esstisch im Wohnzimmer und verteilten Teller, Gläser und Besteck. Ich zog in der Küche den Korken. Hätte ich noch in Kleinmachnow unter Hannos Fittichen gestanden, hätte ich ihren Besuch übergriffig finden müssen. An jenem Abend war ich einfach nur froh über die freundliche Geste und die Ablenkung, denn nicht nur die Wohnung, sondern auch wir vier befanden uns in einem desolaten Zustand. Franziska hatte keine Zeit gehabt, uns unter die Arme zu greifen. »Beruflich zu viel zu tun, und am Abend die Doppelstunde Mental Balance«, hatte sie mir am Telefon erklärt.

Mit Astrid wehte ein frischer Wind in unser neues Leben. Sie hatte zahlreiche Bekannte, die sie, ohne zu zögern, abrief, um mir ein wenig Hilfe beim Renovieren zukommen zu lassen. Jake unterstützte mich beim Zusammenbauen einiger Möbelstücke, zur Verzückung von Helene, die auf einmal ein Interesse am Möbelbau entwickelte, das man ihr vorher nicht zugetraut hätte.

In den kurz darauf beginnenden Herbstferien schickte ich die Kinder für zwei Wochen ins Bauernhof-Ferienlager nach Brandenburg. Hanno weilte mit seiner Dana in der Finca von deren Eltern auf Mallorca. Ich nutzte die Zeit und renovierte unser neues Heim in einem wahnwitzigen Tempo. Das Ergebnis war zufriedenstellend. Nach fünfzehn Jahren Übung im Umsetzen der neuesten Deko-Trends verfügte ich über nicht zu missachtende Fähigkeiten auf dem Gebiet der Inneneinrichtung.

Die Kinder wechselten nach den Herbstferien die Schulen. Sie gewöhnten sich bemerkenswert rasch an ihr neues Umfeld und schlossen neue Freundschaften. Ich beneidete sie darum. Mir fehlte unser großer Garten mit meinen über Jahre gehegten Rosensträuchern und der großen Haselnuss hinten am Zaun ebenso wie das gelegentliche Plauschen über den Gartenzaun mit vorbeischlendernden Nachbarn.

Daniel machte mir Sorgen. Seit sein Vater uns alle entwurzelt hatte, schlief er nicht mehr alleine. Ich genoss es zwar, den Zwerg in meinen Armen zu haben, während wir in meinem Bett lagen und ich ihm eine Gutenachtgeschichte vorlas, doch es wurde Zeit, ihn wieder an sein eigenes Zimmer zu gewöhnen. Bald.

Franziska meldete sich weiterhin kaum bei mir. *Dauerstress im Job*, so lautete die Antwort auf meine SMS, und ich war doppelt froh über die neue Freundschaft, die sich mit Astrid anbahnte. Während ich renovierte, half Astrid, wo sie nur konnte: Sie versorgte mich mit einer warmen Mahlzeit am Tag, wusch Wäsche für mich, bis unsere eigene Maschine installiert war, und zeigte sich am Ende meiner Hauruck-Aktion voll ehrlicher Bewunderung für meine Leistung. Ich hatte sie sofort gemocht und empfand es als Glück, sie kennengelernt zu haben. Astrid versuchte stets, mich auf bessere Gedanken zu bringen. Ihr Mann Diego war viel im Ausland unterwegs, vorrangig in spanischsprachigen Ländern. Er war Ingenieur und verantwortete die Installation modernster Turbinentechnik für ein börsennotiertes Unternehmen mit Sitz in Berlin. Bislang kannte ich ihn nur aus den Erzählungen seiner Familie, die ihn liebevoll »El Cid« nannte, wobei Astrid regelmäßig ihre gelungene Charlton-Heston-Imitation zum Besten gab. Das Paar in dem Film *El Cid* mit der unglaublichen Sophia Loren habe sich ähnlich selten gesehen, erklärte sie. Astrids Kinder Pilar und Jake waren maßgeblich verantwortlich für alles, was Helene derzeit »übelst krass« oder »übelst scheiße« fand. Astrid und ich waren bei unserem zweiten Treffen bereits zum Du übergegangen, und sie versuchte unermüdlich, mir den Rücken zu stärken und mir Mut zu machen.

Ein kurzer Schultag. Mathe und Chemie waren bei Helene ausgefallen. Meine Tochter machte das besonders fröhlich, da sie mit beiden Fächern auf dem Kriegsfuß stand. Bei strahlendem Sonnenschein und karibikblauem Himmel war es auch recht viel verlangt, sich für lineare Gleichungssysteme sowie Stoffe und ihre Eigenschaften zu interessieren, wenn die nicht aus einem Klamottenladen kamen.

Helene sah mich verwundert an, als sie am späten Vormittag von der Schule nach Hause kam. Ich stand in der Küche, Placebo dröhnte durch die Wohnung, die ältere CD, die mit den Coversongs. Astrid hatte sie mir gebrannt, nachdem sie mitbekommen hatte, wie viele Alben dieser Band ich verpasst hatte. Natürlich war bei uns in Kleinmachnow nur Klassik und Jazz in gedämpfter Lautstärke gespielt worden. Hanno besaß schließlich einen gehobenen Geschmack, dem ich mich über die Jahre angepasst hatte. Bei diesem Gedanken musste ich unwillkürlich den Kopf schütteln. Ich hatte so gerne Musik gehört. Das war auch das Erste gewesen, was ich direkt nach unserem Umzug wieder getan hatte. Ich hatte meine alten CDs aus den Kartons geholt und Paps' alte Revox-Anlage, die er seit den frühen Achtzigern besessen und nun uns überlassen hatte, auf ihre Leistung getestet. Beim Auspacken und Einräumen während des Umzugs und der Renovierung der neuen Wohnung hatten mir die alten Scheiben Trost gespendet. Astrid hatte laut gelacht, als sie meine kleine Sammlung gesehen und vor allem festgestellt hatte, wo diese zeitlich aufhörte. Sofort hatte sie beschlossen, meine mangelhaften Kenntnisse moderner Rock- und Pop-Geschichte aufzufrischen. Seitdem bekam ich regelmäßig gebrannte CDs oder MP3-Dateien von ihr mit allem, was ich ihrer und Pilars Meinung nach kennen müsste. Ich hatte keinen Mann mehr, der mir meinen Geschmack madig machte. Ich musste auf niemanden mehr Rücksicht nehmen, denn wir hatten in der Potsdamer Straße keine Nachbarn, die laute Musik hätte stören können. Das Küchenfenster stand offen und ließ die Geräusche des bunten Treibens auf der Potsdamer herein. Leider auch den Autolärm – aber meine Musik war lauter.

»Was ist denn hier los?«, fragte meine große Tochter mich also verwundert, als sie die Küche betrat. Ich drehte die Lautstärke herunter und lehnte das Fenster an.

»Was soll los sein, mein Schatz? Ich koche und höre Musik. Das habe ich früher immer so gemacht.«

Nun gut, »früher«, das war lange her. Das war, bevor sie auf die Welt gekommen war. Aber es war nicht gelogen. In den Zeiten v. H., vor Hanno, lief, wann immer ich kochte, putzte oder aufräumte und wann immer mir danach war, laute Musik. Quinn hatte das nie gestört. Wie kam ich denn plötzlich auf den?

»Du hörst Placebo, Mama!« Es klang wie ein Vorwurf.

»Ja, und? Darf man das in meinem Alter nicht? Ich hab schon Placebo gehört, da warst du noch Quark im Schaufenster, mein Schatz.«

»Die sind voll cool! Jakes Schwester steht total auf die, sie hat uns das letzte Album vorgespielt, das mit diesem voll tollen Song über all diese virtuellen Facebook-Freunde und wie doof das eigentlich alles ist ...«

Astrids älterer Sohn Thiago, den alle Jake nannten – Thiago war die spanische Form von Jakob –, ging ebenfalls auf Helenes neue Schule und war seit dem Jahreswechsel ihr erster Freund. Ich mochte Jake und konnte gut verstehen, dass sich Helene in ihn verguckt hatte. Er sah toll aus mit seinen schwarzen lockigen Haaren und den schönen, dunklen Knopfaugen. Jake war fünfzehn und spielte Handball im Verein. Als Linkshänder und auffällig effektiver Spieler war er vor den Weihnachtsferien von den Reinickendorfer Füchsen gesichtet worden. Seit der Rückrunde gehörte er der ersten C-Jugend-Mannschaft der Füchse an. Er trainierte dreimal in der Woche im Norden Berlins. Helene begleitete ihn an den Wochenenden zu jedem Ligaspiel, seit sie ein Paar geworden waren, und kannte sich bereits recht gut aus im Regelwerk und den Spielsystemen. An den Abenden, an denen Jake Training hatte, lag sie schmachtend auf ihrem Bett und chattete endlos mit ihrer besten Freundin Lavinia.

Jakes zwei Jahre ältere Schwester, Pilar, befand sich im zweiten Kurshalbjahr der Oberstufe und würde im nächsten Jahr ihr Abitur machen. Die kleine Schwester der beiden, Marisol, ging in dieselbe Grundschulklasse wie Daniel. Ich war sehr froh über diese Verbindungen mit den Alvarez Garcias.

Wo meine zahlreichen anderen Freunde waren, fragen Sie? Diese Frage hatte ich mir auch mehrmals in den vergangenen Monaten gestellt, und ich hatte mir eingestehen müssen, dass ich meine alten Freunde im Laufe der Jahre mit Hanno immer mehr vernachlässigt hatte, bis die Kontakte schließlich eingeschlafen waren. Hanno fand die meisten von ihnen ohnehin keinen passenden Umgang für mich, sie seien zu jung und zu unreif. Und ich hatte doch schließlich ohnehin genug zu tun: die Kinder, das Haus, der Garten, Hannos Termine. Das alles hatte mir kaum Zeit gelassen, mal mit Freunden auszugehen oder Sport zu treiben.

Als Kind und als Jugendliche hatte ich in jeder freien Minute auf Roll- oder Schlittschuhen gestanden, und bevor die Kinder kamen, war ich eine passionierte Läuferin gewesen. Ich hatte auf die Halbmarathonstrecke hin trainiert, als ich zum ersten Mal schwanger wurde. Hanno hatte mir damals nahegelegt, keinen Sport mehr zu treiben. Ich sollte lieber nichts riskieren, fand er, und ich tat ihm den Gefallen. Er war ja so besorgt um mich, das fand ich süß. Und nach Helenes Geburt befand er, Joggen oder Inlinern mit Kinderwagen passte nicht zu uns. Also zog ich nach jeder Entbindung mit dem robusten Kinderwagenmodell einer Edelmarke gemessenen Schrittes meine Bahnen durch Kleinmachnow, Hanno zuliebe und des lieben Friedens wegen. Einzig Franziska Becker schaute bei mir vorbei – zumindest immer dann, wenn sie etwas auf dem Herzen hatte oder etwas in ihrer Küche fehlte.

»Mama, seit wann hörst du denn so übelst krasse Musik?«, hakte Helene nach.

Ich legte das Küchenmesser beiseite und blickte meine große Tochter an. Sie war nur noch ein paar Zentimeter kleiner als ich, hatte dunkelblonde lange Haare, strahlend blaue Augen, eine hübsche Stupsnase und einen geschwungenen Mund, der seit einiger Zeit viel zu selten lächelte. Pubertät war ein hässlicher Job, und wenn man vom Vater hängengelassen wurde, war er besonders hässlich. Nicht zum ersten Mal dankte ich meinen Eltern innerlich für die Dominanz ihrer Gene, die dafür gesorgt hatten, dass meine Kinder ihrem Vater nur wenig ähnelten. Helene würde ihre Zahnspange zwar noch ein Jahr tragen müssen, aber selbst mit dem Metallgebiss war sie ein hübsches Mädchen. Sie war im Laufe der letzten Monate stark gewachsen, und ihre Züge hatten jene Kindlichkeit verloren, die ich ihr im vergangenen Sommer noch hatte ansehen können. Sie war, vermutlich auch durch die Ereignisse im Herbst und Winter, zu einer jungen Frau herangereift. Mir schwante, dass ich ein gewisses Thema nicht mehr lange vor mir herschieben konnte. Zunächst galt es aber, mir ein paar Pluspunkte in Sachen Musikgeschmack zu verschaffen.

»Lelli, ich habe früher ganz viel *krasse* Musik gehört.« Den Spitznamen hatte sie von ihrem Bruder bekommen. Vincent hatte seine große Schwester so genannt, als er noch nicht richtig sprechen konnte. »Du hast dir wohl nie die Mühe gemacht, mal meine CDs durchzusehen, was?« Jetzt galt es, meinen größten Trumpf auszuspielen. »Ich habe sogar 1998 einen der ersten Coldplay-Auftritte gesehen, in Camden, als die noch niemand kannte. Das war gigantisch!« Das ganze Wochenende mit Quinn in London war gigantisch gewesen, wenn ich so darüber nachdachte.

Helene klappte die Kinnlade herunter. Coldplay war ihre absolute Lieblingsband. Dann schloss sie ihren Mund wieder, sagte noch einmal »Krass!« und stellte sich neben mich an die Arbeitsplatte. Es war schon lange nicht mehr vorgekommen, dass Helene mir freiwillig im Haushalt half. Sie nahm das Küchenmesser und schnitt die Möhren in Halbkreise. Das Telefon klingelte. Ich fand das Mobilteil unter der Zeitung und ging damit in den Flur.

Caterina Thomas.«

»Trinchen, hier ist deine Mutter.«

Ich hatte irgendetwas tun müssen, das mir nach den vergangenen Monaten wenigstens ein Stück weit das Gefühl der Ohnmacht nahm, und im März meinen Mädchennamen wieder angenommen. Frau Krause, eine sehr freundliche und verständnisvolle Mitarbeiterin des Bürgeramtes, hatte dies möglich gemacht. Ich hatte ihr erklärt, was geschehen war, und sie befand kurzerhand, der Nachname Hecht sei einzuordnen in die *Kategorie lächerlicher Nachnamen,* böte überdies *Anlässe zu frivolen Wortspielen,* und gab meinem Antrag auf Namensänderung statt. Beim Osteressen informierte ich meine Familie über den neuen alten Namen und über meinen Entschluss, auch den ungeliebten, von Hanno kreierten Spitznamen abzulegen, und bat alle, mich wieder Catia zu nennen. Ich hatte die Bitte an meine Mutter, mich nicht mehr Trinchen zu nennen, in den vergangenen Wochen gebetsmühlenartig wiederholt.

»Mama, wärst du so gut und nennst mich nicht mehr Trinchen? Diese Zeiten sind vorbei. Du hast doch früher auch immer Catia gesagt.«

Es folgte die Art beredtes Schweigen, wie sie nur meine Mutter hinbekam. Dann holte sie tief Luft, als müsse sie sich gegen weiteren Wahnsinn wappnen. »Wie du meinst, Trin... ich meine, Catia. Ich denke nur nicht, dass das in deiner Situation irgendeinen Unterschied macht.«

In »meiner Situation«! Was sie nicht aussprach, war der stille Vorwurf, an »meiner Situation« sei eindeutig ich selber schuld. Ich hatte den großartigsten aller Schwiegersöhne vergrault. So liederlich, wie ich mich kleidete, konnte das ja auch nicht wundernehmen. Und mein Haushalt ließ ebenfalls genug zu wünschen übrig. Richtige Ordnung, wie sie ein derart erfolgreicher Mann wie Hanno wohl verlangen konnte, herrschte dort nämlich nie.

Warum steht sie nie auf meiner Seite?, fragte die Fünfzehnjährige in mir. Die Fünfundzwanzigjährige neben ihr fügte hinzu: Und warum ist sie zugleich so abgebrüht im Stricken boshafter Zusammenhänge?

Meine Mutter, die seit meiner Geburt strengste Diät hielt, war der Typ Hausfrau aus den sechziger Jahren, bei der sich nie etwas nicht an seinem Platz befand. Sie putzte das gesamte Haus zweimal in der Woche und duldete keinen Staub und keine Fusseln oder Krümel auf den ihr untergebenen Flächen. Eigentlich war sie dauernd mit einem Lappen oder dem kleinen Handstaubsauger unterwegs. Mein Vater verbrachte, seitdem er in Rente war, seine Tage vermutlich auch deswegen lieber bei seinem Freund und Nachbarn, dem seit drei Jahren verwitweten Heiner Meyerbeck, unserem freundlichen Vermieter. Jedenfalls war das meine Interpretation der Lage daheim im Eggepfad, der im schönen, grünen Zehlendorf in Laufweite zu den Badeseen Krumme Lanke und Schlachtensee lag.

Meine Vornamen verdankte ich übrigens Papas Lieblingssängerin, niemand Geringerem als der Valente. Da meine Mutter seinen Musikgeschmack und seine Vorliebe für Urlaube in Italien teilte, hatte sie ausnahmsweise einmal nichts an seinem Vorschlag auszusetzen, und so wurde ich Caterina Germaine Maria Valentina Thomas getauft. Es gab schlimmere Namen, auch wenn ich auf Behörden und bei der Bank nie ums Buchstabieren und, im Falle älterer Sachbearbeiter, atonale Interpretationen von *Ganz Paris träumt von der Liebe* herumkam.

»Mama, ich möchte es so! Ist euch allen eigentlich nie aufgefallen, dass Trine nach ausgeleierten Jogginghosen in Größe 46 klingt? Ich habe diesen Namen jedenfalls gründlich satt!« Wie die Jogginghosen, setzte ich in Gedanken dazu.

Meine Mutter wäre nicht meine Mutter, wenn sie nicht noch einen draufgesetzt hätte. »Ach, Trin..., ich meine, Catia, da hilft doch kein neuer Name. Was dir fehlt, ist Disziplin! Das habe ich dir doch schon so oft gesagt. Disziplin ist das A und O, wenn man einen Mann halten will. Wenn man aufhört, diszipliniert auf sich achtzugeben, ist es nur eine Frage der Zeit ...«

Ich ließ Telefon und Schultern resigniert hängen und ging ins Wohnzimmer. Dort trat ich ans Fenster und schaute hinaus auf die Potsdamer Straße. Gegenüber lag ein hässlicher Betonblock und verschandelte seit Jahrzehnten die Ecke zwischen Rathaus und Dorfkirche. Die Büsche auf dem Mittelstreifen blühten, was das Zeug hielt, die Sonne strahlte vom Himmel, und kaum ein Passant trug jetzt, Anfang Juni, noch eine Jacke. Ich schaute mich in unserem gemütlichen Wohnzimmer um.

Der Großteil von Hannos Überbrückungsgeld war für die Renovierung der Wohnung und den Umzug draufgegangen. Unter der hässlichen Auslegeware, die außer in Küche und Bad überall in der Wohnung verlegt gewesen war, waren alte Dielen zum Vorschein gekommen. Astrid hatte zwei Helfer organisiert, die das Abschleifen und Versiegeln der schönen Holzböden übernommen hatten. Das hätte ich beim besten Willen nicht alleine geschafft. In der Küche lag ein Linoleumboden, den ich nur gründlich hatte abkärchern müssen, seitdem sah er wieder ganz passabel aus, und man erkannte den Farbton wieder als freundliches Grau. Die alte Einbauküche würde ich im Sommer angehen, bis dahin war sie sauber und funktional, das würde reichen. Im Malern machte mir keiner so schnell etwas vor, und der hilfreiche Besitzer vom Farb- und Malerbedarfsladen gleich um die Ecke in der Clayallee überließ mir Tiegel aus einem Restposten zu einem sehr günstigen Preis.

Dem Bad war ich ebenfalls mit dem Kärcher zu Leibe gerückt. Nachdem die Wand- und Bodenfliesen wieder ihre ursprüngliche sandbraune Farbe angenommen hatten, hatte ich die nicht gefliesten Wandflächen und die Zimmerdecke hellblau gestrichen. Ich hatte die alte Badeinrichtung hinausgeschmissen und einen Spiegelschrank, einen hohen Schrank sowie einen passenden Waschbeckenunterschrank montiert – alles aus weißlasiertem Holz. Unzählige Italienurlaube mit meinen Eltern, spätere Frankreichaufenthalte und meine große Liebe zur französischen Sprache und der Kultur des Nachbarlandes hatten ihre Spuren hinterlassen. Ich mochte alte mediterrane Häuser und hatte schon immer davon geträumt, einmal in solch einem Stil zu wohnen. Hanno bevorzugte klare Linien, so dass das bislang nicht in Frage gekommen war. Geschwungene gusseiserne Handtuchhalter vom Trödelmarkt rundeten das Bild im Badezimmer ab.

Franziska äußerte bei einem ihrer drei Besuche, die seit unserem Umzug stattgefunden hatten, dass sie die Einrichtung »ganz nett verspielt« fände. Ich war über diese Reaktion ein bisschen enttäuscht. Meine Mutter hatte die Nase gerümpft, als sie die Wohnung sah. Diese war nicht mondän wie das Haus in Kleinmachnow und aufgrund ihrer Lage an einer lauten Straße in Zehlendorf-Mitte natürlich sowieso unpassend. Wir hatten ja nicht einmal einen Garten, lediglich einen Balkon, wenn auch wenigstens zum ruhigen Hinterhof hin.

Mir gefiel unser neues Zuhause genau so, wie es war, denn es war ganz nach meinem Geschmack eingerichtet. Es war das erste Zuhause, dessen Einrichtung ich alleine bestimmt hatte. Damals, nachdem ich bei meinen Eltern ausgezogen war, war ich zu Quinn gezogen. Warum kam der mir denn schon wieder in den Sinn? Beinahe hätte ich vergessen, dass meine Mutter noch am Telefon war.

»Mama, wolltest du etwas Bestimmtes?«, unterbrach ich ihren immer noch anhaltenden Redefluss.

»Ja, ich wollte dich an unser Hochzeitstagsessen am Wochenende erinnern. Hanno und Dana können leider nicht, sie verreisen, auf die Malediven. Ein Geschenk von Danas Eltern. Stell dir mal vor!«

Das konnte ich nicht, denn ich war fassungslos. Ich hatte schon lange aufgegeben, von meiner Mutter echte Unterstützung zu erwarten, mit einem solchen Hinterhalt hatte ich jedoch nicht gerechnet. Vielleicht hatte ich mich ja verhört. »Du hast nicht wirklich Hanno eingeladen, oder?«, fragte ich deshalb nach.

Meine Mutter verstand diese Frage offenbar nicht. »Natürlich habe ich das!«, erwiderte sie mit der Inbrunst einer Selbstgerechten. »Er ist immerhin der Vater deiner Kinder, und es ist ein wichtiger Tag für uns. An Feiertagen sollte die ganze Familie zusammen sein. Das hast du doch selber immer gesagt, als ihr noch dieses wunderschöne Haus in Kleinmachnow hattet.«

In diesem Moment fiel es mir wie Schuppen von den Augen: Es würde sich nie etwas ändern, wenn ich mich nicht änderte. Mich aufzuregen wäre nur Wasser auf ihre Mühlen, ich brauchte eine andere Taktik. Die würde ich mir später überlegen. Erst einmal legte ich wortlos auf.

Das Telefon klingelte noch fünfmal, und jedes Mal ließ ich den Anrufbeantworter anspringen, dessen Lautstärkeregler ich auf stumm gestellt hatte.

Helene sah mich fragend an, als ich zurück in die Küche kam. »War das Oma?«

»Ja, das war deine Oma, meine Mutter, auch wenn das häufig schwer zu glauben ist ...«

»Macht sie zum Hochzeitstag etwa wieder Lammbraten?«

Helene war seit unserem Umzug Vegetarierin. In dieser Haltung unterstützte ich sie, auch deshalb, weil unser Geld zu knapp war, um jeden Tag Fleisch auf den Tisch zu bringen, das nicht durch Hormone oder Antibiotika verseucht war. Also gab es bei uns eine Vielzahl von Eintöpfen, Gemüseaufläufen, Quiches und Pastagerichten, meist begleitet von grünen oder Rohkostsalaten. Spiegeleier – Eier waren immer im Haus – mit Kartoffeln und gemischtem Gemüse waren ebenfalls ein Renner, und meine Kinder aßen alle gerne Fisch. Selbst Helene verzichtete nicht darauf. Als selbsterklärte Ernährungsexpertin wusste sie um die wichtigen Omega-3-Fettsäuren im Lachs. Meine Kinder waren keine mäkligen Esser. Sie aßen beileibe nicht alles, aber sie probierten alles erst einmal. Vincent, mein Zehnjähriger, mochte das Gelbe vom gekochten Ei nicht, wenn es zu trocken war, Helene aß wie erwähnt kein Fleisch mehr, und Daniel verabscheute Fett, so dass er jede einzelne Scheibe Aufschnitt oder Braten gekonnt sezierte, seit er ein Messer halten konnte. Ich setzte deshalb große Hoffnung in eine Chirurgenkarriere. Alle drei liebten meine Gemüselasagne, mochten aber zu meinem Leidwesen keinen Rosenkohl, den ich sehr gerne aß. Jedes zweite Wochenende hatte ich nun ausreichend Gelegenheit dazu.

Doch zurück zu Helenes Frage nach der großmütterlichen Menüplanung. »Vermutlich gibt es wieder Lammbraten. Den macht sie ja jedes Jahr. Dieses Jahr isst sie den aber alleine. Wir gehen nicht zu Oma und Opa.«

Paps würde uns wirklich vermissen, es tat mir ein wenig leid seinetwegen, aber meine Mutter musste endlich begreifen, dass sie ständig zu weit ging und ich nicht mehr gewillt war, hinter ihr herzutrotten.

»Wir gehen nicht zu Oma und Opa? Mama, wir gehen da doch jedes Jahr zum Hochzeitstag hin!«

»Ja, und jedes Jahr essen wir Lammbraten, den keiner von uns mag, und hören Oma zu, wie sie von den Nachbarn erzählt, die sie allesamt nicht leiden kann. Von mir erwartet sie, dass ich nach dem Essen die Küche aufräume, während ihr in euren gruseligsten Klamotten dasitzt, klaglos hinnehmt, dass Oma beim Mensch-ärgere-dich-nicht schummelt, und das Ende des Abends gar nicht abwarten könnt. Das brauch ich nicht! Du etwa?«

Helene starrte mich wieder mit offenem Mund an. »Aber dann ist Oma doch tierisch sauer auf uns.«

»Auf *mich*, Schatz, auf mich ist sie dann sauer. Aber weißt du, was? Das ist mir egal. Ich will an dem Wochenende mit euch was Schönes unternehmen.«

»Was ist denn mit Papa?«, fragte meine große Tochter vorsichtig.

»Papa ist verreist – laut Oma«, antwortete ich lapidar. »Hat er euch beim letzten Besuch nichts davon erzählt?« Ich konnte mir die Frage selber beantworten. Vermutlich bekäme ich in den nächsten Tagen eine

E-Mail von seiner Sekretärin, Frau Rückert, in der sie mir mitteilte, dass Herr Hecht sie gebeten habe, mich zu bitten, seinen Kindern mitzuteilen, dass er über die Osterfeiertage verreisen würde. »Nein. Er hat nichts gesagt. Ist mir auch egal.«

Schon tat es mir leid, ihr das nicht schonender gesagt zu haben. Helene war dreizehn, das war kein leichtes Alter, und dann trennten sich auch noch die Eltern. Ich war überrascht über mich selbst, denn das Wort »trennen« hatte ich bislang nicht gewählt. Ich war schließlich »verlassen worden«. Speziell meine Mutter ließ daran keinen Zweifel aufkommen.

»Schatz, wir machen was Tolles am Wochenende, versprochen! Wir essen was richtig Leckeres, es wird Unmengen an Eiskrem geben, und ich werde nicht meckern, wenn ihr zu viel davon esst. Vielleicht können wir baden gehen oder mal wieder ins Kino ...« Wie ich das finanzieren sollte, war mir zwar ein Rätsel, aber notfalls würde ich Paps anpumpen.

Helene zog einen Flunsch. »Is' mir egal!« Und damit verdrückte sie sich in ihr Zimmer. Zwei Minuten später dröhnte Musik von Coldplay durch die Wohnung.

Ich ließ sie gewähren. Mir half Musik schließlich auch, wenn ich traurig war. Ich öffnete wieder das Fenster, die mediterran anmutende Geräuschkulisse, die vom Bürgersteig nach oben drang, war beruhigend. Ich schnitt die Möhrchen fertig und schälte danach die Kartoffeln. Heute war Spiegeleier-Tag.

Gerda Thomas

Meine Tochter? Ich bitte Sie, meine Tochter war schon immer kapriziös – oder weniger höflich formuliert: neurotisch. Sie ist sehr intelligent, hat zwei Klassen übersprungen und ein exzellentes Abi gemacht. Sie hatte einen glatten Einserschnitt. Aber hat sie etwas daraus gemacht? Nein. Natürlich war sie damals zum Studieren noch etwas zu jung – aber musste es denn eine betriebliche Ausbildung sein? Natürlich lese ich auch gerne einmal ein Buch, aber muss man deswegen gleich hinter einem Tresen stehen und Bücher verkaufen? Da könnte man ja auch gleich Brötchen verkaufen. Oder Stoffe. Oder Gemischtwaren.

Als Catia dann auch noch eine Affäre mit ihrem Chef anfing, da … Nein, dazu fallen mir keine höflichen Formulierungen ein. Und, Grundgütiger, dann ist die Chose holterdiepolter wieder vorbei und das Kind kreuzunglücklich. Aber kommt sie zu uns? Nein, Gott bewahre, sie zieht lieber zu einer Freundin. Und keine drei Monate später präsentiert sie uns ihren Neuen, und die verloben sich auch gleich noch.

Immerhin taugte der was als Mann. Er war älter als sie, was ich damals nur begrüßen konnte. Dieser Mann hatte Pläne, er hatte Ziele, und das – machen wir uns doch nichts vor – sind Eigenschaften, die meiner Tochter stets gefehlt haben. Gegen diese neue Beziehung hatte ich nichts einzuwenden. Catia schien froh und glücklich, und ich war es auch. Hanno war ein anständiger Mann mit einem guten Auskommen, der ihr nicht jahrelang den Hof machte, sondern der wusste, was er wollte, und das auch zügig umsetzte. Mir als angehender Schwiegermutter imponierte das. Ja, ich mochte Hanno Hecht. Er war ja auch furchtbar charmant.

Der Brief! Beinahe hätte ich ihn erfolgreich verdrängt. Mein Kopf war ein Sieb. Ich brauchte einen Anwalt, ganz dringend! Wir hatten gegessen, und die Kinder machten ihre Hausaufgaben in ihren Zimmern. Wen kannte ich denn bloß, der Anwalt war oder zumindest einen kannte? Wer immer mir einfiel, war ein Bekannter von Hanno, und von denen kam keiner in Frage. Franziska hatte knapp erklärt, dass sie sich da gar nicht auskenne. Astrid konnte ich nicht fragen, sie war in der Praxis und ging am Abend noch auf eine Pharmaveranstaltung. Das hatte sie mir am Vortag lachend mit dem Hinweis erzählt, es schade nie, sich alle Türen offenzuhalten.

Während ich den Abwasch machte, lief wie immer Radio Eins, und ich hörte die Anmoderation eines Chansons von Jacques Brel: *Ne me quitte pas.* Irgendein Zuhörer hatte sich den alten Titel gewünscht. Da dämmerte es mir. Quinn und ich hatten das Best-of-Album damals, 1997, rauf und runter gehört, während wir praktisch ein ganzes Wochenende im Bett verbrachten.

Meine Güte, ich hatte jahrelang kaum an Quinn

gedacht – und jetzt gleich dreimal an einem Tag. Was der wohl jetzt machte? Und was war wohl aus seinem besten Freund Stefan geworden? Der war Anwalt, und er würde bestimmt zumindest einen fähigen Kollegen empfehlen können. Ich hatte ihn als einen ruhigen Typen in Erinnerung, der einen kompetenten Eindruck machte. Irgendeinen Anwalt aus den Gelben Seiten zu suchen widerstrebte mir zutiefst. Hanno war bestens in der Hauptstadt vernetzt, vermutlich würde ich bei einer Kanzlei landen, mit deren Partnern er regelmäßig Golf spielte. Zu Quinns Freund Stefan hätte ich großes Vertrauen. Wie war denn noch sein Nachname? Ich konnte schlecht alle Berliner Anwälte angehen, deren Vorname Stefan lautete. Ich wusste ja nicht mal, ob er überhaupt noch in Berlin tätig war.

Vincent riss mich aus meinem Gedankenfluss. »Mama, Hausaufgaben sind riesengroße Krötenkacke! Ich hab keinen Bock mehr auf Englisch!«

Ich musste mich dringend mal wieder der Wortwahl meiner Kinder widmen. Davon abgesehen, hatte ich mich schon gewundert, dass mein Großer sich noch nicht beschwert hatte. Er hasste Hausaufgaben, speziell die in der Fremdsprache, weil er die Lehrerin nicht ausstehen konnte und außerdem viel lieber mit seinen Freunden draußen kicken wollte.

»Ist das jetzt ein riesengroßer Haufen, der von vielen Kröten hinterlassen wurde, oder ist die Kröte riesengroß, die den Haufen hinterlässt?«, fragte ich ihn grinsend.

Er überlegte einen Moment, bevor er meine Frage

ernsthaft beantwortete. »Eine Riesenkröte, und sie legt einen Riesenkackhaufen!«

Der musste erst einmal weggeschaufelt werden. Die Suche nach einem Anwalt würde warten müssen. Ich fuhr meinem Sohn mit der Hand durchs hellbraune Haar. »Hol sie mal her, die Aufgaben! Vielleicht kann ich dir ja ein bisschen helfen.«

Vincent ließ sich das nicht zweimal sagen. Ich wusste ganz genau, dass er durchaus in der Lage war, seine Hausaufgaben ohne Hilfe zu machen, aber er wollte dabei nicht alleine sein. Mein großer Sohn war ein echtes Herdentier, dem ging es am besten in der Gruppe. Vincent kam also mit seinem Englischbuch und seinem Aufgabenheft zurück an den Wohnzimmertisch. Zehn Minuten später setzte sich Daniel dazu und malte sein Piratenschiff weiter, dicht gefolgt von Helene, die ein Referat über ökologische Tierhaltung vorbereitete. Mir ging das Herz auf, als ich sie da am Tisch sitzen sah: meine Kinder. Die ließe ich mir nicht wegnehmen!

Seit ich meinen Mädchennamen wieder trug, ertappte ich mich immer öfter dabei, auf die Jahre mit Hanno zurückzuschauen, wobei das Resümee vom einen zum anderen Mal unerquicklicher wurde. Ich hatte fünfzehn Jahre lang das gemacht, was Hanno wollte, ohne es zu hinterfragen. Ich hatte viel um die Ohren gehabt, gewiss, dennoch musste ich mir auch eingestehen, dass es bequem gewesen war, sich um einige Dinge nicht kümmern oder Gedanken machen zu müssen. Dieses Phlegma hatte mich schon länger begleitet. Vorher hatte ich rund 25 Jahre lang das gemacht, was meine Mutter für richtig hielt. Nur meine Berufswahl hatte ich gegen sie getroffen. Man sähe, wohin mich das gebracht habe, schmierte sie mir seitdem regelmäßig aufs Butterbrot. Mit vierzig, so mein Fazit, war es allerhöchste Zeit, endlich das zu tun, was ich von mir selbst erwartete. Auch wenn ich mir noch lange nicht im Klaren darüber war, was das sein sollte.

Ein erster Schritt wäre mit Sicherheit, mir einen Anwalt zu suchen, und inzwischen hatte ich mich auf diesen früheren Bekannten versteift. So schnappte ich mir den Laptop und googelte nach Quintus Hartmann. Seine Buchhandlung gab es immer noch, und ich schickte eine E-Mail an *info@hartmannsbuecher.de*. Automatisch wählte ich die französische Form, in der ich auch früher meine Briefchen oder Notizen an ihn gerichtet hatte. Ich brauchte fünf Anläufe und eine geschlagene halbe Stunde für das bisschen Text. Doktor Freud hätte seine selbige an mir gehabt.

Bisou!
Es ist lange her. Ich hoffe, es geht Dir gut!
Ich habe ein ernstes Problem und suche dringend einen Anwalt. Hast Du noch Kontakt zu Stefan und könntest mir seine Adresse vermitteln? Das wäre sehr nett von Dir.
Merci mille fois!
A+,
Catia

Mit Küsschen pflegten sich Franzosen zu begrüßen, mit *à+* – *à plus*, auf bald – verabschiedete man sich salopp in der französischen Internetgemeinde. Ich fragte mich für einen Moment, ob diese E-Mail auch zu einem baldigen Wiedersehen führen würde und was ich womöglich davon hielt. Genauso schnell aber verdrängte ich diese Fragestellung wieder.

Quinn, so nannten ihn seine Freunde in Anspielung auf *The Mighty Quinn*, das 1967 von Bob Dylan geschrieben wurde und in Quinns Geburtsjahr '68 ein Hit der *Manfred Mann's Earth Band* war. Ich drückte auf *Senden* und hoffte auf eine rasche Antwort, um einen Termin mit Stefan vereinbaren zu können.

Nachdem die Hausaufgaben gemacht waren, spielten die Kinder und ich mehrere Runden Triominos. Das war seit Jahren unser Lieblingsspiel, und kurioserweise war Daniel, der Jüngste, der Beste darin. Er wusste stets genau, ob sich die Zahlen auf einem noch fehlenden Stein an den passenden Ecken befanden, um eine Brücke oder einen Kreis zu komplettieren und satte Extrapunkte einzuheimsen. Seine älteren Geschwister und ich brauchten schon großes Glück, um gegen den kleinen Graf Zahl zu gewinnen. Wir spielten bis zum Abendbrot.

Als alle Kinder dann schliefen, schaute ich in mein E-Mail-Postfach. Tatsächlich – da war eine neue Mail von *quinn0505@berlin.de*!

Ciao Catia!
Mensch, das ist ja so eine schöne Überraschung!
Wie geht es Dir? Wie lange ist es jetzt her? Eine halbe

Ewigkeit! Es tut mir leid zu hören, dass Du Probleme hast.
Stefan erreichst du unter 818 18 18 oder per Mail an starke@kanzlei-starke.de.
Gehst Du mit mir essen? Morgen Abend in der Phoenix Lounge? Um acht? Du würdest mir eine große Freude machen!
Ich schick Dir einen Gruß ;)
Q.

Ich schaute sprachlos auf seine Zeilen. Auch Quinn war dem alten Modus treu geblieben, deutlich wurde das in seiner Anrede und vor allem am Ende seiner Mail. Die letzte Zeile spielte auf den Titel eines Liedes der Valente an. Es war unglaublich kitschig, und deshalb hatte er diese Worte schon damals gerne benutzt, genauso wie »Ich sag leise servus«, was er frei nach einem Duett der großen Chansonnière mit dem schmalzigen Silvio Francesco zitierte. Das hatte mich früher oft Tränen lachen lassen.

Ich schüttelte den Kopf. Ich hatte die Adresse eines Anwalts. Und ich hatte eine Verabredung mit Quinn. Was hatte ich mir nur dabei gedacht, ihn zu kontaktieren? Vincents Riesenkröte hatte ganze Arbeit geleistet.

Es war nach Mitternacht, und ich fand keine Ruhe. An Schlaf war nicht zu denken, auch wegen der schwülen Nachtluft nicht, die durch das offene Zimmerfenster kam. Ich saß auf meinem Bett, hörte Jacques Brel und schaute mir alte Fotos an. Fotos aus einer Zeit, die ich beinahe vergessen hatte. Dabei war es eine so wunderbare Zeit gewesen.

Schon bei meinem Vorstellungsgespräch in seiner Buchhandlung hatte ich ein Prickeln auf der Haut gespürt, kaum dass ich Quintus Hartmann gegenübergesessen hatte. Der große, schlanke und leger gekleidete Mann schaute meine Papiere durch und grinste mich dann unverhohlen an. Er habe den Buchladen erst ein paar Monate zuvor von seinem Vater übernommen, den ein Schlaganfall gezwungen habe, seine Arbeit niederzulegen, und nun habe er, Quintus, ein ziemlich großes Problem. Das Studium der Philosophie habe ihn nämlich keineswegs auf die Führung eines Buchladens vorbereitet, wie er mir frank und frei mitteilte. Er habe auch keine Ahnung davon, wie man Bewerbungsgespräche führe, weshalb er sich die Fragerei schenken werde. Er brauche dringend jemand, der den Laden leiten könne, ich sei ihm sympathisch, und sollte ich am Montag anfangen können, sei der Job meiner.

Ich fand den Gedanken ganz großartig, bei meiner ersten Festanstellung gleich eine Buchhandlung zu führen, auch wenn das eine ganz schöne Herausforderung war. Quintus hätte selbstverständlich das Sagen, hatte mir aber deutlich zu verstehen gegeben, dass ich Buchhaltung, Marketing und Bestellwesen eigenverantwortlich übernehmen müsse. Ich sagte auf der Stelle zu, obwohl das Anfangsgehalt alles andere als üppig war. Es würde trotzdem für eine kleine Wohnung reichen, rechnete ich mir aus. Mit Anfang zwanzig hatte ich schließlich noch keinen ausufernden Lebensstil.

Meine Mutter war selbstredend dagegen gewesen. Sie wollte, dass ich mein abgebrochenes Studium beendete, schließlich sei ich noch jung. Nach meiner verkürzten Schulkarriere hatte ich Zeit, die Ausbildung zur Buchhändlerin noch vor ein mögliches Studium zu stellen. Nach bestandener Prüfung und einem Auslandsjahr als Au-Pair im Languedoc schrieb ich mich mit zwanzig für Französische Literatur an der FU ein. In den Semesterferien jobbte ich in einer Buchhandlung und las Bücher und Abhandlungen über Émile Zola, der mich damals über alle Maßen faszinierte.

Die Faszination meines damaligen Profs dagegen galt jungen Frauen, insbesondere mir, und er machte mir eindeutige Avancen. Als ich darauf nicht einging, fiel meine Note in *Französische Literatur des neunzehnten Jahrhunderts* in schwindelerregende Tiefe, ohne Aussicht auf Erholung, und ich schmiss das Studium nach dem dritten Semester. Den Grund behielt ich aus Scham für mich. Es hatte damals zu Hause unzählige Diskussionen über meinen Berufswunsch gegeben, denn meine Mutter hatte im Anschluss an meine »ohnehin überflüssige Ausbildung« nichts Geringeres als ein Germanistik- oder Romanistikstudium erwartet. Danach eine steile Karriere als Autorin existenzphilosophischer Bestseller oder als Leiterin eines renommierten Verlagshauses, aufgrund meiner Fremdsprachenwahl am besten in Paris. Dass ich nun schnöde arbeiten ginge, noch dazu in einem »Laden« in Schöneberg – was sie mit einem Lippenkräuseln betonte, das keine Zweifel an ihrer Haltung ließ –, passte ihr ganz und gar nicht. Sie können sich vorstellen, wie begeistert sie war, als Quinn und ich dann auch noch eine Beziehung begannen. Ich war überglücklich, und meine Mutter sprach drei Monate lang kein Wort mit mir.

Ich war damals bis über beide Ohren verliebt, und ich war mir sicher, Quinn fühlte ebenso. Wir verstanden uns auf Anhieb blind und wurden unzertrennlich. Wir teilten die Liebe zum Lesen, und Quinn erweiterte sein Angebot um ein Regal mit französischen Titeln, das ich alleine gestalten durfte. Nach Feierabend gingen wir aus, sahen Filme im Odeon Kino oder bummelten die Goltzstraße entlang. Wir kannten alle Bars und Restaurants im Kiez und waren Stammgäste im Südwind, einem mediterranen Lebensmittelladen mit kleiner Gastronomie im Akazienkiez. Wir wurden einander nicht überdrüssig. Dann kam drei Jahre, nachdem wir zueinandergefunden hatten, jener Sonntagmorgen, an dem ich alles ruinierte.

Quinn und ich hatten uns nach dem Aufwachen geliebt und waren danach hungrig. Er kam aus der Küche ins Schlafzimmer zurück und trug ein liebevoll angerichtetes Tablett, auf dem sich Brötchen, Frühstückseier und die große Chambordkanne mit Kaffee aus selbstgemahlenen Bohnen befanden. Ich lächelte ihn lasziv an, denn noch mehr Appetit als auf ein opulentes Frühstück hatte ich auf etwas ganz anderes. Er stellte das Tablett ab und legte sich neben mich.

Ich schmiegte mich an ihn. »Lass uns ein Baby machen!«, flüsterte ich ihm ins Ohr.

Was hatte ich mir nur dabei gedacht? Ganz ehrlich? Dass er mich in seine Arme nähme, mich küsste und etwas sagen würde wie »Nichts lieber als das, Catia, ich möchte eine ganze Fußballmannschaft«?

Natürlich sagte er nichts dergleichen. Quinn hatte überhaupt kein Interesse an Fußball. Er löste sich aus meiner Umarmung und sah mich zornig an. Dann griff er sich schweigend seine Kleidung und verließ die Wohnung.

Ich verstand die Welt nicht mehr und blieb zitternd auf dem Bett liegen. Irgendwann wurde es wieder dunkel draußen, und ich zog mich an. Ich saß am Küchentisch, als er gegen zehn Uhr abends wieder nach Hause kam. Er war betrunken und sagte Dinge, die mich sehr verletzten. Dabei zeichnete er ein hässliches Bild der Frau im Allgemeinen. Ich zog aufs Sofa.

Am Tag darauf wechselten wir im Buchladen kein

Wort miteinander. Es gab auch nichts zu sagen. Er hatte mir doch deutlich gezeigt, was er von meinem Vorschlag hielt, was er von mir hielt. Nach drei Tagen des Schweigens packte ich meine Sachen und zog zu meiner damaligen Freundin Corinna. Ich heulte eine ganze Woche lang, dann wurde ich sauer. Im Laden sprachen Quinn und ich nur das Nötigste miteinander, und ich begann mich nach einem neuen Job und einer neuen Bleibe umzusehen. Zwei Wochen nach meiner Frage, die alles kaputtgemacht hatte, fiel ich in das Günter-Grass-Display.

Mittwochvormittag. Die Kinder waren in der Schule, die E-Mail an Stefan Starke mit der Bitte um einen dringenden Termin war versandt. Wie von der Kanzleileiterin empfohlen, mit der ich zuvor telefoniert hatte, hatte ich dem Schreiben eine kurze Schilderung der Situation beigefügt. Ich lungerte vor meinem Kleiderschrank herum und bereute meine Zusage, Quinn zu treffen, aus vollem Herzen.

Rund zwei Stunden lang hatte ich bereits meine Haare auf Wickler gedreht, die Locken wieder ausgebürstet und die Haare erneut gewaschen. Während ich meinen Kleiderschrank durchwühlte, musste ich mir eingestehen, dass selbst die durchgestylteste Frisur nichts an der Tatsache ändern konnte, dass ich, seitdem Quinn mich das letzte Mal gesehen hatte, dreizehn Kilo zugenommen hatte. Das machte, so wie die verteilt waren, an gewissen Körperzonen drei Kleidergrößen mehr aus. Sehnsüchtig erinnerte ich mich an die schwarze Bootcut-Jeans, die über Jahre mein Lieblingskleidungsstück gewesen war. Nach einigem Hin und Her entschied ich mich für einen Lagenlook, bestehend aus einer schwarzen Hose, die erheblich größer war als meine frühere Favoritin, einem schwarzen Longtop und darüber einem lockeren, dünnen, oversized Seidenpullover in einem hellen Türkis. Dazu noch eine auffällige Kette und die hohen Sandalen, die mein Gebein streckten. Da es unwahrscheinlich war, bis zum Abend zehn Kilo abzunehmen, musste ich mich mit diesem Outfit anfreunden.

Meine Nervosität nahm den Tag über stetig zu, gegen halb sieben war ich ein einziges Nervenbündel. Meine Haare hatte ich am Ende nur noch trockengeföhnt – ohne Wickler. Ohne alles, das gefiel mir am besten.

Franziska hatte mich einmal mehr nicht zurückgerufen, Pilar würde auf die Kinder aufpassen. Sie hatte gleich zugesagt, und ich hatte Helenes Proteste ignoriert. Die wähnte sich alt genug, einen Abend lang das Kommando zu übernehmen und ihre kleinen Brüder herumzuscheuchen, während sie selbst stundenlang chattete – so vermutete ich jedenfalls.

»Sie sehen toll aus, Frau Thomas!« Pilar schaute einmal an mir hoch und wieder herunter.

Ich musste zugeben, ich fühlte mich geschmeichelt. »Danke, Pilar. Den Zuspruch kann ich brauchen, ich war so lange nicht mehr aus. Na ja, wird schon schiefgehen!«

Mit einer Ermahnung an mein Trio, auf Pilar zu hören und nicht zu spät ins Bett zu gehen, drückte ich der Siebzehnjährigen einen Zettel mit Instruktionen und meiner Handynummer in die Hand. »Egal, was ist, du rufst mich an, wenn es ein Problem geben sollte! Ich mache mich dann sofort auf den Weg.«

Pilar schmunzelte. »Hier wird es keine Probleme geben, Frau Thomas. Machen Sie sich einen schönen Abend und keine Sorgen! Ich habe das eine oder andere As im Ärmel. Viel Spaß!«

Kam es mir nur so vor, oder schob sie mich geradezu über die Schwelle? »Na gut, um halb zwölf bin ich wieder zurück. Spätestens!«

Doch Pilar hatte die Wohnungstür schon hinter mir geschlossen. Auf in die eigene Vergangenheit!

Die Phoenix Lounge hatte sich nicht verändert, und ich fühlte mich sofort wieder heimisch. Ich sah das vertraute Dekor, den langen Tresen vor der rechten Wand des Lokals, die alten Tische und Bänke im hinteren Teil des Gastraums. Dann stockte mir der Atem. Hinten, in unserer alten Ecke, saß er. Quinn hatte mich noch nicht bemerkt, er las ein Buch.

Unzählige Male hatte ich ihn dort sitzen sehen, wenn ich mal wieder spät dran war, weil ich mit einer Kundin noch ins Schwärmen über den großartigen ersten Roman von Noëlle Chatelet geraten war, der gerade in deutscher Übersetzung erschienen war, oder mit jemand anderem die düsteren Bilder in Léo Malets *Schwarzer Trilogie* bewundert hatte.

Quinn war älter geworden, was nicht überraschend war. Doch Quintus Hartmann, Buchladenbesitzer, passionierter Buchkonsument und meine erste ganz große Liebe, sah immer noch ausgesprochen gut aus. Der braune Lockenschopf war einem modernen Kurzhaarschnitt mit graumelierten Schläfen gewichen. Er hatte seine athletische Figur nicht eingebüßt. Ob er immer noch Aikido trainierte? Er trug ein Twillhemd in Hellblau, eine Farbe, die, wie ich mich plötzlich erinnerte, ihm furchtbar gut stand, dazu eine dunkelbraune Canvashose und passende dunkle leichte Sommerschuhe. Er hatte sich kaum verändert. Dieser Stil hatte mir damals schon so gut gefallen. Was würde er nur denken, wenn er mich sähe?

Ich war kurz davor, mich umzudrehen und die Verabredung platzen zu lassen, da blickte er hoch und sah mir direkt in die Augen. Einen Moment lang dachte ich, meine Knie würden nachgeben. Quinn hatte noch immer diesen eindringlichen Blick. Seine Augen waren dunkelbraun, am Rande der Iris wurden sie golden. Wenn wir uns geliebt hatten, hatten sie die Farbe von dunkler Schokolade angenommen. Zusammen mit seinem Lausbubengrinsen hatten sie ihn unwiderstehlich gemacht.

Quinn erhob sich. Er lächelte, hatte einen suchenden Ausdruck im Gesicht und kam um den Tisch herum auf mich zu. Als er mich umarmte, hatte ich auf der Stelle gewaltige Orientierungsprobleme. Eine Flut von Erinnerungen stürzte auf mich ein. Die meisten davon waren nicht jugendfreier Natur. *Parbleu!* Was hatten wir für phantastischen Sex gehabt! Wie hatte ich den nur vergessen können?

Quinn löste die Umarmung und betrachtete mich eine Armeslänge von sich gestreckt. »Catia, du siehst toll aus!«

Ich glaubte ihm kein Wort. Drei Kinder und eine gescheiterte Ehe hatten deutliche Spuren hinterlassen. Nicht zu meinem Vorteil, wie ich meine Mutter in meinem Hinterkopf zischen hörte. Ich winkte ab. »Danke. Können wir uns setzen?«

Quinn schaute überrascht und wartete, bis ich saß, bevor er selbst wieder Platz nahm und der Bedienung winkte. Als die an unseren Tisch trat, zögerte er kurz und blickte zu mir. »Das Gleiche wie früher?«

Wie früher ... Da hatten wir eimerweise Applejack Sour getrunken – Calvados, Zitronensaft, Zuckersirup und Sodawasser eisgekühlt –, wenn wir auf private Partys gegangen oder uns die Nacht in einem Club um die Ohren geschlagen hatten. Ich hatte diesen Drink seit fünfzehn Jahren nicht mehr in der Hand gehabt. Das machte mich traurig, denn ich hatte mir auch fünfzehn Jahre lang die Nächte nicht mehr so um die Ohren geschlagen. Ich nickte wortlos.

Quinn bestellte zwei Applejacks und zeigte auf sein Buch. »Erinnerst du dich? Das hast du mir damals vorgelesen, nachdem wir zusammengezogen waren.«

Richard Katz' *Von Hund zu Hund*. Der Briefwechsel zwischen einem Boxerrüden, dessen Herrchen in Brasilien lebte, und einem Rauhhaardackel mit Frauchen in der Schweiz. Beide Hundebesitzer waren den üblichen Austausch von Nichtigkeiten leid und überließen die Korrespondenz ihren Hunden, die sich amüsant über ihre Menschen austauschten. Ein dicker Kloß in meinem Hals machte es mir unmöglich, etwas zu sagen, also nickte ich nur wieder stumm und schaute zur Bar. Wo blieb bloß *mon vieux ami Jacques,* wie wir den Cocktail lachend zu nennen pflegten?

»Ich habe das Buch sehr oft gelesen, ich kann es fast auswendig. Du hast es bei mir vergessen, als du damals Hals über Kopf auszogst.« Wieder schaute Quinn mich an.

Moment mal, hatte ich richtig gehört? Hatte er gerade behauptet, ich sei »Hals über Kopf ausgezogen«? Meine tracheale Blockade löste sich augenblicklich und machte Platz für ein wenig Galle auf ihrem Weg nach oben. So war es ja nun wahrlich nicht abgelaufen!

»Quinn, du konntest es doch gar nicht erwarten, mich loszuwerden! Du konntest mich ja nicht mal mehr ansehen, und kein Wort hast du mehr zu mir gesagt. Ich bin wohl kaum ›Hals über Kopf ausgezogen‹! Ich hatte einen ganzen Tag lang durchgeheult, und als du am nächsten Tag und den beiden folgenden auch nicht mit mir sprachst ...«

Mir ging die Puste aus. Ich konnte mich auch nach all den Jahren deutlich an meine tiefe Enttäuschung und meine Verzweiflung erinnern. Was machte ich eigentlich hier? Was für eine idiotische Idee, mich mit Quinn zu treffen! Man konnte die Zeit nicht zurückdrehen, so ein Trip in die Vergangenheit verlief immer enttäuschend. Dieser, zugegeben, wirklich attraktive Mann hatte mich tief verletzt, und nun saß ich hier, um mir einen Nachschlag zu holen? Hatten denn die letzten neun Monate nicht an Demütigung gereicht? Herrje, mein ganzes Leben war eine Demütigung. Würde ich wirklich nie dazulernen? Der große, hässliche Jammerlappen schickte sich an, sich über meinem Gemüt auszubreiten. Es war wirklich höchste Zeit, mich von der Opferrolle zu befreien! Ich mobilisierte den Widerstand und funkelte Quinn böse an.

Der sah aus, als hätte ich ihn geohrfeigt. Dann schüttelte er traurig den Kopf. »Lass uns nicht streiten, Catia, bitte! Ich hab mich damals wahrlich nicht mit Ruhm bekleckert, aber glaub mir«, sein Blick drang bis in mein tiefstes Inneres, »ich wollte nie, dass du gehst.«

Was sollte ich dazu sagen? Wir schwiegen. Das war kein guter Auftakt.

Die Bedienung hatte uns die Speisekarte gereicht, und ich sah mir das Angebot an. Gebackener Camembert mit Preiselbeeren. Auch das hatte ich anderthalb Jahrzehnte nicht mehr genossen. Würde ich heute Abend aber auch nicht, das Zeug war reines Hüftgold! Salate beraubten mich beim Essen meines letzten Restes an Dekorum, der mit gebratener Hühnerbrust fiel also auch durch. Ich entschied mich für Penne all'arrabbiata und schickte ein Stoßgebet an Lukullus, er möge mich vor Tomatenflecken bewahren – der war zwar kein Gott, sondern nur Feldherr, aber er verstand eine Menge von üppigem Essen und war somit mein bester Ansprechpartner. Quinn nahm einen Burger mit Kartoffelecken und einer Extraportion Coleslaw.

»Ich habe gesehen, dass du immer noch den Buchladen hast«, versuchte ich den Beginn eines neutralen Gesprächs.

Quinn schluckte seinen Bissen hinunter und spülte mit Bier nach. »Wieder. Ich führe ihn wieder. Ich war zwölf Jahre lang in Irland und hatte den Buchladen deinem Nachfolger überlassen.«

»Irland? Was hat dich denn nach Irland verschlagen?«

Quinn hatte gerade wieder in seinen Burger gebissen, so dass die Antwort ein wenig auf sich warten ließ. Er hatte den Laden aufgegeben und war nach Irland gezogen? Noch mehr als dieser Umstand überraschte mich seine Antwort auf meine Frage. Wenig positiv allerdings.

»Meine Frau. Aileen ist Irin, und ich beschloss zum Millenniumswechsel, ihr auf die grüne Insel zu folgen. Das goldene Zeitalter des keltischen Tigers war in vollem Gange. Ich dachte, es sei eine gute Zeit für einen Neuanfang.«

Aus einem mir unerklärlichen Grund war ich konsterniert. Eine Irin? »Du bist mit einer Irin verheiratet?« Meine Frage klang sicherlich nicht besonders intelligent.

Quinn zuckte mit den Schultern. »Ja. Aileen kam in den Buchladen, das muss in der Woche gewesen sein, nachdem du gegangen warst. Sie suchte einen Reiseführer für Berlin. Aileen verbrachte ein Gastsemester an der TU, sie hat einen Abschluss in Geophysik. Wir kamen ins Gespräch, ich empfahl ihr ein Buch, und wir verabredeten uns. Dann feierten wir den Jahrtausendwechsel zusammen – mit einer Million anderer Partygänger vor dem Brandenburger Tor. Da fragte sie mich, ob ich sie nach Dublin begleiten würde.« Er legte seine Hände auf den Tisch, die Handflächen nach oben. »Ich hatte feststellen müssen, dass mich in Berlin nichts mehr hielt. Den Laden überließ ich zunächst dem neuen Geschäftsführer. Aileen und ich heirateten noch im Februar 2000. Im Mai darauf lebte ich bereits in Dublin.«

Tu es nicht, sagte ich mir, frag ihn nicht! Doch ich fragte ihn: »Habt ihr Kinder?«

Er schüttelte den Kopf. »Nein, wir haben keine Kinder.«

Das hatte ihm sicher gut in den Kram gepasst, dachte ich. Aileen allerdings tat mir leid. Falls sie sich überhaupt Kinder gewünscht hatte. Vielleicht hatte sie ja aber auch Quinns Einstellung zu diesem Thema geteilt und hätte sich sowieso keineswegs ihre vermutlich aberwitzig gute Figur ruinieren wollen. Was ging mich diese Aileen eigentlich an? »Und warum seid ihr nach Berlin zurückgekehrt?«, fragte ich dennoch.

»Ich bin alleine zurückgekommen. Wir haben uns getrennt, und dann hielt mich wiederum nichts mehr in Dublin. Irland ist ein atemberaubendes Land, aber ich konnte einfach keine richtigen Wurzeln dort schlagen. Ich hatte dort auch einen Buchladen, mit einer deutschsprachigen Abteilung, versteht sich. Aber das war mehr ein Hobby, der Laden lief nicht so gut. Mir fehlte dann sehr bald der intellektuelle Austausch. Mein Englisch wurde zwar nach ein paar Jahren ganz passabel, aber

Aileens Freundeskreis bestand nur aus Wissenschaftlern – Physikern, Chemikern, Geologen. Ein sehr eigener Menschenschlag, fand ich. Sie schienen mir zu nüchtern, ich verstand ihren Humor überhaupt nicht und sie den meinen nicht. Dann begannen Aileen und ich, mehr und mehr zu streiten und getrennte Wege zu gehen. Vor zwei Jahren zog ich die Reißleine und kam nach Berlin zurück.«

Nun gut, da gab es sicherlich auch noch einen ausgedehnten Mittelteil, aber ich bezweifelte, dass der die Geschichte besser machen würde. »Das tut mir leid für dich.« Das war nicht einmal gelogen, denn ich wusste ja, wie furchtbar man sich fühlen konnte nach einer Trennung.

Quinn legte seine Hand auf meine. Sie war warm, aber gerade nicht weich genug, um sich angenehm männlich anzufühlen. Trotz seiner feingeistigen Art war er in der Lage gewesen, die meisten praktischen Dinge in seinem Umfeld selbst zu erledigen, von der Reparatur des tropfenden Wasserhahns oder der defekten Deckenbeleuchtung bis hin zum Ein- und Aufbau seiner Küche. Ich erinnerte mich für einen kurzen Moment lang daran, wie ich seine Hände auf meiner Haut genossen hatte. Nur ein kräftiger Schluck von meinem alten Freund Jacques verhinderte, dass ich diesem Gedankenpfad folgte. Ein wenig rot wurde ich dennoch.

»Das ist lieb von dir«, sagte Quinn mit seinem strahlenden Lächeln, das ein wenig traurig wirkte. »Aber erzähl doch mal! Was ist bei dir los? Warum brauchst du Stefans Hilfe? Lässt du dich etwa scheiden?«

Täuschte ich mich, oder leuchteten seine Augen bei dieser Frage? Den Eindruck vermittelte vermutlich nur das Flackern der Kerze auf unserem Tisch, aber der Gedanke gefiel mir.

Ich hatte eine schöne Rede vorbereitet, mit der die Ereignisse der letzten Monate souverän und objektiv beschrieben werden sollten. Was ich dann aber rausblökte, war: »Ja, Hanno hat mich gegen ein neueres Modell eingetauscht. Eine langbeinige, rassige Polin. Er hat uns das Haus unter dem Hintern wegverkauft, und jetzt will er die Scheidung. So schnell wie möglich.«

Quinn pfiff leise durch die Zähne. »Das ist hart. Ihr habt doch sicher Kinder?«

Ich nickte. »Ja, drei. Helene ist dreizehn, Vincent zehn und Daniel sieben. Wir waren die verdammte Toffifee-Familie. Es hat nur der Hund gefehlt.«

»Aber das wolltest du doch. Du wolltest doch eine Familie ...«

»Natürlich wollte ich eine Familie! Aber keinen Ehemann dazu, der meint, mich mit vierzig mit den Kindern sitzenlassen zu müssen, um sich eine viel jüngere Frau zu angeln und mir dann auch noch die Kinder wegzunehmen. Was ich wollte, war eine *glückliche* Familie. Mit einem Vater, der sich um seine Kinder kümmert und der mit mir alt wird, der mich auch mit Falten noch schön findet.« Ich schnaubte verächtlich. »Als er ging, sagte er mir, ich hätte mich gehenlassen und er brauche eine junge, dynamische Frau an seiner Seite. Nett, was?«

»Autsch!«, kommentierte Quinn und verzog das

Gesicht. »Das ist bitter.« Dann schaute er mich an, sein Blick schien mein Gesicht zu streicheln. »Catia, der Mann ist ein Esel. Und ein blinder obendrein. Ich finde dich genauso schön wie damals. Schöner sogar, deine Ausstrahlung ist noch viel stärker als früher ...«

Flirtete er etwa mit mir? Es war verwirrend, mit ihm an einem Tisch zu sitzen und meine Nöte vor ihm auszubreiten. Gleichzeitig spürte ich die alte Nähe, die gewohnte Vertrautheit wiederaufkommen, die vor all den Jahren zwischen uns existiert hatte. Und die in einem einzigen Moment durch meine Bemerkung wie eine Seifenblase zerplatzt war. Das durfte ich nicht vergessen! Vermutlich war mir der Calvados bereits mehr zu Kopf gestiegen, als ich mir eingestehen wollte.

Im weiteren Gespräch versuchten wir, die letzten fünfzehn Jahre möglichst unbefangen Revue passieren zu lassen. Dabei blickten wir uns mehr als einmal tiefer in die Augen. Irgendwann sah ich auf die Uhr und stellte mit Entsetzen fest, dass es bereits elf war. Ich wollte doch um halb zwölf zu Hause sein! Mit dem Bus würde das nichts mehr werden, und für ein Taxi hatte ich eigentlich kein Geld, verdammt! »Quinn, ich muss ganz dringend los, es tut mir leid! Ich muss den Babysitter ablösen. Das schaffe ich gar nicht mehr mit dem Bus. Ich werde mir ein Taxi rufen.«

Quinn winkte der Bedienung und bat sie, ihm die Rechnung zu bringen. »Lass mal! Ich fahre dich nach Hause. Ein Jacques, das geht schon, das Bier war alkoholfrei. Wo wohnst du denn jetzt?«

»In Zehlendorf-Mitte, gleich hinter der Dorfkirche.

Das wäre echt riesig von dir, dann bin ich noch pünktlich.«

Wir verließen die Phoenix Lounge und liefen ein kleines Stück die Straße hinunter. Dann standen wir vor seinem alten silbergrauen Citroën DS – der Göttin. Ich stieß einen verhaltenen Freudenschrei aus. »Du hast sie immer noch? *La Déesse* – wie großartig!«

Ich hatte dieses Auto geliebt, genau wie die Touren ins Brandenburger Umland, die wir mit dem Wagen so oft gemacht hatten. Ich ließ mich in den Beifahrersitz hinabgleiten und genoss die Fahrt nach Hause.

Eine Viertelstunde später hielt Quinn in der Einfahrt neben dem kleinen leerstehenden Ladengeschäft im Erdgeschoss unseres Hauses. Er schaute die Straße hinunter in Richtung Zehlendorf Eiche und dann mich an. Wieder schien eine Frage in seinem Blick zu liegen, die er nicht stellte.

»Ich würde dich noch hereinbitten, Quinn«, druckste ich herum, »aber es ist schon sehr spät ... Ich muss morgen wieder früh raus ... Und die Kinder ...«

»Das ist schon in Ordnung.« Er schaute kurz auf seine Schuhe, dann auf die Straße und dann direkt in meine Augen. »Ich würde dich aber gerne wiedersehen. Vielleicht gehen wir am Freitag noch einmal essen? Nach einem Kinobesuch? Oder am Sonnabend?«

Ich war überrascht. Eine zweite Verabredung mit Quinn wäre ein richtiges Date. Oder hatten sich die Spielregeln geändert, seit ich das Feld verlassen hatte? Andererseits, was sollte es? Jetzt war die Zeitrechnung n. H., nach Hanno, und ich war niemandem mehr Rechenschaft schuldig. Es war höchste Zeit, mich daran zu gewöhnen und das Beste daraus zu machen. Außerdem tat Ablenkung not, wie Astrid mir immer wieder ans Herz legte – ich solle mich mehr »draußen tummeln«, wie sie es nannte. Mich »tummeln« kam nicht in Frage. Ich war schließlich gar nicht auf der Suche nach einem neuen Mann. Aber wenn aus dieser alten Liebe eine Freundschaft werden könnte, wäre das doch gerade jetzt sehr angenehm. Was versuchst du dir denn gerade schönzureden?, hörte ich Astrid leise kichern. Bevor sich weitere Stimmen dazugesellten, traf ich eine Entscheidung.

»Gerne«, antwortete ich. »Ich gehe gerne wieder mal mit dir aus, Quinn. Freitagabend passt mir gut.«

Quinn Hartmann strahlte mich an. Und beim Teutates – was sah dieses Strahlen immer noch »übelst krass sexy« aus!

La Mer ...«, dudelte es laut aus Paps' alter Stereoanlage. Ich war gut gelaunt. So gut gelaunt, dass ich beim Aufräumen lautstark mit Charles Trenet mitsang. Es war Freitag. Die Kinder hatten Papa-Wochenende. Hanno und Dana wollten mit ihnen direkt nach der Schule zum Tropical Islands fahren. Keines der Kinder fand großen Gefallen an den überbordenden Wochenendaktivitäten, aber Helene hatte ihren Brüdern eine klare Ansage gemacht: Sie würden ihren Spaß haben, damit Mama sich keine Sorgen machen müsse! Auch dieses Thema würde ich sehr bald angehen müssen, so ging das nicht weiter! Keines der Kinder wollte jedes zweite Wochenende beim Vater verbringen. Helene vermisste Jake, Vincent wollte mit seinen Freunden hier Fußball spielen, und Daniel zog seine Piratenkoje ganz klar dem Designerkinderzimmer in Köpenick vor. Im Tropical Islands konnten die beiden Jungs wenigstens herumtollen. Helene tröstete sich damit, dass Dana ihr eine Maniküre und eine Pediküre versprochen hatte, und außerdem nahm sie ihre Hausaufgaben mit. Sie würde am Montag eine Buchbesprechung vortragen müssen und hatte sich dafür John Boynes *Der Junge mit dem*

Herz aus Holz ausgesucht. Eine feine Wahl, aber auch eine, die es in sich hatte.

Ich hatte im Haushalt grob für Ordnung gesorgt und machte mich für den Termin mit meinem neuen Scheidungsanwalt fertig. Stefan Starke hatte sich gleich am Mittwoch gemeldet und mir einen Termin für diesen Morgen um elf Uhr vorgeschlagen. Ich sollte allerlei Unterlagen mitbringen, von denen mir die meisten gar nicht vorlagen, wie ich hatte feststellen müssen.

Stefans Kanzleiräume lagen in der noblen Friedrichstraße, Höhe Behrenstraße. Er musste ein sehr guter und sehr teurer Anwalt sein, wenn er sich hier Büroräume leisten konnte. Eine Dame um die sechzig nahm mich an der Eingangstür in Empfang und stellte sich mir resolut und mit einem kräftigen Händedruck als »Hilde Meissner, die Kanzleichefsekretärin« vor. Auf meine Bitte hin zeigte sie mir zuerst die Damentoilette, damit ich mich kurz frischmachen konnte. Nach einer halben Stunde Fahrt mit der S-Bahn war ich ziemlich verschwitzt. Es war immer das Gleiche: Im Winter war die Bahn überheizt, und jetzt im Sommer machte es sich die draußen herrschende Hitze in den Waggons bequem. Als ich mich wieder einigermaßen präsentabel fühlte, führte Frau Meissner mich in Stefans Büro, vorbei an einigen Räumen, in denen jüngere Damen saßen, die schmale Kopfhörer trugen und Audiodiktate in ihre Tastaturen tippten.

Stefan Starke hatte sich im Gegensatz zu Quinn ganz erheblich verändert. Ein nicht zu übersehender

Bauch und ein nicht mehr definierbarer Übergang vom Kinn zum Hals waren das Erste, was mir auffiel, als er sich, nicht ohne Mühe, von seinem Stuhl erhob und auf mich zukam. Gegen ihn wirkte ich äußerst schlank. Sein Lächeln und die Art, wie er meine Hand schüttelte, hatten sich jedoch gar nicht verändert und waren so einnehmend wie damals. Ich fühlte mich sofort wieder wohl in seiner Gegenwart.

»Catia, Mensch, das ist ja lange her! Ich hätte mir wirklich gewünscht, dass wir uns unter angenehmeren Umständen wiedersehen.«

Ich erwiderte sein Händeschütteln und nickte bejahend. »Das wäre mir auch lieber gewesen. Ich bin dir sehr dankbar, dass du so schnell einen Termin für mich hattest.«

»Na, das war doch Ehrensache, nachdem Quinn mich anrief. Aber nimm doch erst mal Platz! Möchtest du einen Kaffee? Ein Wasser?«

Ich war verwirrt – nachdem *was*? »Ein Kaffee wäre gut, danke.«

Stefan bat seine Sekretärin über die Telefonanlage um zwei Kaffee, blätterte durch ein paar Unterlagen und blickte mich dann breit grinsend an. »Dein abtrünniger Ehemann hat sich einige derbe Schnitzer geleistet. Um zu belegen, wie es vermutlich wirklich gelaufen ist, werde ich von seinem Anwalt einige Dokumente einfordern müssen. Dafür brauche ich zuerst einmal eine Vollmacht von dir, die es mir erlaubt, dich anwaltlich zu vertreten.« Damit reichte er mir einen Bogen Papier über den Tisch.

Ich zögerte, denn jetzt hieß es Farbe bekennen. Es führte kein Weg daran vorbei. »Stefan, ich habe gar kein Geld. Ich komme kaum über die Runden mit dem bisschen, das mir zur Verfügung steht. Ich borge mir schon dauernd etwas von meinen Eltern und mache ein paar Putzjobs, damit es nicht ganz so hart ist. Ich weiß gar nicht, wie ich dich bezahlen soll ...«

Stefan winkte ab. »Darüber mach dir mal keine Gedanken! Wir werden in jedem Fall zunächst Prozesskostenübernahme respektive Verfahrenskostenhilfe beantragen – schau mal, das ist das zweite Formular, das ich hier für dich habe –, eben weil du ja kein Geld für dieses Verfahren hast. Obwohl das de facto nicht ganz richtig ist, wie ich annehme.« Stefan konnte die Fragezeichen von meiner Stirn ablesen und führte deshalb weiter aus: »Du hast kein Geld von dem Verkauf eures Hauses erhalten – richtig?«

Ich nickte.

»Das ist ein grober Fehler, den er sich da geleistet hat. Ich hatte gleich so ein Gefühl und habe eine gute Bekannte beim Grundbuchamt gebeten, einmal euren Eintrag einzusehen, bevor ich mir offiziell mit der Vollmacht von dir einen kostenpflichtigen Ausdruck besorge.« Er schmunzelte. »Wie ich mir dachte, seid ihr beide als Eigentümer eingetragen. Das heißt, dir steht die Hälfte des Erlöses aus dem Hausverkauf zu.«

Ich verstand nicht, was er sagte. Ich hatte doch gar kein Geld in den Hausbau gesteckt.

Stefan erklärte: »Du stehst mit im Grundbuch. Du hast den Kaufvertrag für euer Haus mit unterschrieben.

Catia, das Haus gehörte zur Hälfte dir! Wusstest du das gar nicht?«

Ich schüttelte verständnislos den Kopf. »Nein, das wusste ich nicht. Hanno hat mir damals öfters irgendwelche Papiere hingelegt, die ich unterschreiben sollte. Ich hatte gerade Helene zur Welt gebracht und habe mir die Unterlagen gar nicht angesehen. Stefan, er hat das Haus doch auch schon verkauft ...«

Der Anwalt nickte zufrieden. »Ja, ich weiß. Sicherlich für eine Menge Geld. Ein Haus in der Lage bringt auf dem aktuellen Markt gut sechs- bis siebenhunderttausend Euro. Du hast Anspruch auf die Hälfte. Und das ist vermutlich erst der Anfang.«

Ich verstand immer weniger. »Wieso der Anfang?«

Stefan beugte sich über seinen Schreibtisch. »Ihr habt keinen Ehevertrag, richtig?«

Ich schüttelte den Kopf.

Stefan Starke lehnte sich zurück an die hohe Lehne seines Stuhls. »Das bedeutet, dass dir die Hälfte des während der Ehezeit erwirtschafteten Vermögens zusteht. Du, Catia, wirst aller Wahrscheinlichkeit nach eine wohlhabende Frau sein, wenn ich mit deinem werten Gatten durch bin. Und ich als dein Anwalt werde ein schönes Sümmchen mitverdienen.«

Langsam dämmerte mir, was er da sagte. Zeitgleich meldete sich die Angst. »Aber dem Verlag geht es doch nicht mehr gut. Und was ist mit seinen Anschuldigungen und dem Einklagen des Sorgerechts? Stefan, mir ist das Geld egal, aber er darf auf keinen Fall die Kinder kriegen!«

Stefan beugte sich wieder vor und schüttelte den Kopf. »Ach, Catia«, seufzte er, »ich habe schon so viele Fälle wie deinen verhandelt. Zunächst einmal werde ich die Bilanzen der letzten Jahre anfordern und sie unter die Lupe nehmen lassen. Was den Weihnachtsabend angeht: Du hast Alkohol getrunken, meine Güte, du bist auch nur ein Mensch! Deine Kinder waren aber Weihnachten nicht bei dir. Die haben dir nicht beim Trinken zugeschaut. Sie sollten die Nacht bei ihrem Vater verbringen und gar nicht zu Hause sein. Du warst traurig, du hast deine Kinder vermisst, dein Mann hat dich wochenlang zuvor massiv unter Druck gesetzt. An jenem Abend hat sich dieser emotionale Druck in ein paar Gläschen zuviel entladen. Du hast die Kinder aber an dem Abend ins Bett gebracht, ohne dass sie zu Schaden kamen, warst am folgenden Tag für sie da, und mehr ist dazu gar nicht zu sagen. Du trinkst schließlich nicht regelmäßig.«

Ich räusperte mich, sagte aber nichts. Astrid und ich leerten durchaus das eine oder andere Fläschchen Wein, wenn wir beisammensaßen, aber »regelmäßig« würde ich das nicht nennen. Stefan ließ alles so einfach klingen. Meine Angst nahm er mir aber nicht. Die Fee, die das große Selbstbewusstsein in meine Wiege hätte legen sollen, hatte den Termin ganz offenbar verschwitzt.

»Aber er hat doch alle Karten in der Hand. Er hat das Geld, er hat das neue Haus mit dem Garten, ich habe gar nichts. Ich finde ja nicht mal Arbeit ...« O Gott, meine Unterlippe fing an zu zittern! Gleich würde ich in

Tränen ausbrechen. Und das nicht, weil ich mir selber leidtat, sondern weil ich so deutlich sah, wie ich versagt hatte. Ich hatte nichts dafür getan, um meine Kinder alleine versorgen zu können, wenn alle Stricke einmal reißen sollten. Den Fehler machten sicherlich viele Frauen, dennoch schämte ich mich zutiefst dafür, ihn auch gemacht zu haben.

Stefan machte eine abwiegelnde Handbewegung. »O nein, Catia, stopp, du hast gar nichts falsch gemacht! Du hast drei Kinder großgezogen, während dein Mann seine Karriere verfolgt hat. Deine Kinder haben eine äußerst starke emotionale Bindung zu dir. Ihr Vater hat sich wegen einer jüngeren Frau von dir getrennt. Er hat überdies seine Kinder ihres vertrauten Heimes *beraubt*. Und den Begriff wähle ich ganz bewusst, denn er hat euch nachweislich um den Erlös aus dem Hausverkauf betrogen, wenn sich mein Verdacht hier bestätigt. Catia, dein Mann hat dich durch seinen Anwalt sehr gezielt einschüchtern lassen und darauf gesetzt, dass du zu allem ja und amen sagst, was er verlangt.« Er hielt kurz inne, holte Luft und fügte dann hinzu: »Ich weiß nicht, was ihr für eine Beziehung hattet, aber dein Mann will dich für dumm verkaufen.«

Ich wurde tiefrot. *Quelle patate!* Was war ich für ein Dummkopf! Ich hatte mich nie um irgendwelche Papiere gekümmert, auch weil Hanno das stets abgeblockt hatte. Ich hatte mir nicht mal, nachdem das Online-Banking eingeführt worden war, einen Zugang zu unserem Konto auf meinem Rechner eingerichtet. Ich hatte überhaupt keine Ahnung gehabt, wie es um unsere Finanzen stand. Das Konto, von dem ich alle laufenden Kosten deckte, wurde jeden Monat üppig aufgefüllt, und da ich stets viel um die Ohren hatte, blieb nie die Zeit, mich um Kontostände und Geldanlagen zu kümmern. Erst in diesem Moment wurde mir klar, dass ich mir diese Zeit hätte nehmen müssen.

Stefan Starke sah mich an, Besorgnis lag in seinem Blick. »Wenn du mich nicht eingeschaltet hättest ...« Dann schüttelte er den Kopf. »Aber das hast du ja glücklicherweise getan. Catia, ich habe wirklich schon viele ähnliche Fälle auf dem Tisch gehabt. Manchmal kam es sehr zügig zu einer Einigung, weil der Ehemann sich vor Prozessbeginn einsichtig zeigte. Im schlimmsten Fall wird eine Sorgerechtsverhandlung anberaumt, in der deine Tochter als ältestes deiner Kinder gebeten werden könnte, sich in einem Gespräch mit der Richterin zu äußern.«

Meinen bestürzten Blick deutete er ganz richtig. »Im schlimmsten Fall, Catia! Ich bin sicher, dass es dazu nicht kommen wird. Hanno Hecht hat seine gutgläubige Frau« – er blickte mich entschuldigend an, ich winkte nur ab, wenigstens hatte er nicht »einfältig« gewählt – »rigoros verunsichert, um sie um den ihr zustehenden Anteil am ehelichen Vermögen zu bringen. Dir steht die Hälfte des während der Dauer eurer Ehe erwirtschafteten Vermögens zu – ich werde hier um die entsprechenden Unterlagen ersuchen –, und ich sehe gar keine Gründe, die dafür sprächen, dir das Sorgerecht zu entziehen. Ganz im Gegenteil! Dein Mann hat seinen Kindern in einer für sie emotional schwierigen Zeit auch noch Orts- und Schulwechsel zugemutet, das wird ihm nicht zu seinem Vorteil gereichen. Auch wenn der Wind aus EU-Richtung momentan eher für die Väter weht, ist das hier ein Fall, in dem kein Jugendrichter einen legitimen Grund fände, den Hauptaufenthaltsort der Kinder zum Vater zu verlegen, geschweige denn dir das Sorgerecht zu entziehen. Der Anwalt deines Mannes ist ein Dilettant. Diese beiden Schreiben überhaupt so formuliert zu haben!«

Ich hätte mich freuen müssen, wir hätten einen Sektkorken knallen lassen sollen. Es klang alles so einfach. Meine Angst aber überschattete alles Gehörte. Und so unterschrieb ich die Vollmacht schweren Herzens, bedankte mich bei Stefan und verließ die Kanzlei mit einem mulmigen Gefühl im Magen.

Es hatte immer mal wieder Papiere gegeben, die ich unterschreiben musste, zum Beispiel eine Bankvollmacht – daran konnte ich mich noch erinnern – und dann irgendetwas, das den Gewinn von Hannos Unternehmen für die Steuer besser dastehen ließe. Genau wusste ich das alles nicht mehr. Aber ich kannte Hanno. Ich wusste, wie er zu manövrieren in der Lage war. Hanno war kein Mann, den man unterschätzen durfte! Hanno Hecht bekam immer genau das, was er wollte.

Auf dem Nachhauseweg starrte ich ganz in Gedanken versunken aus dem zerkratzten Fenster der S1 in Richtung Wannsee, während die Innenstadt und das südliche Berlin an mir vorbeizogen. Ab Friedenau säumten Bäume und begrünte Randstreifen die Strecke hinaus in den Südwesten der Stadt, die Häuserreihen wurden pittoresker. Ab Lichterfelde West fanden sich Villen am Streckenrand. Die in der Hauptstadt deutlich spürbare Sommerlaune unterstrich den Ausflugsstreckencharakter der Wannseebahn, wie die Linie von den Berlinern auch genannt wurde. Es waren schöne Bilder, die ich hinter den Kratzern erkennen konnte, und ich war froh darüber, in Zehlendorf eine Wohnung gefunden zu haben und nicht im Wedding oder in Marzahn. Ich versichere Ihnen, das ist kein Snobismus! Es geht den Weddingern und Marzahnern nicht anders. Wir Berliner hängen an den Kiezen unserer Kindheit und bemitleiden jeden, der nicht das Glück hatte, dort aufgewachsen zu sein. Dennoch sind wir stolz auf die vielen Facetten, die unsere Stadt zu bieten hat – und das ist es letztendlich, was alle echten Berliner vereint.

Ich hatte in den letzten fünfzehn Jahren nicht aufs Geld schauen müssen. Ich hatte mir über den Lebensunterhalt nie Gedanken machen müssen. Wir waren es gewohnt, in Bio- und Feinkostläden einzukaufen, hatten Wert gelegt auf qualitativ hochwertigen Konsum, auf das Vermeiden von Additiven in Lebensmitteln und den Kauf frischer Saisonware. Hanno aß gerne gut und lebte nach dem Motto »Das Beste ist gerade gut genug«. Ich wiederum hatte mir gern viel Zeit genommen, unsere Menüs vorzubereiten. Über die Jahre und nach zahlreichen Kochkursen hatte ich so manches dazugelernt, ich konnte nicht nur Zwiebeln mit meinem Kasumi-Messer in der Geschwindigkeit eines Kochprofis hacken, sondern wusste auch, was in eine sternetaugliche

Jus gehörte und wie man Fleisch oder Fisch richtig zubereitete und auf den Punkt garte.

Seitdem wir in der Potsdamer Straße wohnten, war ich doppelt froh, diese Fähigkeiten erworben zu haben, denn sie kamen nun auf den Prüfstand einer knappen Kasse. Ohne sie wäre ich gar nicht klargekommen, und wir hätten uns nur aus Tüten und Dosen ernährt. Wir aßen – unsere Vegetarierin Helene mal ausgenommen – nach wie vor nur Biofleisch. Auch auf Eier und Milch aus Bioproduktion verzichteten wir nicht. Allerdings kaufte ich nun gezielt heruntergesetzte Ware, die noch am selben oder dem nächsten Tag verbraucht werden musste. Ich kochte einfache Gerichte mit saisonalen Zutaten. Unser Brot war vom Vortag, oder ich backte selbst. Ich hatte Glück, dass meine Kinder recht unkompliziert waren, was das Thema Essen betraf. Ihnen schmeckte kein Fast Food, und auch Süßigkeiten mit lächelnden Kindergesichtern auf der Verpackung oder mit dem Versprechen, gesunde Vitamine zu enthalten und Spaß zu machen, rissen sie nicht vom Hocker. Meine Süßschnäbel bevorzugten selbstgemachte Schokocrossies aus Cornflakes mit Rosinen (wirklich einfach, mit Cranberrys noch besser, googeln Sie mal!) und selbstzubereitete Kuchen, Torten und Süßspeisen aller Arten.

Sollten Sie jetzt unruhig geworden sein und einen langen Vortrag in Sachen bedingungslos ökologischer Lebenshaltung fürchten, kann ich Sie beruhigen: Damit erschöpfte sich mein Engagement in Sachen Nachhaltigkeit auch schon. Wir trugen Turnschuhe *made in*

China, ich weinte meinem Kleinwagen nach, der mein Leben viele Jahre lang so viel bequemer gemacht hatte, hätte sofort Urlaub an einem sonnigen Strand auf der anderen Seite der Erde gemacht, wenn ich das Geld dafür gehabt hätte, und nahm ein Waschmittel, das zwar nicht sonderlich umweltverträglich war, aber immerhin bestens duftete. Viele Jahre lang hatte ich keine Preise vergleichen müssen, nun hatte ich keine Wahl mehr.

Warum ich so viel über Essen erzähle? Weil mir diese Gedanken kurz vor der Station Botanischer Garten den Anstoß für eine Idee lieferten, wie es weitergehen könnte.

Stefan Starke

Ich war mehr als überrascht, als der Quintus mich anrief, mitten in der Nacht. Aber guten alten, ach, was sage ich, besten alten Freunden tut man jeden Gefallen. Sorgerechtsfälle sind meist sehr simpel. Väter haben in der Regel die schlechteren Karten, da sie meist alleine schon aufgrund ihrer Arbeitssituation die weniger stark ausgeprägte Beziehung zu ihrem Kind haben. Bei drei Kindern gar darf man beinahe von einem Osterspaziergang vor Gericht ausgehen. Es sei denn, die Mutter nimmt Drogen, hat ständig wechselnde Liebhaber oder schlägt nachweislich ihre Kinder. Nichts von dem – da bin ich mir sehr sicher, denn immerhin kenne ich Catia ja von früher – wird hier der Fall sein. Also werde ich Quintus gerne helfen und seine frühere Flamme vertreten.

Der alte Fuchs! Es geht mich ja nichts an, aber natürlich ist er wieder scharf auf sie. Wenn er nicht sogar über all die Jahre seit der Trennung scharf auf sie gewesen war, sicher bin ich mir da nicht. Es ist ihm wirklich wichtig, dass ich sie vertrete. Er hat noch was zur lächerlichen Prozesskostenhilfe draufgelegt. Dafür lasse ich Catias Mann gern ordentlich durchleuchten. Wäre doch gelacht, wenn der keinen Dreck am Stecken hätte! Wer lässt denn auch sonst Frau und drei Kinder sitzen – auf so eine Art! Ich bin sehr zuversichtlich, dass Catias Gatte keine Chance hat auf das Aufenthaltsrecht – und schon gar nicht auf das alleinige Sorgerecht.

Die Kinder waren gut in den brandenburgischen Tropen angekommen. Helene hatte mir eine SMS geschickt, und ich stand erneut unentschlossen vor meinem Kleiderschrank, als es an der Tür klingelte.

»Sie schicken Diego direkt weiter nach Dubai! Sein Kollege ist krank, er muss einspringen!«, echauffierte sich Astrid, als sie in der Wohnung stand, drückte mir eine Flasche in die Hand und ging in die Küche.

Diego war schon seit vier Wochen unterwegs, sie hatten alle fest damit gerechnet, dass er Pfingsten zu Hause verbringen und sich ein paar Tage freinehmen konnte. Ich trabte Astrid hinterher und pfriemelte schon am Stanniolpapier herum, das den Flaschenhals umschloss. Natürlich kam der Cava aus dem Kühlschrank. Astrid ließ sich auf einen Küchenstuhl fallen. Ich holte zwei Gläser aus dem Hängeschrank. Hannos Überbrückungsbetrag war unter anderem in diverse Küchenausstattungspakete eines schwedischen Möbelhauses investiert worden, da der Käufer unseres Hauses, ein asiatischer Geschäftsmann, Einrichtung und Ausstattung komplett miterworben hatte. Lediglich meine Küchenmesser, unsere Handtücher und die Bettwäsche hatte ich neben unserer Kleidung mitgenommen.

Astrid seufzte. »Ich weiß, ich darf mich nicht beschweren. Diego verdient ein Schweinegeld mit seinem Job, und wir können es natürlich sehr gut brauchen. Aber er ist einfach nie da! Ich mache ihm keinen Vorwurf, ich mache niemandem einen Vorwurf, aber ich bin trotzdem stinksauer!«, was sie mit einem wirklich kräftigen spanischen Fluch unterlegte. »Catia, ich weiß überhaupt nicht, wie du das hier seit Monaten stemmst! Im Gegensatz zu dir bin ich nicht alleine, trotzdem fühle ich mich ständig so, und das gefällt mir ganz und gar nicht.«

Autsch! Das tat weh, obwohl ich wusste, dass sie das nicht beabsichtigt hatte. Ich schenkte uns ein und blickte in mein Glas, in dem die Luftbläschen fröhlich vor sich hin sprudelten.

»Ich will dir mal etwas erzählen ...« Diese Beichte fiel mir nicht leicht. »Es war irgendwann im Januar. An einem ganz dusseligen Tag. Es war nass, kalt und stockfinster am Morgen. Vincent war mit dem falschen Bein aufgestanden und kam gar nicht in die Gänge. Helene ist ja morgens sowieso kein Sonnenschein, und Daniel hatte Fieber. Nachdem die beiden Großen raus waren und ich Daniel wieder ins Bett gesteckt hatte, saß ich hier am Küchentisch, sagte meinen Putzjob für den Morgen ab und dachte an die vielen Male, die ich mich ähnlich verloren gefühlt hatte, während ich an dem Designerküchentisch in Kleinmachnow gesessen hatte. Hanno hat sich nie meine Sorgen angehört, ihn interessierten nur die Lösungen, wie er sagte, keine Probleme. Weißt du, wie das bei uns ablief, wenn er nach Hause kam? Er simste mir, wenn er aus dem Büro losfuhr. Ich setzte ihm dann das Wasser für einen grünen Tee auf, einen ganz bestimmten japanischen – Super Premium Gyokuro Kimigayo. Du glaubst nicht, was der gekostet hat! Während der Tee zog, exakt zwei Minuten und vierzig Sekunden lang, und während der Zeit, die er brauchte, um ihn zu trinken, konnte ich ihm vom Tag und den Kindern erzählen. Danach musste er sich Wichtigerem widmen: einem neuen Manuskript, einem Vertragsentwurf oder was weiß ich.«

Ich spürte den klebrig-heißen Hauch der Scham meinen Rücken hinunterkriechen, denn es war genauso furchtbar gewesen, wie es klang. Während meiner Ehe hatte ich die Art unseres Zusammenlebens tatsächlich nicht hinterfragt. Es war normal für mich gewesen, denn mein Hausfrauendasein schien doch belanglos.

Astrid sah mich mit großen Augen an. Ich zuckte mit den Schultern. »Als ich noch mit Hanno zusammen war, sah ich meinen eigenen Fehler nicht. Ich bin in Wirklichkeit schon sehr lange alleine, dämmerte es mir an jenem Januarmorgen. Und, so merkwürdig es klingen mag, es machte die Sache ein wenig besser. Einen Mann zu haben heißt noch lange nicht, einen Mann an seiner Seite zu haben. Und nur darum geht es doch. Diego ist an deiner Seite, das weißt du! Ihr redet miteinander, er interessiert sich für eure Kinder. Wenn er Zeit hat, ist er für sie da. Und für dich.« Ich stockte, denn sosehr ich mich für Astrid freute, fühlte ich mich meiner Kinder und meiner selbst wegen elend. Hanno war, wenn ich unsere Ehejahre nüchtern betrachtete, wenig mehr als der Brötchenverdiener gewesen. Zugegeben, wir konnten uns Dinkelvollkorn- oder Cranberry-Curry-Brötchen vom besten Biobäcker Kleinmachnows leisten, doch gegessen haben wir die bis auf wenige Ausnahmen stets ohne ihn. Ich hatte nichts dagegen unternommen, ich hatte diese Rollenverteilung mitzuverantworten und mich in meinem gar nicht so unbequemen Kokon eingerichtet.

Astrid schaute mich an und atmete laut aus. »So hart es sein mag, aber ohne deinen Hanno bist du echt besser dran! Was du mit deinem Mann erlebt hast, klingt ziemlich grauenhaft. Catia, da texte ich dich hier zu und jammere dich voll ... Was bin ich für eine Kuh, entschuldige! Ich vermisse Diego. Ihn jetzt noch einmal vier Wochen nicht sehen zu können ist echt hart. Aber du hast ganz recht – dafür wird das Wiedersehen umso schöner.« Sie leerte ihr Glas in einem Zug. »Mensch, apropos Wiedersehen: Du hast doch heute dein Date mit diesem schicken Buchhändler, oder? Was ziehst du an? Und gehst du mit ihm mit, oder bittest du ihn zu dir?«

Ich spürte dunkle Röte in meinem Gesicht aufsteigen.

Astrid lachte schallend. »*Querida,* du müsstest dich mal sehen! Du bist doch kein Teenie mehr und hast dir ein bisschen Ablenkung durchaus verdient.«

Mir fiel keine passende Antwort ein, ich schenkte ihr nach.

Astrid hob ihr Glas und prostete mir zu. »Auf deinen Abend! Rasier dir die Beine, zieh 'nen hübschen Schlüpper an, und hab einfach Spaß! Der Rest ergibt sich dann schon.«

Ich stieß mit ihr an und lächelte ein wenig gequält. Ich konnte mich beim besten Willen nicht mehr daran erinnern, wann ich das letzte Mal, außer mit den Kindern, Spaß gehabt hatte. Da klingelte das Handy.

»Hallo, ich bin's, Franziska! Ich wollte fragen, ob du heute Abend Zeit für mich hast. Ich muss dringend mal raus, Maximilian übernachtet bei einem Freund, und Karsten ist bei einem Geschäftsessen.«

Das war eine Überraschung, denn wir hatten schon lange nichts mehr voneinander gehört. »Das tut mir leid, Franziska, ich kann heute Abend nicht, bin schon verabredet.«

Astrid gab ein »Nicht zu knapp!« von sich und kicherte.

»Ach ja? Mit wem denn? Hast du Besuch?«

»Ja, Astrid ist da. Sie hilft mir bei der Auswahl des Outfits.« Auch ich musste kichern.

Franziska schwieg.

Ich fügte hinzu: »Ein andermal, Franziska. Astrid hält mir schon wieder was zum Anziehen hin.«

»Astrid, ach so. Na ja, dann hab mal viel Spaß mit Astrid! Ich geh dann vielleicht ins Kino, mal sehen.«

»Dir auch viel Spaß! Bis bald!«

Täuschte ich mich, oder war Franziska beleidigt? Ich legte nachdenklich auf. Astrid schaute mich fragend an.

»Das war eine alte Freundin aus Kleinmachnow. Sie klang irgendwie beleidigt, weil ich keine Zeit für sie habe heute Abend.«

Astrid zog eine Augenbraue hoch. »Ach, lass mal! Sie wird doch wissen, wie schlecht es dir in den letzten Monaten ging. Sie kann doch gar nichts dagegen haben, wenn du mal wieder was Schönes vorhast.«

Ich hatte trotzdem ein mulmiges Gefühl – so, als hätte ich Franziska hängenlassen. Astrid ließ weitere Grübeleien jedoch nicht zu. Es verstand sich von selbst, dass sie darauf bestand, meine Augenbrauen zu korrigieren, und mir vielsagend meinen Ladyshave hinhielt. Man könne ja nie wissen, sagte sie grienend. Meine beste Unterwäsche sei ein Muss, und ich bemerkte, wie ich langsam Gefallen an dem ganzen Brimborium fand. Es war eine Ewigkeit her, dass ich mich mit einer Freundin für einen Abend zurechtgemacht hatte.

Irgendwann hatte ich meinen Frieden mit dem Outfit für den Abend geschlossen und trug mein Lieblingskleid, ein knielanges, leicht tailliertes, kurzärmeliges Paisleykleid in A-Linie und Blau- und Türkistönen, darüber meinen grauen leichten Baumwollstrickmantel. In Größe 38 sähe es großartig aus, so eher nur groß, aber ich fühlte mich darin wohl, und das war die Hauptsache. Ich hatte dazu passende halbhohe schwarze Spangenpumps, in denen man tatsächlich eine Weile lang laufen konnte, ohne bleibende Bandscheibenschäden oder einen Hallux fürchten zu müssen, und trug meine Lieblingskette von früher. An der hing ein mittelgroßer Anhänger mit einer Textstelle aus dem Brandbrief *J'accuse* – Ich klage an –, den Émile Zola 1898 im Zuge der Dreyfus-Affäre an den französischen Staatspräsidenten geschrieben und veröffentlicht hatte: *La vérité est en marche et rien ne l'arrêtera.* Astrid staunte nicht schlecht, als ich ihr erklärte, dass es sich um eine Originalseite einer französischen Tageszeitung handelte, die dafür verarbeitet worden war. Quinn hatte mir Anhänger und Kette geschenkt, als wir erstmals meinen Geburtstag gemeinsam feierten. Ich hatte sie lange nicht mehr getragen. Hanno hielt Zola für einen linken Schwätzer und das Geschenk für billigen Tand.

Nachdem Astrid sich nach Hause verabschiedet hatte – »*Querida*, du siehst toll aus! Ich will morgen alles hören!« –, stand ich etwas verloren vor dem Spiegel. Was, um Himmels willen, tat ich hier? Mein Spiegelbild hatte auch keine Antwort, und so ließ ich mich auf einem Stuhl in der Küche nieder und leerte mein Glas.

Quinn holte mich um sieben Uhr von zu Hause ab, zeigte sich angemessen angetan von meiner Erscheinung, und wir fuhren mit der Göttin ins Capitol Kino. Beim Losfahren erhielt ich eine SMS von Astrid mit einem breit grinsenden, hüpfenden Emoticon und einem Daumen-hoch-Symbol. Sie hatte wohl auf die Straße gelinst, um sich mein Date anzuschauen.

Der Film, den wir sahen, war unterhaltsam. Nehme ich an. Denn ich war neben Quinn so aufgeregt wie ein Teenie und konnte mich kaum auf die Handlung konzentrieren. Anschließend fuhren wir in den Grunewald, in das wunderschön gelegene Châlet Suisse. Quinn hatte darauf bestanden, mich einzuladen, und obwohl es mir auch ein wenig unangenehm war, freute ich mich auf das exzellente Essen. Wir waren bei den Hauptgerichten, und ich sezierte das Bärlauchrisotto, das mein Pommersches Rind begleitete, auf der Zunge. Während ich die einzelnen Zutaten zu erschmecken versuchte, grinste Quinn mich über den Tisch hinweg an.

»Ich sehe, du verstehst jetzt viel mehr vom Kochen als früher.«

Ich machte eine abwertende Handbewegung. »Na ja, bei drei Kindern bleibt mir nichts anderes übrig. Aber es stimmt, ich koche inzwischen wirklich gerne. Es erdet mich, und ich freue mich, wenn es den Leuten an meinem Tisch schmeckt.« Früher, damals mit Quinn, war ich froh gewesen, wenn mir Wasser nicht anbrannte.

Er sah mich nachdenklich an. »Du hast dich verändert, Catia. Und dann sehe ich dich an und sehe doch dieselbe Frau, die ich damals einfach einstellen musste, weil ich mich vom Fleck weg in sie verguckt hatte. Ich freue mich auch, dass du den Anhänger noch hast.«

Ich ließ die Gabel sinken, die sich schon fast in meinem Mund befunden hatte. Kein Zweifel, das war ausgesprochen nett. Unheimlich nett! Ich schüttelte den Kopf. »Von der Frau von damals ist nicht mehr viel übrig. Meine drei Kinder sieht man mir schon an.« Ich blickte an mir herunter. »Äußerlich allemal – aber auch innerlich. Ich bin nicht mehr so wie früher.«

Quinn lächelte. »Das glaube ich nicht. Ich sehe dich doch. Die paar Pfunde mehr stehen dir blendend. Du warst früher ohnehin viel zu mager. Wenn du geschieden bist und das Ganze erst einmal verdaut hast, wirst du es selbst bemerken. Vielleicht solltest du auch etwas daraus machen, dass du jetzt Piment und Piemont voneinander unterscheiden kannst.«

Dann wechselte er das Thema und erzählte eine Anekdote aus Irland. Ich gebe zu, ich hörte nur mit halbem Ohr hin. Erstens war ich verblüfft über das Kompliment bezüglich meiner Figur, und zweitens hatte Quinn unwillkürlich ins Schwarze getroffen, denn beim S-Bahn-Fahren war mir ja ein ähnlicher Gedanke bezüglich des Kochens durch den Kopf gegangen.

Je später es wurde und je weiter der Pegel in unserer Rotweinflasche sank, desto unruhiger wurde ich. Was würde Quinn von mir erwarten? Das Ambiente schrie förmlich nach Romantik: Das Restaurant lag im Wald, der Abend war trocken, und die Temperaturen waren animierend lau. Ich war durcheinander. Einerseits fühlte ich mich wohl in Quinns Gegenwart, andererseits ging mir unsere Trennung durch den Kopf. Ich musste an all das denken, was damals geschehen war – an die Wortlosigkeit zwischen uns, die ich vorher nie für möglich gehalten hatte, und an den Schmerz, der erst nachließ, als ich die neugeborene Helene in den Armen hielt. Mir kam eine Szene nach der anderen in den Sinn: unser erster Kuss, der mir den Atem genommen hatte, unsere erste Nacht in seiner Wohnung, unsere verschwitzten Körper eng umschlungen und wunderbar erschöpft, und unsere gegenseitigen Berührungen im Vorbeigehen, die so viel Liebe und Nähe ausgedrückt hatten. Ich war mir so sicher gewesen, dass Quinn der Richtige war.

Meine Haltung zu Hanno war dagegen von Anfang an vernunftgeprägt gewesen. Ich hatte mir selbst auferlegt, nie wieder die Pferde so mit mir durchgehen zu lassen. Hannos Hand hatte nie über meinen Arm gestrichen, wenn er an mir vorbeigegangen war. Er hatte mir nie einen Kuss ins Haar gegeben, wenn ich am Tisch gesessen hatte und er aufgestanden war, um etwas zu holen. Hanno hatte nicht einmal etwas geholt. Er hatte immer nur darauf hingewiesen, dass etwas fehlte. Es war eine weitere unschöne Erkenntnis, dennoch musste ich mir erneut eingestehen, dass ich an der Entwicklung der letzten fünfzehn Jahre meines Lebens keineswegs unbeteiligt gewesen war. Ich hatte die Messlatte einfach am Boden liegen lassen und Versorgung mit Zuneigung verwechselt.

Das war ein anstrengender Gedankengang, der mich mein Glas leeren ließ, um nichts sagen zu müssen.

Quinn musterte mich unverhohlen. »Ich kann das Rattern in deinem Kopf immer noch hören, Catia.« Auch er leerte sein Glas, stellte es hin und blickte mir direkt in die Augen. Er legte seine Hand auf meine. Ihre Wärme durchflutete sofort meinen Körper. »Catia, ich genieße es, mit dir zusammen zu sein. Nicht mehr und nicht weniger. Du kannst aufhören zu grübeln, ob und was womöglich heute Abend noch passieren könnte!« Dann schenkte er uns Wasser nach und nahm sich eine Physalis vom Dessertteller. Er zog deren Blätter mit Zeigefinger und Daumen auseinander und führte sich die Frucht an den Mund.

Ich entschuldigte mich, um auf die Toilette zu

gehen. Dort ließ ich mir einige Minuten lang kaltes Wasser über die Pulsadern laufen. Ich trocknete meine Hände und Unterarme ab und beschwor mich, mich zusammenzureißen. Nachdem ich meinen Lippenstift nachgezogen hatte, ging ich wieder in den Gastraum hinaus.

Quinn hatte uns zwei Calvados bestellt. Er hielt seinen hoch, als ich an den Tisch zurückkam. *»May the best day of your past be the worst day of your future!«*

Ich stieß mit meinem Glas an. Möge der beste Tag deiner Vergangenheit der schlimmste deiner Zukunft sein – das zeugte von großem Wohlwollen und war ein rührender Trinkspruch. Es geschah kaum merklich, doch die schwarze Wolke, die mein Gemüt seit Monaten überschattete, löste sich langsam auf. Frech grinsend erwiderte ich: *»Je m'en fous!«,* was man freundlich mit »Du mich auch!« übersetzen konnte.

Nachdem wir gezahlt hatten, schlenderten wir den Waldweg entlang. Der Mond leuchtete auf den Weg, und die Nachtluft schmeckte nach Sommer. Nach einer Weile nahm Quinn meine Hand in seine, und wir liefen weiter schweigend nebeneinanderher.

Fünfzehn Jahre waren eine Ewigkeit, wenn man darüber nachzudenken begann. Es waren knapp 5500 Tage, die wir nicht Teil des Lebens des anderen gewesen waren. Stattdessen hatten wir viele Erfahrungen mit anderen Menschen gemacht und uns unabhängig voneinander weiterentwickelt. Es waren in 132 000 Stunden gedachte Gedanken, die das Befinden des anderen nicht mehr berücksichtigten. Kann man eine so immense Distanz überbrücken? Gelingt einem ein neuer Zugang zueinander? Kann man die alte Verbindung gar wiederaufleben lassen?

Quinn unterbrach meinen Gedankengang. Er blieb stehen und zog mich an sich. Ich neigte meinen Kopf leicht nach hinten, und seine Lippen verharrten vor meinen, während sein Blick mein Gesicht zu streicheln schien. Als wir uns küssten, verlor ich jedes Gefühl für Zeit und Raum, und ich war sicher, mein Herz bliebe für einen Augenblick stehen. Als wir uns wieder voneinander lösten, war Quinns Blick schwer zu deuten. Er drückte Verlangen und Traurigkeit und Überraschung gleichzeitig aus. Wir wussten beide, dass, egal was einer von uns in dem Moment sagen würde, es den wundervollen Augenblick zerstören würde, und so gingen wir schweigend zum Auto zurück und sprachen auch auf der Fahrt die Clayallee hinunter nicht miteinander.

Er hielt wieder in der Durchfahrt unter unserer Wohnung. Der Kuss, den er mir dort gab, war eindeutig. Er schien ewig zu dauern, wie das mit Küssen dieser Art so war. Gewesen war. Ich war fünfzehn Jahre lang nicht mehr so geküsst worden. Natürlich hätte ich Quinn am liebsten mit nach oben genommen, gleichzeitig schreckte ich davor zurück.

War es die Intensität der Gefühle, die mich zögern ließ? Ich könnte nicht mit Sicherheit sagen, was mich davon abhielt, diesem Verlangen nachzugeben und Quinn zu bitten, einen Parkplatz zu suchen und die Nacht mit mir zu verbringen. Nachdem wir uns voneinander gelöst hatten, senkte ich meinen Blick.

Quinn hob mein Kinn und hauchte mir einen Kuss auf die Stirn. »Alles kann, nichts muss. Du entscheidest!«, sagte er leise.

Ich stieg aus, blieb kurz stehen, legte meine Hände aufs Herz und raufte mir danach die Haare.

Quinn lachte und nickte verstehend, während er den Wagen zurücksetzte.

Als ich meine Wohnungstür hinter mir schloss, war ich mir nicht sicher, ob ich enttäuscht oder erleichtert sein sollte, zu verwirrend war der Abend gewesen. Mit einem starken Kaffee setzte ich mich an den Esstisch. Es war zu spät, um Astrid anzurufen. Mein Handy kündigte piepend den Eingang einer SMS an. *Wenn Mademoiselle dich küsst. :) Süße Träume! Q.*, las ich und lachte kurz auf. Das war ein weiterer Titel der Valente. Ich zog die CD aus dem Regal und ließ sie leise laufen, während ich recht lange auf die leere Potsdamer Straße schaute und vor allem beide Küsse nachwirken ließ. Keine Frage, ich hatte alles genossen. Mein Leben stand auf dem Kopf. Es war höchste Zeit, es endlich in den Griff zu kriegen!

Ich nahm einen Spiralblock und einen Kugelschreiber aus der Esstischschublade. Ich würde sie zu Papier bringen: meine Idee. Eine der besten seit Jahren, wie ich fand. Der Moment schien perfekt, um ihr Gestalt zu verleihen, denn ich fühlte mich gut, ich fühlte mich begehrt, und an Schlaf war ohnehin nicht zu denken. Ich war viel zu aufgewühlt. Ich nahm am Esstisch Platz und fing an, mir Notizen zu machen. Ganz so neu war die Idee nicht. Quinn und ich hatten vor Jahren oft darüber diskutiert. Er fand es damals eine schöne Idee, allerdings war er davon überzeugt gewesen, dass ihre Realisierung einen Standortwechsel bedingte. Ich hatte ihm damals schon widersprochen. Schöneberg war ein durchaus zentraler Bezirk, gut erreichbar, und lud zu einem Bummel oder einem schönen Wochenendabendausflug ein. Ein Buchladen mit Ausrichtung auf eine Fremdsprache konnte durchaus mit Zulauf rechnen.

Ich hatte schon immer Bücher geliebt, ganz besonders französische Literatur, und der Geruch von Festeinbänden und neuen Taschenbüchern war stets einer der angenehmsten in meinem Leben gewesen. Außerdem kochte und backte ich gerne, und das mehr als passabel. Warum nicht beides miteinander verbinden?

Ich würde ein französisches Buchbistro eröffnen, und ich wusste bereits, wie ich es nennen würde: *Bouquinista,* in Anlehnung an die Straßenhändler, die am Seine-Ufer Bücher feilboten. Auch für die Räumlichkeiten hatte ich schon genau das richtige Objekt im Kopf. Ich würde nur noch Herrn Meyerbeck davon überzeugen müssen, mir den kleinen leerstehenden Laden im Erdgeschoss unter unserer Wohnung möglichst kostengünstig zu vermieten. Ich würde mich auf Romane, Reiseführer und Kochbücher spezialisieren. Dazu französische Comics oder, wie sie in Frankreich hießen, *bandes dessinées,* »gezeichnete Streifen«, denn in Frankreich waren Comics meist weniger komisch, sondern vielmehr kritisch und satirisch und galten als

Erwachsenenlektüre. Neben den erfolgreichen Reihen wie *Asterix & Obelix, Tim & Struppi* oder *Lucky Luke* schwebten mir Titel vor, die weniger gängig und hier in Berlin nur den wahren Liebhabern bekannt waren, zum Beispiel die *Donjon-* und *Vampire*-Titel und *Die Katze des Rabbiners* des Zeichners Joann Sfar sowie die Zeitschriften *Le Canard Enchaîné* und *Charlie Hebdo.* Natürlich würde man bei mir *Le Monde, Le Figaro* und *L'Équipe* beim Kaffeetrinken lesen können.

Dazu würde ich kleine französische Gerichte anbieten, die man gemütlich im Laden essen oder mitnehmen konnte. Wenn ich eine günstige Bezugsquelle fand, würde ich zudem noch kleine, ausgewählte Geschenkideen, hübsche Kladden, Bilderrahmen und Ähnliches anbieten. Ich sah alles ganz genau vor mir: Der Laden würde aussehen wie der in dem wunderbaren Film *Chocolat,* und mittendrin ich, die blonde Binoche.

Ich stellte eine lange Liste derjenigen Dinge zusammen, die ich klären musste: *Überlässt mir Herr Meyerbeck den Laden? Wie renovierungsbedürftig ist der? Paps/Meyerbeck danach fragen. – Gebrauchte Bücherregale und Gastromöbel googeln. Geschirr etc.? Restposten im Internet suchen oder zum Trödel gehen.*

In einer zweiten Liste erfasste ich grob Autoren und Titel, auf die ich mich konzentrieren wollte. Neben die Klassiker schrieb ich diejenigen Autoren, die mich faszinierten: *Tomi Ungerer, Fred Vargas, Muriel Barbery, Frédéric Beigbeder, Jean-Luc Bannalec.* Die Liste wurde umfangreich, doch sollte ich den einen oder die andere trotzdem übersehen haben, würde ich das Angebot auf Nachfrage jederzeit erweitern können.

Die dritte Liste umfasste kleine Snacks und Kuchen, deren Vorbereitung keine große Mühe kosteten, die trotzdem viel hermachen würden: kleine Pasteten, Tartelettes, Pissaladière, die Nizza-Pizza, verschiedene kleine Quiches, im Herbst einen Cassoulet, den südfranzösischen Bohneneintopf, und natürlich Tarte Tatin, einen dünnen Apfelkuchen, den ich schon immer besonders gern für meine Familie gemacht hatte.

Liste Nummer vier setzte sich mit kaufmännischen Notwendigkeiten auseinander. Vonnöten waren ein elektronisches Kassen- und Bestellsystem, ebenfalls die technischen Voraussetzungen zum Verkauf von E-Books. Da kam man nicht mehr drum herum.

Auf der letzten Liste notierte ich Ideen für einige kleine Deko- und Schreibartikel. Dafür würde ich einen guten Anbieter finden müssen.

Die Kreuzung, an der sich das Geschäft befinden würde, war durch mehrere Buslinien und den nicht weit entfernten S-Bahnhof Zehlendorf gut erreichbar. Für Zehlendorf war die Lage zentral, und es gab Parkmöglichkeiten in der Nähe. Es müsste doch mit dem Teufel zugehen, wenn sich nicht ein paar Gäste in meinen Laden verirren würden!

Französische Bücher nur *en version originale* anzubieten gäbe das Umfeld nicht her, da war ich mir sicher. Aber die Titel sowohl im Original als auch in der deutschen Übersetzung anzubieten würde funktionieren. Es gab, außer dem charmanten Zadig in Mitte, keine rein französischen Buchhandlungen in der Hauptstadt, obwohl die Franzosen jahrzehntelang im Westteil der Stadt präsent gewesen waren.

Ich war enorm aufgeregt, denn ich sah die eingerichteten Ladenräume bereits vor mir. Es war ein wunderschöner Traum. Der schien allerdings plötzlich zu zerplatzen, als ich kritisch auf meine Listen schaute. Die Antwort auf die zentrale Frage fehlte: Woher käme das Geld? Ich hatte ja keinen müden Cent in der Tasche. Wie sollte ich das alles finanzieren? Ich hatte keinerlei Sicherheiten zu bieten, fünfzehn Jahre nicht mehr in meinem Beruf gearbeitet, dazu drei Kinder und einen drohenden Sorgerechtsstreit. Keine Bank gäbe mir für meine Spinnereien einen Kredit, egal, was Stefan Starke in Aussicht gestellt hatte! Daran glaubte ich ohnehin nicht. Meine Eltern hatten ein gutes Auskommen, aber so gut war es auch wieder nicht, dass sie meinen Laden finanzieren könnten. Und bitten würde ich sie darum auf gar keinen Fall. Ich konnte mir schon denken, was meine Mutter von dieser Idee halten würde. Verkäuferin und Köchin, so würde sie mein Vorhaben maliziös aburteilen. Resigniert sammelte ich das vollgeschriebene Papier auf dem Esstisch zusammen und stopfte es in die Schublade unseres Esstisches. Das bekäme ich nie gestemmt, nicht finanziell und auch sonst nicht.

Ich trat erneut ans Wohnzimmerfenster und sah wieder hinaus in die Nacht. Es hatte kurz geregnet, und auf dem nassen Asphalt spiegelten sich die Lichter der Straßenlaternen. Die Reifen der wenigen vorbeifahrenden Autos zischten durch die Pfützen. *Es kämpft jeder seine Schlacht allein.* Der alte Schiller hatte ganz recht gehabt. Normalerweise hätte ich mich in so einem Moment an eines meiner schlafenden Kinder gekuschelt, doch die würden erst am Sonntagnachmittag wiederkommen.

Mein Blick fiel auf das Bücherregal. Es wäre nicht die erste Nacht, durch die mir Victor Hugo helfen würde. In *Les Misérables* ging es allen so viel schlechter als mir, und Monsieur Hugo beschrieb es tränenschön. Bereits nach zwei Kapiteln schlief ich mit dem Buch im Arm ein, während von draußen sanftes Mondlicht in mein Zimmer fiel.

Astrid Alvarez

Ich bitte Sie, ich konnte doch gar nicht anders, als diese Frau sofort in mein Herz zu schließen! Ich sah die vier unten auf der Straße Kisten und Kartons schleppen. Alle vier sahen so traurig aus, dass mir sofort klar war, entweder war der Vater verstorben, oder er hatte sich mit einer jüngeren Frau vom Acker gemacht.

Catia war am Ende. Ich konnte das sehr gut sehen. Sie hatte wochenlang nicht mehr richtig geschlafen, mit Sicherheit zu viel getrunken und dennoch für ihre Kinder funktioniert. Die waren ebenfalls traumatisiert von dem plötzlichen Ende ihres bisherigen Lebens. Das muss man sich mal vorstellen: Der Mann lässt die vier sitzen und ... Das ist natürlich ein wahnwitziger Euphemismus. Nein, er hat sie nicht sitzen gelassen, dann wären sie immer noch in Kleinmachnow. Was er tat, war, ihnen alle Sicherheiten zu nehmen. Er hat sie obdachlos gemacht, mit Ansage zwar, aber nach vielen langen Jahren, in denen sich alle in Kleinmachnow zu Hause wähnten. Und zu allem Überdruss muss er ihr auch noch das Leben schwermachen, wie auch seinen Kindern. Aber das sieht dieser

Klappspaten nicht! Will er es nicht sehen? Oder kann er es nicht sehen? Ehrlich gesagt, interessiert mich da kein Warum, Wieso, Weshalb. Der Typ ist ein Soziopath! Sollte ich dem Mann jemals irgendwelche Knüppel in den Weg legen können: Lehnen Sie sich zurück und genießen seine Slapstick-Einlagen!

Catia ist eine fabelhafte Frau, ihre Kinder sind zauberhaft. Ich mag ihre eher ruhige Art, denn ich kann sehen, dass darunter ganz viel Temperament schlummert, das nur von der Vernunft, diesem Funktionieren-Müssen im Zaum gehalten wird. Doch wenn es endlich mal an die Oberfläche kommt, na, dann gibt es kein Halten mehr. Das wird aber noch eine Weile dauern, denn Catia wurde zutiefst gedemütigt und macht sich die größten Vorwürfe. Ich werde noch viele Worte brauchen, um ihr klarzumachen, dass sie gut so ist, wie sie ist. Sie werden vielleicht den Kopf schütteln, mag sein. Natürlich war sie auch ein ziemliches Schaf. Aber wenn ich mir ihre Kinder ansehe, sehe ich drei ganz feine Menschen heranwachsen, die das Herz auf dem rechten Fleck haben. Die haben keinen Standesdünkel, denn Catia hat den auch nicht. Sie hat sich ja immer eher gewundert über den Komfort, in dem sie lebten. Das habe ich gut heraushören können aus den Erzählungen der letzten Monate.

Catia muss jetzt eine schwierige Frage klären – nämlich die, wie sie so lange gute Miene zu einem Spiel machen konnte, das ihr eigentlich gar nicht lag. Catia ist nicht die verwöhnte Vorstadtmutti, für die man sie bei oberflächlicher Betrachtung halten könnte. Mensch, Sie hätten die Frau mal sehen müssen, als sie mit der Reno-

vierung der Wohnung fertig war! Die interessiert sich nicht für Marmor oder für Stehrumchen mit Cocktailkleidern und perfekten Amuse-Gueules. Catia ist Wärme und Nähe und ein bisschen Chaos und Lust am Leben. Wie sie ihr eigentliches Wesen so lange unterdrücken konnte, war mir ein komplettes Rätsel – bis ich ihre Mutter kennenlernte. Da war dann selbst ich mal relativ sprachlos und konnte Catia viel besser verstehen. Sie und ihre Unsicherheit sich selbst gegenüber. Wenn man so eine Mutter hat, ist man wahrlich nicht gut aufgestellt, was eigene Stärken angeht. Die Frau ist ein Bewusstseinsdieb, wenn Sie mich fragen. Die ist so dominant, dass sie jedem das klare Denken raubt. Ich frage mich zwar, wie die Frau zu dem geworden ist, was sie ist, aber man kann sich nicht immer mit allem beschäftigen. Schließlich habe ich auch drei Kinder, um die ich mich kümmern muss. Deshalb geht mir Catias Verhalten ja so ans Herz.

Diegos Familie war zunächst auch nicht begeistert von der Wahl seiner Ehefrau. Doch nun verstehen wir uns alle prima, denn sie haben begriffen, dass ihre Enkel das Beste aus beiden Welten mitnehmen werden, aus der spanischen wie der deutschen Kultur. Wenn ich mir aber in einem dunklen Moment vorstellen würde, dass sich Diego auf einmal so ausklinken würde wie Hanno ... Natürlich wären seine Eltern dann auf seiner Seite. Ich wäre wohl etwas besser aufgestellt als Catia – besser in der Lage, meine Kinder selbst zu versorgen –, dennoch möchte ich mir nicht mal im Ansatz ausmalen, wie es wäre, wenn meine Ehe scheiterte. Ich liebe meinen Mann, ich weiß, dass er mich und unsere Kinder liebt und dass er an-

ständig ist. Ich gehe hier sehr bewusst über meine Angst hinaus, dass ich womöglich auch einmal in eine ähnliche Situation kommen könnte.

Man steckt nie drin im Kopf des anderen, natürlich gibt es keine hundertprozentige Sicherheit. Aber ich verdränge solche Gedanken.

Am Sonnabend ging ich früh einkaufen und verbrachte den halben Tag danach in der Küche. Ich kochte eine vegetarische Bolognese vor und backte eine Apfeltarte und einen Möhrenkuchen. Während die Sauce auf dem Herd köchelte und die Kuchen im Ofen darauf warteten, fertig zu werden, stand ich auf unserem Balkon und wusste nichts mit mir anzufangen. In Kleinmachnow hätte ich vor dem Computer gesessen, Dinge wie Birkenzucker bestellt, Weine von unserem französischen Händler nachgeordert und nach ausgefallenen Geschenken für die Freunde der Kinder und Hannos Geschäftspartner gestöbert.

Unser Balkon war karg, ich hatte bislang keine Muße gehabt, mich um die Bepflanzung zu kümmern. Der Hinterhof war sehr grün, damit hatte ich mich bislang begnügt. Jetzt deprimierten mich die leeren Kästen am Geländer. Ich würde in den sauren Apfel beißen und meine Mutter um ein paar Pflanzen aus dem Garten bitten. Sie hatte wieder eine Nachricht hinterlassen und an unser regelmäßiges gemeinsames Essen am letzten Sonnabend eines jeden Monats erinnert. Paps würde sich über die Apfeltarte freuen, die aß er gerne.

Im Eggepfad war alles wie immer. Häuschen an Häuschen gereiht, lag eine unwirkliche Ruhe über der Siedlung. Als Kind liebte ich diese Gegend, sie wirkte ein bisschen verwunschen mit dem Wald und den Seen in unmittelbarer Umgebung, dem morgendlichen Vogelgezwitscher im Frühjahr und dem nächtlichen Wildschweingegrunze im Spätherbst. Im Winter war ich oft auf dem Schlachtensee Schlittschuh laufen, im Sommer in der Krummen Lanke zum Baden. Ich hatte eine schöne und behütete Kindheit gehabt. Warum nur begleitete mich stets das Gefühl, ihr nicht gerecht geworden zu sein?

Der Vorgarten meines Elternhauses war wie immer bis in die kleinste Fuge auf dem Weg picobello gepflegt. Kein Unkraut, kein Wildwuchs. Die Pflanzen in den Beeten waren farblich und in ihrer Größe aufeinander abgestimmt. Nebenan bei Herrn Meyerbeck bot sich dagegen ein eher unübersichtlicher Anblick, der meine Mutter vermutlich täglich verärgerte. Ich atmete tief durch und klingelte.

Paps öffnete die Haustür und strahlte. »Catia, was für eine schöne Überraschung! Komm rein!« Er nahm mich in die Arme und drückte mich ganz fest.

Täuschte ich mich, oder war er kleiner geworden? Ich schüttelte den Gedanken ab und lächelte ihn an. »Ich wollte Mama etwas fragen. Ist sie da?«

»Ja, sie ist im Garten, die Hecke ist mal wieder dran.« Paps zwinkerte mir zu.

Wir gingen durch das Wohnzimmer, das mit der großen Schrankwand aus Eiche und der gegenüberliegenden Sitzgruppe aus dunkelbraunem Leder auf dem tristgrünen Orientteppich den gewohnt düsteren Anblick bot. Die Markise war ausgefahren, was dem Untergeschoss jedes Licht nahm. Ich trat zügig hinaus in den sonnigen Garten. Meine Mutter stand mitten in der Hecke und rückte dem Kirschlorbeer zu Leibe. Gerade setzte sie beherzt die Gartenschere an und stutzte die Pflanzen ganz erheblich zurück. Das Zurechtstutzen scheint ihr im Blut zu liegen, dachte ich säuerlich und ging auf sie zu. Wenn ich meiner Mutter gegenüberstand, schlich sich jedes Mal das Gefühl des Versagens an. Sie war zierlich und agil, ich kam mir ihr gegenüber plump und unbeholfen vor. Ich versuchte, den Gedanken abzuschütteln, und begrüßte sie. »Hallo, Mama!«

Sie hielt inne und wischte sich mit dem Handrücken über die Stirn. Müde sah sie aus, fand ich. Sie musterte mich einen Moment lang, dann fuhr sie mit der gezielten Beschneidung der Hecke fort.

»Was brauchst du?« Sie verzog keine Miene bei der Frage und konzentrierte sich ganz auf den Strauch. Sie war immer noch böse auf mich, das war zu erwarten gewesen. Eine Frage, drei Wörter, und ich war sofort restlos bedient und würde mir eher Nägel in die Knie schlagen, als sie jetzt noch um Pflanzen zu bitten.

Ich suchte mir einen Punkt auf ihrer Gartenschürze, den ich anstarrte, während ich ihr antwortete. »Nichts. Ich brauche nichts von euch. Ich habe gedacht, ihr würdet euch über eine Apfeltarte freuen. Und ich wollte euch persönlich mitteilen, dass wir am nächsten Wochenende andere Pläne haben, wir werden nicht zum üblichen Sonntagsessen kommen.«

Paps hob an: »Ach, Catia, Motte, das ist aber schade ...« Doch meine Mutter hob ihre Hand und gebot ihm zu schweigen. Er hüstelte kurz vor sich hin, murmelte etwas wie »Kaffee aufsetzen« und ging ins Haus.

»Das ist natürlich deine Entscheidung, Caterina. Ich hoffe, du hast sie dir wohl überlegt, denn eine nächste Einladung wird dann wohl auf sich warten lassen.«

Ich kannte den Ablauf dieser Gespräche nur zu gut. Ich wusste, ich musste auf der Hut sein und entweder das Thema wechseln oder, noch besser, sofort wieder gehen. Doch wie immer ließ ich mich auch dieses Mal in den Treibsand ihrer Tadelei hineinziehen, anstatt eine gebührende Distanz zu halten.

»Das ist natürlich schade, wo ich so gerne deine Küche aufräume.« Schlurp! Ich war direkt bis zu den Knien eingesunken.

Meine Mutter hörte auf, den Strauch zu traktieren. Sie hatte ja jetzt auch mich. Mich winden würde nichts bringen, ich würde nur tiefer versinken, also sah ich sie herausfordernd an. Schlurp! Das reichte schon, ich steckte bis zur Hüfte fest.

Sie atmete hörbar aus. Dumas' Kameliendame hätte nicht gelungener seufzen können. »Caterina, ich weiß nicht, was in dich gefahren ist, aber wir können nichts dafür, dass deine Ehe gescheitert ist, dir der Mann davongelaufen ist und du nun mittellos dastehst. Du hast dir diese Suppe ganz alleine eingebrockt, nun musst du sie auch auslöffeln!«

Schlurp! Bis zur Brust.

»Das ist ja wieder einmal typisch von dir, Mama! Ich habe alles falsch gemacht und Hanno alles richtig. Mich muss man einfach verlassen, so siehst du das doch!«

Herrje, da war er wieder, der Jammerlappen! Dieses Mal hatte er die Ausmaße eines XXL-Regencapes. Ich klang wie dreizehn, und wenn ich ehrlich war, fühlte ich mich auch so.

Meine Mutter unterbrach mein Gejammer. »Catia, jetzt reiß dich mal zusammen! Ist deine Ehe gescheitert oder nicht? Hat er dich verlassen oder nicht?«

»Ja, aber ...«

»Kein Aber! Deine Generation ist nie um eine Ausrede verlegen, wenn etwas nicht so klappt, wie man es gerne hätte. Aber nie die Schuld bei sich selbst suchen! Immer liegt es an den anderen. Du hattest alles: einen tollen Mann, der so viel verdient, dass ihr im Luxus leben konntet, der dir drei Kinder schenkte und euch ein Haus baute, um das dich viele Menschen beneideten. Und du hast dich nicht darum gekümmert, ihn zu halten. Weißt du was, Catia? Ich werde dich und deine Generation wohl nie verstehen, und ich weigere mich, euch zu bedauern! Nie ging es den Frauen so gut wie euch, nie hatten sie so viele Wahlmöglichkeiten wie heute! Und was macht ihr daraus? Neurosen, Burn-outs, Depressionen ... Und letztlich sind wir Mütter an allem schuld!«

Schnipp! Zielsicher kappte sie den anvisierten Zweig kurz über dem neuen Trieb. Schlurp! Ich war jetzt bis zum Kinn eingesunken und gänzlich bewegungsunfähig.

Wenn man es so betrachtete, hatte sie in einigen Punkten recht, da würde ich ihr gar nicht widersprechen. Dennoch war die ganze Argumentationskette grundlegend falsch. Oder nicht? Wie immer, wenn ich mit ihr stritt, konnte ich meine Gedanken nicht ordnen. Hanno hatte mich betrogen, und je länger ich darüber nachdachte, desto sicherer war ich mir, dass dies nicht das erste Mal gewesen war. Also hatte doch *er* den Fehltritt begangen. War *ich* daran schuld? Hatte *ich* ihn in die Arme einer anderen getrieben?

Da mir keine passende Entgegnung einfiel, drehte ich mich um und verließ mein Elternhaus wortlos durch das dunkle Wohnzimmer und den perfekt angelegten Vorgarten. In dieser Art des Abgangs war ich geübt.

Auf dem Heimweg hielt ich am Blumenladen vor dem Friedhof Zehlendorf und gab das letzte Bargeld, das ich bei mir hatte, für Lavendelpflanzen aus. Als ich die restliche Strecke die Onkel-Tom-Straße hinunter zurücklegte, hatte ich einen Tränenschleier vor den Augen. Wir waren schon häufig aneinandergeraten, aber heute war sie so giftig wie noch nie gewesen. Sie hatte einmal mehr unmissverständlich zum Ausdruck gebracht, dass sie nicht gewillt war, mir zu helfen, mich zu trösten oder mich zu unterstützen. Vielleicht schraubte ich meine Erwartungen einfach mal herunter. Möglicherweise würde das helfen, mich in ihrer Gegenwart nicht dauernd so mies zu fühlen.

Ich hätte mich gerne bei Astrid ausgeheult, Franziska schien mir nicht die richtige Ansprechpartnerin in meiner Verfassung, aber ich fühlte mich unendlich müde. So reichte es an diesem Abend nur noch für die Glotze und einen dumpfen, actionreichen amerikanischen Spielfilm, der genau die richtige intellektuelle Herausforderung für mein aufgewühltes Inneres bot. Als der Film zum zweiten Mal begann – es lebe die Programmstruktur der Privaten! –, wechselte ich von der Couch ins Bett.

Ich träumte von einem Theaterstück, in dem ich die Hauptrolle spielte. Wir trugen Kostüme aus der Gründerzeit, es war ein Kammerspiel. Meine Mutter, die Souffleuse, zischelte ununterbrochen aus ihrem Kasten, mein Vater stand breit grinsend mit erhobenem Daumen am Bühnenrand, und in der Ehrenloge lachte eine schöne junge Frau laut über jeden Satz, den ich von mir gab. Das Bühnenbild war grau und karg. Als ein großer, gutaussehender Mann in einem farbenfrohen Anzug mit Gehstock und Blume im Knopfloch die Bühne betrat, klatschte das Publikum frenetisch Beifall. Ich starrte auf seine derben Arbeiterstiefel und fragte mich, warum dieser Fauxpas niemandem auffiel.

Offenbar waren viele Feen an meinem Wiegenfest verhindert gewesen, und man hatte wohl, um die Reihen zu füllen, die Fee für das simple Gemüt geladen. Diese Fee war es gewohnt, zur zweiten Einladungswelle zu gehören, und hatte ihre Gabe mit Gusto über mich geschüttet. Nicht einmal einen kniffligen Traum bekomme ich hin, fuhr es mir durch den Kopf, noch während ich schlief.

Der Stenz in meinem Traum verbeugte sich vor mir und bat mich zum Tanz. Er walzte mich durch das Bühnenbild, wobei er mir ständig auf die Füße trat. Dafür gab es Gejohle aus dem Publikum, das weiterhin unablässig klatschte. Ich ertrug es stoisch lächelnd.

Doch dann geschah es: Mitten in der Darbietung seilte sich ein Unbekannter, ein ganz in Schwarz gekleideter und maskierter Mann, von der Oberbühne ab. Als er nur noch drei Meter vom Boden entfernt war, sprang er herab, rollte sich bei der Landung gekonnt ab und packte den Stenz an der Schulter. Er riss ihn herum und schlug ihn mit einem einzigen Fausthieb nieder. Das Publikum war erstarrt, kein Laut war zu vernehmen. Dann umschlang er mit einem Arm meine Taille, griff mit der freien Hand das Seil, und wir wurden beide nach oben gezogen. Im Publikum brach die Hölle los, die Bühne wurde gestürmt, doch mein Retter brachte mich in Sicherheit. Gerade wollte er die Maske abnehmen, da wurde ich wach.

Ludwig Thomas

Väter und Töchter … Ich meine, sie ist meine Kleine, meine Einzige. Dieser Christoph damals in der Schule, der hat ihr furchtbar weh getan. Sie hat nicht viel gesagt, aber ich habe es ihr angemerkt. Er verschwand von jetzt auf gleich. Na ja, Jahre später wurde er zum Ökopromi. Sie hat ihn nie wieder erwähnt. Ich kenne meine Kleine, sie war viel zu verletzt, als dass sie noch mal über ihn gesprochen hätte.

Und dann kam Quintus. Da war sie ja schon erwachsen, sie hatte das Jahr im Ausland hinter sich, ihre Ausbildung und das abgebrochene Studium. Warum sie ihr Studium geschmissen hat, darüber hat sie uns nie reinen Wein eingeschenkt, das glaube ich bis heute. Denn sie liebt die Sprache und konnte es gar nicht erwarten, endlich zu studieren. Wer weiß, was da vorgefallen ist. Sie hätte mir doch alles erzählen können! Dass sie das nicht getan hat, betrübt mich, ehrlich gesagt. Irgendwann verliert man die Nähe zum eigenen Kind. Ich wollte das immer verhindern, aber es ist wohl trotz allem geschehen. Leider hat auch ihre Mutter den Draht zu ihr verloren.

Dabei hatte ich so gehofft ... Aber meine Frau ist auch nicht einfach, und die beiden hatten immer ein schwieriges Verhältnis zueinander.

Als sie uns dann Hanno vorstellte, war ihre Mutter hellauf begeistert. Meine Begeisterung hielt sich dagegen in Grenzen. Ich fand ihn zu ... Er war mir zu geleckt. Auf mich wirkte sein Charme berechnend und aufgesetzt, aber sagen Sie das mal Ihrer Tochter, die zudem entschlossen ist, diesen Mann zu heiraten! Ich hätte vielleicht etwas sagen sollen. Andererseits haben die beiden uns tolle Enkelkinder geschenkt. Und die sind eine wahre Freude, das können Sie mir glauben! Selbst meine Frau wird da weich wie Butter. Und das will was heißen!

Wie jeden Morgen wachte ich auch am Sonntag um halb sechs auf, obwohl das gar nicht nötig gewesen wäre. Als ich an den Traum dachte, runzelte ich die Stirn. Tarzan und Jane oder King Kong und die weiße Frau? Was für einen Unsinn hatte ich denn da geträumt!

Ich hätte gerne eine Zeitung gelesen, aber für ein Abonnement fehlte mir das Geld, und um mir eine vom Bäcker zu holen, die Energie. Mein Blick fiel auf die graue Jogginghose, die über dem Hocker vor meinem Bett hing. Vielleicht sollte ich das elende Stück auch einmal für seinen eigentlichen Zweck nutzen. Wo hatte ich denn meine Laufschuhe untergebracht? Ich fand sie auf dem Kleiderschrank, in einer Kiste, in der meine alten Sportsachen lagen. Ich hatte einen Kloß im Hals, als ich die knappen Tops herauszog, in denen ich früher unterwegs gewesen war. Die Gummibündchen der Radlershorts waren brüchig geworden und zogen sich nach dem Auseinanderziehen nicht mehr zusammen. Die Shorts würden nur noch zum Schuheputzen taugen. Meine Schuhe passten aber noch.

Als ich aus dem Haus trat, war es bereits hell, aber die Straßen waren noch menschenleer. Einige wenige

Frühschichtler kamen aus Richtung Wannsee in die Stadt gefahren. Der Zeitungsbote drehte seine Runde. Ich schnürte meine Schuhe zu und ging los. Bis zum Fischtal würde ich walken, das Fischtal hindurch langsam zu joggen versuchen und dann durch die kleinen Nebenstraßen zügig wieder nach Hause walken.

Im Fischtal war noch niemand unterwegs, und zum ersten Mal seit Jahren genoss ich das Alleinsein. Gemäßigten Tempos lief ich durch die malerische Talsenke und bewunderte die Villen zur Rechten und die beschauliche Siedlung Am Fischtal zur Linken. Die hatte nach ihrem Bau Ende der zwanziger Jahre für ordentlichen Wirbel in der Architekturwelt gesorgt. Der verspielte Baustil hatte den sogenannten Zehlendorfer Dächerstreit ausgelöst, bei dem sich die Vertreter des Neuen Bauens und die Traditionalisten gegenüberstanden: Zukunft gegen Vergangenheit, klare Linie gegen Gaube. Beide Stilrichtungen waren in unmittelbarer Nachbarschaft wiederzufinden, da die Onkel-Tom-Siedlung nur einen Steinwurf entfernt lag. Diese war ebenfalls Ende der zwanziger Jahre, unter anderen durch den Stararchitekten Bruno Taut, gebaut worden und bestach durch die Einfachheit und Klarheit ihrer Gestaltung.

Die Luft war frisch, und ich war angenehm überrascht, wie gut sich die alten Bewegungen wieder anfühlten. Mein Kopf schien die Ruhe zu nutzen und ordnete Gedanken, sortierte einige aus und bereitete andere vernünftig auf. Eine Art innerer Frühjahrsputz. *La barbe!* Verdammt! Es reichte! Ich würde Quinn beim

Brunch von meiner Idee erzählen. Ich würde Stefan Starke um Rat fragen, ob und wie ich einen Kredit bekommen könnte. Und ich würde Paps fragen, ob er noch mal bei Meyerbeck ein gutes Wort für mich einlegen könnte wegen des Ladens.

Ich lief nicht so schnell wie früher, hatte aber die Technik keineswegs verlernt, und ich spürte, wie sich die vertraute Fröhlichkeit in mir ausbreitete, die die Bewegung an frischer Luft stets hervorgerufen hatte. Warum nur hatte ich darauf so lange verzichtet? Nun ja, es war nicht mehr zu ändern. Gut gelaunt machte ich mich auf den Rückweg durch die üppig begrünten kleinen Nebenstraßen, vorbei an eindrucksvollen Grundstücken, vor denen Nobelautos parkten.

Als Quinn drei Stunden später bei mir klingelte, spürte ich schon das gemeine Ziehen in den Oberschenkeln, das jeden ereilt, der sich so viele Jahre um sportliche Aktivität gedrückt hatte wie ich. Die Treppen würden mir morgen arge Probleme bereiten. Eigentlich hatten wir verabredet, in der Phoenix Lounge zu brunchen, aber mir war so gar nicht danach auszugehen, leisten konnte ich es mir ohnehin nicht, also hatte ich den Tisch im Wohnzimmer gedeckt und Brötchen vom Bäcker um die Ecke geholt.

Als ich die Wohnungstür öffnete, blickte ich auf eine große Tüte Brötchen und einen Vorlegeteller, drapiert mit Lachs, Krabben, Käse und Obst, abgedeckt mit Frischhaltefolie. Zwei Doofe, ein Gedanke! Ich musste grinsen.

Quinn gab mir einen flüchtigen Kuss auf die Wange. Er roch genauso gut wie früher und wie vorgestern. Er hatte sein Aftershave in all den Jahren nicht gewechselt.

»Denselben Gedanken hatte ich auch. Der Tisch ist gedeckt.«

Quinn schaute ganz betreten. »Ich hätte dich anrufen sollen, aber ich wollte dich überraschen. War mir ja auch gar nicht sicher, ob dir das recht wäre, wenn ich mich einfach zu dir einlade.« Dann zuckte er mit den Schultern und stellte seine Mitbringsel auf dem Tisch ab. »Egal, dann haben deine Kinder heute Abend auch noch was davon.«

Ach, Quinn! Ich hatte ihn sofort durchschaut. Er wusste, dass ich eigentlich gar kein Geld hatte, um essen zu gehen, mich aber nicht ständig von ihm einladen lassen wollte. Also hatte er charmant versucht, das Problem zu umgehen. Das Brodeln der Kaffeemaschine rettete mich vor einer peinlichen Situation.

»Ich habe Eier gemacht und ein paar Aufstriche. Was du mitgebracht hast, ist perfekt! Und die Brötchen werden bei uns sicher nicht schlecht. Setz dich, ich bin gleich bei dir!«

Wir waren beim dritten Kaffee und hatten sehr ausgiebig gefrühstückt, als ich endlich den Mut fand, Quinn von meiner Idee zu erzählen. Er war begeistert. »Catia, das ist eine großartige Idee! Eine kleine Buchhandlung, die spezialisiert ist, zum Beispiel auf Krimis oder auf regionale Bücher, auf Kochbücher oder Bücher in einer Fremdsprache, das ist der Trend heute. Dazu noch ein einladendes Ambiente und mindestens einmal die Woche lange Öffnungszeiten. Du weißt, wie es geht – also *go for it*!«

Ich schüttelte unsicher den Kopf. »Ich bin sehr lange raus aus dem Metier, Quinn. Es hat sich so viel auf dem Buchmarkt getan in den letzten Jahren. Außerdem fehlt mir das Geld. Ich bräuchte ein Darlehen, und ich habe keinen Schimmer, woher das kommen sollte. Ich hab doch nichts, keine Sicherheiten.«

»Dann sprich mit Stefan, der hat bestimmt eine Idee, wie du das finanziert bekommst!«

Er schien wirklich Feuer und Flamme, das war nicht aufgesetzt. Ich deutete auf die Schublade vor ihm. »Ich habe ein paar Listen gemacht, vielleicht schaust du mal drauf.«

Quinn zog den Stapel Papier heraus, den ich in meiner Frustration so lieblos dort hineingestopft hatte. Während er die Blätter sortierte, dachte er schon laut über die Idee nach. »Ich könnte dir eine Kasse mit einem Warenwirtschaftsprogramm besorgen, ich habe da noch eine, die ich nicht mehr benutze. Das ist nicht das neueste Modell, aber für den Anfang wird sie reichen.«

Während ich mir seinen Vorschlag durch den Kopf gehen ließ, zog Quinn eine Einladungskarte zwischen meinen Unterlagen hervor. Die war für das Abitreffen meiner Oberschule und vor Monaten in meinen Briefkasten geflattert. Ich hatte sie völlig vergessen.

Quinn hielt sie hoch. »Ein Abiturtreffen? Ihr habt doch gar kein rundes Datum, oder irre ich mich?«

»Nein, die zwanzig Jahre haben wir versäumt, aber jetzt hat Chris Gruber den Stein irgendwie ins Rollen gebracht. Na ja, und wenn der pfeift, tanzen natürlich alle sofort an!«

Christoph Gruber war mein erster Freund gewesen, wie Sie schon wissen. Ich hatte mir wochenlang die Augen ausgeheult, nachdem er für sein Studium der Forstwissenschaften und Waldökologie nach Göttingen gegangen war. War zu dem Zeitpunkt etwa schon ein roter Faden in meinem Leben erkennbar gewesen? Nach seinem Abschluss als Jahrgangsbester verbrachte er einige Jahre im höheren Forstdienst, bevor er mit einem atemberaubenden Projekt für Aufmerksamkeit sorgte: Er zog zu Fuß durch Deutschland, beurteilte den Zustand der Wälder und betrachtete die Tierwelt vor Ort. Er schrieb regelmäßig Beiträge für ein Magazin namens *Biene & Blume*, und er filmte seine Touren. Der erste Film, den er herausbrachte, wurde ein Riesenerfolg und machte Christoph Gruber – alias Chris Gruber, wie er sich dann nur noch nannte – praktisch über Nacht berühmt. Eine Reihe von Dokumentarserien folgte, und er wurde ein regelmäßig gebuchter Gast bei Talkshows und Berater für alle möglichen Sendungen, in denen es um das Thema Natur ging. Er hatte mittlerweile die ganze Welt durchquert, sich beim Verspeisen der absurdesten Insekten oder Maden und widerlichsten Teile von Tieren filmen lassen und war Autor zahlreicher Bücher und Bildbände zum besagten Thema sowie Verfasser regelmäßiger Glossen in renommierten Tageszeitungen und Zeitschriften. Chris Gruber war Deutschlands prominentester Kämpfer für die Umwelt. Und damit war er stinkreich geworden.

»*Der* Chris Gruber?«, fragte mich Quinn staunend. »Dieser Naturdoku-Typ? Der war in deiner Klasse?«

Ich wurde ein wenig verlegen. »Ja, wir waren sogar zusammen damals. Die letzten zwei Jahre vor dem Abi, dann ging er an die Uni Göttingen. Ich habe nie wieder von ihm gehört.« Ich zögerte und sah resigniert auf meine Hände. »Ich bin anscheinend nicht so gesegnet mit Glück, wenn es um Männer geht.«

Quinn lachte laut auf. Mit einer solchen Reaktion hatte ich nicht gerechnet. Machte er sich jetzt etwa über mich lustig? Das fehlte mir gerade noch.

Kopfschüttelnd sah er mich an. »Catia, du spinnst doch! So einen wie den hättest du niemals an deiner Seite gewollt, der ist doch nur unterwegs. Das hätte nicht zu dir gepasst, wo du doch jemand bei dir brauchst. Du hattest bestimmt ganz andere Pläne, wenn du denn überhaupt welche hattest.« Er legte die Einladungskarte zur Seite und schaute wieder auf meine Listen, bevor er leise hinzufügte: »Wäre er nicht gegangen, hätten wir uns nie kennengelernt, und das wäre sehr schade ...«

Ich muss zugeben, dass ich danach nicht mehr so richtig konzentriert war. Ich hatte wenig geschlafen, mein Muskelkater meldete sich deutlich, und Quinns Bemerkung verwirrte mich genauso sehr wie seine physische Präsenz. Es war auch schon spät geworden. Hanno würde bald die Kinder zurückbringen, und ich wollte auf gar keinen Fall, dass er Quinn hier begegnete. Das sagte ich Quinn höflich.

Er stand auf und streckte sich. »Dann lass uns ein andermal über den Laden weitersprechen! Die Idee ist klasse, und ich würde dich gerne dabei unterstützen, wenn du mich lässt.«

An der Wohnungstür standen wir einander gegenüber, und es entstand ein ratloser Moment. Wie verabschiedete man sich von dem Mann, den man vor beinahe zwei Jahrzehnten einmal sehr geliebt hatte, der einen dann von heute auf morgen verlassen hatte und einem jetzt wieder auf die Beine helfen wollte, nachdem die eigene Welt fast zusammengebrochen war? Und der einen erst zwei Tage zuvor so wundervoll geküsst hatte, dass man weiche Knie bekam?

Quinn nahm mir die Entscheidung darüber ab. Er nahm mich in seine Arme und hielt mich einen Moment lang fest. Dann küsste er mich. Auf die Stirn. »Ich rufe dich morgen an.« Und weg war er.

Ich stand im Türrahmen und spürte seine Lippen über meinem Stirn-Chakra. Manifestation durch Gedankenkraft. Eine Flut von Bildern drängte sich vor mein inneres Auge. Auf keinem davon hatte Quinn sehr viel an. Vor dem Flurspiegel streckte ich meinem Spiegelbild die Zunge heraus. Ich führte mich auf wie ein Teenager, was war ich albern! Zur Strafe putzte ich das Bad, das erstickte wenigstens die unzüchtigsten Gedanken.

Als Hanno die Kinder am späten Nachmittag zurückbrachte, parkte er seine Mercedes E-Klasse völlig selbstverständlich an der Bushaltestelle vor unserem Haus. Die Kinder kamen die Treppe heraufgepoltert. Helene sah mich betroffen an, als sie hereinkam, Daniel fiel mir um den Hals, und Vincent ging direkt in sein Zimmer.

Hanno baute sich vor der Türschwelle auf und blickte den Flur hinunter. »Das hätte ich schon längst einmal tun sollen: mir ein Bild davon machen, wie meine Kinder eigentlich bei dir hausen. Dieses Umfeld erklärt natürlich so einiges! Trine, was hast du nur mit ihnen gemacht in den letzten Monaten? Die sind ja außer Rand und Band. Haben sich aufgeführt wie die Wilden und es an Manieren im Allgemeinen und an Höflichkeit Dana gegenüber im Speziellen mangeln lassen. So kann das nicht weitergehen! Es wird höchste Zeit, dass Dana und ich uns ihrer annehmen!«

Aus Daniels Umarmung wurde eine Umklammerung. Helene blickte ihren Vater zornig an. Aus Vincents Zimmer war nichts zu hören. Über Daniels Schulter hinweg sah ich den Mann an, der der Vater dieser großartigen Kinder war. Dabei hatte ich das Gefühl, ihn zum ersten Mal richtig wahrzunehmen, und was ich sah, gefiel mir ganz und gar nicht. Warum war mir dieser eingebildete Zug um seinen Mund in all den Jahren nie aufgefallen? Was ich für selbstbewusstes Auftreten gehalten hatte, war nichts anderes als Arroganz. Und mit seinem guten Aussehen war es auch nicht mehr so weit her. Er war breiter geworden um die Hüften, sein Haar wurde schütter. Mir fiel auf, dass er es färbte, es war dunkler als im letzten Jahr, und nicht ein graues Haar war mehr zu sehen.

Dann geschah es, ganz plötzlich und unerwartet: Ein regelrechter Wut-Tsunami stieg in meinem Innern auf. Ich hatte mich diesem Mann jahrelang untergeordnet. Ich hatte nie diskutiert, nie widersprochen, ich hatte mich selbst in dieser Ehe verlorengehen lassen. Das war ganz alleine meine Schuld gewesen. Ich hatte mich von diesem Popanz blenden lassen und fünfzehn Jahre meines Lebens als seine Haushälterin vergeudet.

Ich hielt Daniel ein wenig fester und zog Helene zu mir. Nein – nicht vergeudet! Die drei Kinder bedeuteten mir alles, das stand ganz außer Frage, und ich würde nichts unversucht lassen, sie zu behalten. Genauso plötzlich, wie sie entstanden war, ebbte die Wutwelle wieder ab. Doch es war genug!

»Ich kann mich nicht erinnern, dich hereingebeten zu haben, Hanno. Du bleibst bitte draußen!«

Hanno blickte mich überrascht an. »Was soll denn das, Trine? Ich werde ja wohl reinkommen und sehen dürfen, wie meine Kinder hier untergebracht sind!«

Er machte Anstalten einzutreten, doch ich blieb stehen und hielt mich mit der Hand am Türrahmen fest. »Catia heiße ich, Hanno! So wie früher. Trine ist Schnee von gestern. Ich will nicht, dass du hereinkommst. Die Kinder *hausen* nicht und sind auch nicht *untergebracht*, sie *wohnen* hier. Und sie wohnen so, wie sie wohnen, weil du unser Haus verkauft hast. Erinnerst du dich? Das hier ist jetzt *unser* Zuhause. Du hast hier nichts, aber auch gar nichts mehr verloren. Bitte geh jetzt!«

Er schien sich noch mehr aufzuplustern. Daniel schaute ihn böse an, Helenes Gesicht drückte Verachtung aus. Hanno trat einen Schritt zurück in den Hausflur. Er erhob seinen Zeigefinger. Oh, wie ich diese Geste immer schon gehasst habe!

»Das wird dir noch sehr leidtun, Trine. Sehr leid!

Dein kleiner Anwalt hat keine Ahnung, mit wem er sich hier anlegt. Ich hole mir die Kinder, das ist so sicher wie das Amen in der Kirche. Jetzt erst recht. Dich mache ich mit links fertig! Sieh dich doch mal an! Du kannst nichts. Du hast nichts. Du bist ein Nichts!«

Daniel begann zu weinen, auch in Helenes Augen blitzten Tränen auf. Ich strich Daniel beruhigend übers Haar und schlug Hanno wortlos die Tür vor der Nase zu. Was sollte man denn zu so viel geifernder Bosheit auch sagen?

Er schlug mit der Faust dagegen und stapfte dann die Treppe herunter. Als er davonfuhr, ließ er den Motor laut aufheulen.

Wir waren ins Wohnzimmer gegangen. Ich sah Helene und Daniel an. »Es tut mir so leid, dass ihr das mitbekommen musstet. Und es tut mir leid, dass ich euch nicht so viel bieten kann.«

Helene schnaubte verächtlich. »Darüber mach dir mal keine Sorgen, Mama! Wir finden's hier doch schön. Uns geht es gut, wirklich! Wer braucht schon den ganzen Krempel, den er und die blöde Dana in ihrer Protzbude in Köpenick haben?«

Daniel sah mich mit roten Augen an. »Ich finde mein Kinderzimmer hier viel besser als das bei Papa.«

Ich war gerührt von der Loyalität meiner beiden.

»Stimmt das, Mama? Müssen wir wirklich bei ihm leben?« Vincent war ins Wohnzimmer gekommen. Er sah zornig, traurig und ängstlich zugleich aus.

Das würde nicht passieren, egal, was irgendein Gericht sagen würde. Dieser Mann würde mir die drei nicht wegnehmen. Ich schüttelte den Kopf und streckte den Arm nach ihm aus. Dann saßen wir eine ganze Weile eng umschlungen zu viert auf dem Sofa.

So durfte es nicht weitergehen!

Daniel Hecht

Das hier ist mein Schiff, die Queen Anne's Revenge. Ist doch ganz gut geworden, oder? Ich male gerne Piratenschiffe. Denn oft wünsche ich mir, ich wäre auch ein Pirat. Aber ich würde mich nicht so reinlegen lassen wie Käpt'n Blackbeard. Mich kriegen die nicht. Meine Crew und ich, wir sind der Schrecken der Meere, wir bringen aber nie welche um. Müssen wir ja nicht, weil die schon ganz viel Schiss haben, wenn wir aufkreuzen. Mama sagt immer, ich soll nicht Schiss sagen, dafür gäbe es auch andere, höflichere Wörter. Aber Piraten sind nun mal nicht höflich. Nur manchmal zu schönen Frauen, die sie kippnappen oder so. Die nehmen sie dann mit und kochen ihnen ein tolles Abendessen, und im nächsten Hafen kriegen sie ganz viel Geld von den Papas oder den Ehemännern von diesen hübschen Frauen.

Es gab ja mal zwei Mädchenpiraten, Anne Bonny und Mary Read. Die waren noch viel krasser als die Jungspiraten. Aber die haben keine reichen Männer entführt. So eine Geschichte kenne ich jedenfalls nicht. Die waren beide in den Piratenkapitän Calico Jack Rackham ver-

liebt und der in sie. Das finde ich komisch. Das geht doch gar nicht. Guck mal, jetzt male ich noch ein paar Haie ins Wasser!

Papa ist nicht mehr in Mama verliebt. Der wohnt jetzt auch nicht mehr bei uns, der wohnt jetzt bei Dana. Dana mag ich nicht. Ich mag Mama viel, viel lieber, und ich verstehe auch gar nicht, warum Papa jetzt Dana lieber hat als Mama. Mama ist viel hübscher und viel lustiger, und Mama kocht immer ganz leckere Sachen und macht ganz viel mit uns. Sie kann toll basteln und auch ganz gut ein Piratenschiff malen, finde ich. Dana kann gar nichts. Außer stundenlang vor ihrem Kleiderschrank stehen oder sich schminken. Die riecht auch nicht so gut wie Mama. Dana stinkt immer ganz eklig nach so was Komischem. Helene hat gesagt, das ist ihr Parfeng, ich hab vergessen, wie es heißt, irgendwas mit Opa oder Omium oder so. Mir wird immer fast schlecht, wenn sie mich dann dauernd umarmen will. Jetzt macht sie das aber nicht mehr. Neulich war ich ganz doll mutig, und ich hab ihr gesagt, wenn sie was zum Knuddeln braucht, soll sie sich doch ein Kaninchen kaufen. Ich mag kein Kuscheln, dafür bin ich schon viel zu groß.

Mama sagt zwar immer, man soll nicht lügen, aber da ging das nicht anders. Ich find Kuscheln mit Mama ganz toll, aber das muss die doofe Dana ja nicht wissen. Mit der finde ich Kuscheln blöde, auch wenn ich vielleicht noch nicht zu groß dafür bin. Das war also nur eine halbe Lüge. Und halb gelogen ist doch nicht so schlimm wie ganz gelogen, oder? Ich muss mal Mama fragen, ob das stimmt.

Hanno stellte unmittelbar nach diesem Vorfall sämtliche Zahlungen an uns ein. Dies teilte er mir am Montagvormittag selbst mit, sehr laut über den Anrufbeantworter. Keinen Cent seines Geldes würde ich mehr sehen, »Saus und Braus auf seine Kosten« könne ich mir abschminken. Weitere wenig freundliche Worte, mit denen er mich aufforderte, endlich meinen Allerwertesten zu bewegen und mir Arbeit zu suchen, schallten mir entgegen. Zum Glück bekamen die Kinder das nicht auch noch mit. Ich saß vor dem Telefon und hatte Angst. Der Auftritt am Vorabend hatte mich viel mehr mitgenommen, als ich zunächst gedacht hatte. Wir hätten ohne seinen Unterhalt für die Kinder so gut wie kein Geld. Ich hatte zwei Putzjobs und nichts Besseres in Aussicht. Wie sollte ich denn die Miete zahlen? Und Essen für uns vier? Den Laden konnte ich vergessen. Was sollte nur aus uns werden?

Ich hatte Franziska eine kurze E-Mail geschickt, ihr erzählt, was passiert war, und sie gefragt, ob in ihrer Firma nicht eine Stelle für mich zu finden sei – im Postraum, der Kantine, ganz egal. Ihre Antwort knapp zwei Stunden später war dann recht ernüchternd: *Sorry,*

Catia, bei uns geht gar nichts. Bist ja auch echt lange raus. Kopf hoch, wird schon wieder! Muss machen. LG Franziska.

Ich hätte mich über einen aufmunternden Anruf gefreut, aber so etwas war nicht unbedingt Franziskas Stärke. Das Telefon klingelte erneut. Nur zögerlich nahm ich ab, denn auf dem Display stand die Nummer meiner Eltern.

»Caterina Thomas.«

»Catia, Motte, ich bin's, Paps!«

Ich brach auf der Stelle in Tränen aus. Ich schämte mich so. Vierzig Jahre alt, vom Mann verlassen und nicht in der Lage, die eigenen Kinder zu versorgen.

Mein Vater holte tief Luft, bevor er sagte: »Catia, nicht weinen. Was ist denn los?«

Am Schluss meiner kurzen Schilderung brach ich erneut in Tränen aus. »Paps, was soll ich denn jetzt nur tun?«

»Mach dir mal keine Sorgen! Die Miete übernehmen wir natürlich, bis du bekommst, was dir zusteht. Warum hast du denn nichts gesagt? Es ist doch ein Skandal, dass das Amt so lange braucht, um dir was zu zahlen!«

Meine Eltern ahnten nicht, dass ich noch gar nicht auf dem Amt gewesen war. Ich hatte nicht den Mut gefunden, dort vorstellig zu werden und Sozialhilfe zu beantragen oder wie auch immer das heute hieß. Ich schämte mich viel zu sehr. Außerdem war ich mir ganz sicher gewesen, eine Halbtagsstelle zu finden und uns bis dahin mit dem Unterhalt für die Kinder und dem, was ich mit dem Putzen dazuverdiente, über die Runden zu bringen. Es war eine ernüchternde Erkenntnis, dass der Arbeitsmarkt nicht auf Frauen meines Alters mit drei Kindern wartete. Ich hatte nur Absagen erhalten. Würde ich mich arbeitslos melden und Unterstützung beantragen, müsste ich damit rechnen, auch Angebote für Vollzeitstellen annehmen zu müssen. Das kam aber für mich nicht in Frage, der Kinder wegen und wegen der schlechten Bezahlung in den Branchen, für die ich geeignet wäre.

Paps schimpfte weiter. »Was ist das nur für ein Vater, der seine eigenen Kinder so im Regen stehenlässt? Weißt du, manchmal verstehe ich die Welt wirklich nicht mehr! So etwas gehört sich einfach nicht.«

Wie recht er hatte! Ich verstand die Welt auch nicht. »Danke, Paps. Ich muss mir irgendeine Arbeit suchen, egal was. Kennst du jemand, der eine Haushaltshilfe braucht? So was findet man sicher am schnellsten.«

»Na klar, da gibt es eine ganze Reihe von Nachbarn, denen du unter die Arme greifen könntest. Du kannst doch auch gut kochen. Ich wette, der alte Meyerbeck würde das in Anspruch nehmen. Ich höre mich gleich nachher mal um.« Er zögerte kurz. »Brauchst du denn jetzt noch was, um erst mal über die Runden zu kommen? Motte, ich überweis dir was, damit du ein bisschen Luft hast.«

»Paps, das kann ich doch nicht annehmen ... Du kriegst es auf jeden Fall zurück!« Nur wann, das wusste der Geier. Was, wenn Stefan seine Fähigkeiten maßlos über- und Hanno und dessen Anwalt unterschätzte?

Das ganze Familienrecht hatte sich doch in den letzten Jahren stark verändert, und Ehefrauen bekamen nicht mehr automatisch das Sorgerecht zugesprochen. Ich meinte zumindest, mich an entsprechende Zeitungsberichte erinnern zu können. Wobei mir am wichtigsten war, dass die Kinder versorgt waren. Das wusste Hanno nur zu gut.

Mein Vater entgegnete: »Ach, das ist doch nicht so wichtig! Dein Anwalt, der macht das schon, und dann kannst du's zurückzahlen. Und wenn nicht, ist das auch nicht weiter wild. Du bist unser Kind, und es geht um dich und unsere Enkel. Weiß dein Anwalt denn schon Bescheid?«

»Nein. Ich werde ihn am besten gleich mal anrufen. Mama wird das aber gar nicht passen, wenn du mir Geld gibst ...«

Paps hatte nicht viel auf der hohen Kante, das wusste ich, seit er beim Börsencrash 2008 viel Geld verloren hatte, und meine Mutter war noch nie der spendable Typ gewesen. Was für ein elender Schlamassel!

»Zerbrich dir mal darüber jetzt nicht den Kopf! Es ist immerhin meine Rente, von der wir leben. Und ein bisschen können wir davon abgeben, das ist gar kein Problem, Motte. Jetzt Kopf hoch! Nichts wird so heiß gegessen, wie's gekocht wird.«

Ich hoffte inständig, dass er recht behielte. Wir verabschiedeten uns, und ich rief in Stefans Kanzlei an. Herr Starke sei bei Gericht und würde sich so schnell wie möglich mit mir in Verbindung setzen, teilte mir Frau Meissner mit. Nach einer kleinen Pause fügte sie hinzu, dass ich mir keine Sorgen machen solle. Herr Starke sei einer der Besten. Ich dankte ihr und legte auf.

Astrid hatte mir eine Textnachricht geschickt. Sie habe am Abend Zeit und würde einen Wein mitbringen, wenn ich damit einverstanden sei. Ich konnte sowohl das offene Ohr als auch einen guten Tropfen gebrauchen. Ich schrieb ihr zurück, dass es mir um neun sehr gut passen würde. Dann bezog ich unsere Betten neu und warf die Waschmaschine an.

Astrid sah am Abend trotz eines langen Arbeitstags in der Praxis wie aus dem Ei gepellt aus. Mir gelang solch ein Erscheinungsbild selbst nach Stunden bei Friseur und Kosmetikerin allenfalls ansatzweise. Astrid gab nicht viel auf Make-up. Da sie einen eher dunklen Teint und sehr ebenmäßige Haut hatte, hatte sie das auch nicht nötig. Sie benutzte aber Kajal, Mascara und Lippenstift. Ihr kräftiges dunkles Haar trug sie meist hochgesteckt, und ihr Kleidungsstil war sportlich-elegant. Außerdem besaß Astrid eine große Gabe, durch die sich alle Menschen in ihrem Umfeld sofort ein wenig wohler fühlten, wenn sie auftauchte: Sie strahlte eine enorme Ruhe aus, die sich auf andere übertrug. Die besorgtesten jungen Mütter, die in ihre Praxis kamen, waren alleine durch ihre Gegenwart schon beruhigt, den übelgelauntesten Eltern von Klassenkameraden der Kinder nahm sie auf Elternabenden mit einem freundlichen Lächeln und einer passenden Bemerkung den Wind aus den Segeln, und auch mich richtete alleine ihre Präsenz immer wieder auf. So auch an diesem Abend, als sie mir wortlos den 2004er Château des Erles in die Hand drückte. Natürlich hatte er schon geatmet, Astrid war vorbereitet.

Sie lächelte, als wir uns an den kleinen Tisch auf dem Balkon setzten. »Ich weiß, dass ich dir nicht mit irgendeiner roten Plörre kommen darf, also hab ich den hier vorhin geöffnet. *Chin chin! A ta santé,* meine Liebe! Und jetzt erzähl mal, was *El Lucio* sich geleistet hat!«

Ich musste grinsen. Sie hatte sich angewöhnt, die spanische Übersetzung für Hecht zu benutzen, wann immer sie von Hanno sprach. Der Château des Erles kam von der französischen Mittelmeerküste, aus dem Fitou im Languedoc. Das vollmundige Schwergewicht war einer meiner Lieblingsweine, und ich war gerührt, dass sie sich das gemerkt hatte.

»*Santé,* Astrid! Lieb von dir vorbeizukommen, und noch dazu mit diesem phantastischen Wein! Hanno hat den Geldhahn abgedreht, nachdem ich ihn nicht in die Wohnung gelassen habe. Ich will diesen Streit nicht mehr, Astrid! Ich will auch kein Geld mehr von Hanno. Ich glaube, ich habe ihn zum ersten Mal so, wie er wirklich ist, wahrgenommen. Vorher war meine Wahrnehmung immer vernebelt gewesen – vom Schmerz meiner Trennung von Quinn damals, dann von den Schwangerschaftshormonen und dem dauernden Schlafmangel, von der Sorge um die Kinder. Nun aber habe ich seine wahre Natur erkannt ...«

Astrid nickte langsam. »Ja, das ist bitter, auch das mit dem Geld.« Dann schaute sie mich ernst an. »Jetzt führt kein Weg mehr dran vorbei: Du musst zum Amt! Die übernehmen die Unterhaltszahlungen und klären mit deinem Hanno, was er dem Amt zu erstatten hat. Das solltest du jetzt wirklich schnell erledigen, denn du weißt, wie langsam die Berliner Behördenmühlen mahlen! Selbst hier in Steglitz-Zehlendorf ist der Bearbeitungsrückstau hoch. Es kann also dauern, bis alles berechnet ist und du Geld erhältst.«

Es war lieb von ihr, sich ein »Ich hab's dir ja schon vor Monaten gesagt« zu schenken. Denn sie hatte recht. Ich hätte mich schon vor Monaten darum kümmern müssen, gerade auch, um mich unabhängiger von Hanno zu machen. Wenn das Amt involviert wäre, könnte sich Hanno nicht in vermeintlicher Großzügigkeit sonnen. Hätte, hätte, Hundekette! Auch die Fee, die mich mit der Fähigkeit zu proaktivem Handeln hätte beschenken sollen, musste die Kutsche verpasst haben. Doch das würde sich jetzt alles ändern. Ich hatte es satt, ich hatte diese Abhängigkeit satt, die Tränen, das Selbstmitleid, kurzum, ich hatte *mich* satt!

Astrid schaute mich eine Weile lang an. »*Chérie*, jetzt sieh mal nicht so schwarz! Ruf morgen beim Amt an und lass dir einen Termin geben! Die sagen dir, welche Unterlagen du mitbringen musst, und dann geht das alles seinen geregelten Gang. Wenn du möchtest, begleite ich dich.«

Ich winkte ab. Astrid hatte selbst genug um die Ohren, und ich war schließlich kein Analphabet. Das wäre ein guter Schritt in die Richtung, das Leben endlich selbst in die Hand zu nehmen.

Ich beschloss, auch Astrid in meinen Traum einzuweihen. »Ich habe da auch eine Geschäftsidee. Wenn ich eine Bank finde, die mir einen Kredit gibt ...«

Während ich den Plan umriss, nickte sie anerkennend, stellte die eine oder andere Zwischenfrage und schaute sich interessiert meine Notizen an. »Du brauchst eine Rote Karte für den Umgang mit Lebensmitteln, vergiss das nicht! Aber sonst hast du, soweit ich das auf die Schnelle beurteilen kann, an alles gedacht. Das ist eine ganz wunderbare Idee, Catia. Ich kann mir dich sehr gut unten in einem schönen Laden vorstellen.«

Ich machte mir eine Notiz über den Hygienepass auf der entsprechenden Liste. »Ich muss nur noch einen Kredit auftreiben. Ich habe bereits mit Starke darüber geredet, und er riet mir, mich mit meiner Bank in Verbindung zu setzen und um ein Gründerdarlehen zu bitten. Er hat mir auch seine Hilfe im Besorgen von Fördergeldern angeboten. Einer seiner Mitarbeiter ist wohl sehr kompetent auf dem Gebiet.«

Astrid war beeindruckt. »Starke scheint eine gute Wahl zu sein. Ich helfe dir auch gerne, egal wobei. Ich kann richtig gut tapezieren, und Jake hat ebenfalls keine zwei linken Hände. Der macht ganz viel bei uns in der Wohnung, da Diego ja meist unterwegs ist. Ich finde es wirklich toll, dass du die Sache angehen willst. Es wird dir guttun!«

Und das stimmte, schon das Planen tat mir gut. Am nächsten Tag würde ich den Termin beim Amt machen.

Frau Hecht, so geht das nicht!«

Das sah ich auch so, als ich am Donnerstag der Woche nach dem Eklat mit Hanno meinen großen Sohn fragend ansah, der mit einem blutigen Taschentuch unter der Nase im Zimmer der Schuldirektorin saß.

Frau Doktor Simone Kettenbeil war eindeutig zu Höherem berufen, als an dieser kleinen Grundschule für reibungslosen Unterricht zu sorgen. Sie hatte studiert und sich weitergebildet, um ein humanistisches Gymnasium zu leiten. Diese Rotznasen durch die ersten sechs Jahre lotsen zu müssen war eine Aufgabe, die ihrer unwürdig war. Die Kinder gingen ihr aus dem Weg, so gut es ging, im Lehrerkollegium war sie so heiß umgarnt wie kalt gehasst. Frau Doktor Kettenbeil war eine mittelgroße, sehr beleibte Frau, die ihre sackähnlichen Leinenoutfits mit farbenfrohen Schals ergänzte. Ihr dünnes graues Haar hing strähnig in der Form eines recht unglücklichen, kinnlangen Bobs an ihren vollen Wangen herunter. Ihre stets zusammengekniffenen Lippen ließen mich vermuten, dass sie nachts mit den Zähnen knirschte. Sie hatte so gar nichts von der Gemütlichkeit, die ihre Fülle versprach. Die Frau war eine einzige Anklage.

»Ihr Sohn ist ein Rowdy, Frau Hecht, und das werde ich an meiner Schule nicht dulden! Er hat seinem Mitschüler grundlos geschlagen. Ich nehme an, die Eltern werden das nicht einfach auf sich beruhen lassen!«

Vincent starrte aus dem Fenster. Ich hatte keine Ahnung, was los war, aber dass mein großer Sohn sich grundlos prügelte, glaubte ich auf keinen Fall.

»Was ist denn genau passiert, Vincent?«, wollte ich von ihm wissen.

Ehe der antworten konnte, kläffte die Kettenbeil schon weiter. »Was passiert ist? Das werde ich Ihnen sagen. Der arme Lennart stand ihrem Vincent im Weg, ein Wort ergab das andere, und schon schlug Ihr Sohn zu. Ich habe Verständnis für Scheidungskinder, aber dieses Verständnis ist nicht grenzenlos!«

In meinem Innern breitete sich das mir inzwischen bekannte Brodeln aus, die Wutflutmassen begannen sich aufzutürmen. Vincent war zwar kein Einserschüler, aber er hatte nur eine einzige Vier, die in Englisch. Die Trennung hatte sich nicht auf seinen Notenschnitt ausgewirkt, er war ein stiller, höflicher Schüler. Was sollte dieser Vorwurf?

Betont ruhig wandte ich mich erneut an meinen Sohn. »Vincent, was war los?«

»Lennart hat gesagt, wir wären asozial, weil du putzen gehst. Und dass du eine Schlampe wärst und dich Papa deswegen verlassen hätte. Dann hat er mich geschubst, und deshalb habe ich ihn geboxt.«

Die Kettenbeil sah mich triumphierend an. »Hab ich Ihnen ja gesagt, geschlagen hat er den Lennart!«

»Der Lennart« war ein kleiner Kotzbrocken allererster Kajüte, so ein richtig fieser, verzogener kleiner Doofling mit Topfschnitt und Quengeltonfunktion. Wenn man seine Eltern sah, wusste man auch genau, woher er das hatte. Die beiden sprangen sofort, wenn der Bengel nur mit den Fingern schnipste. Mit neun hatte er bereits das dritte iPhone, die ersten beiden hatte er irgendwo verloren. Lennart-Anton Tautenhahn-Otterbein – als hätte nicht jeweils einer dieser Namen ausgereicht! – würde in Sachen Divenhaftigkeit der Marlene Dietrich durchaus das Wasser reichen können. Seine Eltern waren im Übrigen auch der Ansicht, dass ihr Sohn etwas Besseres als diese Kiezklitsche verdient hatte.

Ich atmete tief ein und ruhig aus. »Frau Doktor Kettenbeil, da steht dann jetzt wohl Aussage gegen Aussage. Selbstverständlich ist Gewalt keine Lösung. Verbale Entgleisungen sollten Sie aber auch nicht dulden. Was haben Sie denn gegen Lennart unternommen? Sind seine Eltern ebenfalls hierher zitiert worden?«

Simone Kettenbeil sah mich verständnislos an. »Wieso das denn? Der Lennart ist ja wohl das Opfer. Frau Hecht ...«

Ich fiel ihr ins Wort. »Thomas, Frau Kettenbeil! Ich heiße jetzt wieder Thomas. Und ich finde Ihr Verhalten ungerecht und unangemessen. Lennart hat gepöbelt, wie man das von ihm kennt, und Vincent geschubst. Der hat sich gewehrt und Lennart dabei etwas unglücklich erwischt. Nicht mehr und nicht weniger. Ich mache ja auch keinen Aufstand wegen Vincents blutiger Nase. Die wird er sich wohl kaum selbst zugefügt haben.«

»Also, Frau Hecht-Thomas, das wird aber einen Eintrag in der Schulakte nach sich ziehen! Das ist Ihnen schon klar?«

»Das ist es mir keineswegs, Frau Kettenbeil! Wenn Sie sich dazu genötigt sehen, dann verlange ich einen ebensolchen Eintrag in der Akte von Lennart.«

Direktorin Kettenbeil sah mich an, als sei sie in etwas Unschönes getreten. »Also, Frau Hecht-Thomas, da sehe ich aber doch einen ganz gewaltigen Unterschied. Die Familie Tautenhahn-Otterbein genießt höchstes Ansehen hier im Bezirk. Lennarts Vater ist wahnsinnig engagiert im Kreisverein der Christlichen Union, und seine Mutter ...«

»Ich kenne die Familie, Frau Kettenbeil«, fiel ich ihr ins Wort. »Ich putze zweimal die Woche bei ihnen. Was meinen Sie denn, woher Lennart seine Einstellung zu meiner Person hat?«

Das schien ihr den Wind aus den Segeln zu nehmen. »Nun, ich ... Also, Frau Hecht-Thomas, das hat er sicher nicht so gemeint! Wenn er es denn überhaupt gesagt hat. Aber dann will ich noch einmal ein Auge zudrücken und es bei einer mündlichen Ermahnung belassen. Sie dürfen mit Vincent gehen.«

Das ließen wir uns nicht zweimal sagen. Vor dem Schultor stand das Ehepaar Tautenhahn-Otterbein in einer kleinen Traube von Eltern, die wie auf Kommando zu uns herüberblickten. Einige schüttelten den Kopf.

Ich winkte freundlich lächelnd, obwohl ich am liebsten ein paar Bengalos in ihre Mitte geworfen hätte. Wir nahmen den anderen Ausgang.

Auf dem Heimweg nahm Vincent meine Hand. »Mama, warum musst du bei den Eltern von Lennart putzen gehen?«

»Hase, damit ich Geld für uns verdiene. Wir müssen doch was essen, und die Miete muss gezahlt werden. Wir brauchen was zum Anziehen, und ein gewisser junger Mann braucht Fußballschuhe und einen ordentlichen Ball zum Kicken ...« Ich wuschelte ihm durchs Haar.

»Ja, aber kannst du nicht was anderes arbeiten?«, fragte er mit recht dünnem Stimmchen.

Ich blieb stehen und drehte Vincent zu mir herum. »Vincent, schämst du dich meinetwegen? Weil ich putzen gehe?«

Er blickte auf den Bürgersteig. »Ein bisschen ... Alle anderen Eltern haben richtige Jobs.«

»Putzen *ist* ein richtiger Job! Das ist eine Arbeit wie jede andere, dafür muss man sich nicht schämen. Kein Traumjob, zugegeben – aber wer hat den schon? Und was du sagst, stimmt nicht. Da gibt es eine ganze Reihe von Eltern, die gar keine Arbeit haben. Ich muss sehen, wie wir über die Runden kommen, Hase. Papa und ich streiten uns gerade um Geld.«

»Ich hasse Papa. Ich will da nicht mehr hin. Nie mehr!« Er stampfte mit dem Fuß auf. Das hatte er das letzte Mal gemacht, als er drei Jahre alt war. Als er den Kopf hob, hatte er Tränen im Gesicht.

Ich nahm ihn in die Arme. Was sollte ich dazu sagen? Ich war nun nicht gerade Hannos größter Fan im Moment. Trotz allem war er der Vater der Kinder, und ich wollte auf keinen Fall, dass die sich gezwungen sahen, Partei zu ergreifen. »Vincent, ich kann verstehen, dass du sauer bist auf Papa. Aber Papa hat nichts gegen euch. Er mag nur mich nicht mehr und ist sauer auf mich, weil ich nicht das mache, was er will. Das ist er nicht gewohnt. Aber wir werden das regeln, und dann kann ich mir bald in Ruhe einen neuen Job suchen.«

Eine neue Putzstelle würde ich mir in jedem Fall sofort suchen, denn die blöden Truthahnschlotterbeine könnten ihren Dreck wieder selber wegmachen. Ich würde da nicht mehr hingehen.

»Komm! Wir gehen ein Eis essen, und dann gucken wir einen Film, bis die anderen beiden von der Schule heimkommen.«

Vincents Augen leuchteten. Eis und die *Teufelskicker* ließen ihn den Vorfall schnell verdrängen. Mir fiel das nicht so leicht.

Vincent Hecht

Ich verstehe das alles nicht so richtig: wieso Papa auf einmal wegmusste, um mit dieser schnepfigen Dana zusammen zu sein. Mama versteht wenigstens was von Fußball. Wo wir wohnen, ist mir eigentlich egal, solange das nicht bei Papa und Dana ist. Die dreht immer gleich durch, wenn wir mal einen Schuhabdruck im Haus hinterlassen oder beim Essen kleckern oder krümeln oder so was. Manchmal hat man eben Dreck an der Hose, wenn man Fußball gespielt hat. Aber das kommt sowieso nicht mehr oft vor, denn die Kinder da sind alle ziemlich doof. Die sagen ganz schön blöde Sachen zu uns. So wie Lennart, die Pissnelke. Denken Sie jetzt etwa, das ist ein schlimmes Schimpfwort? Nein, nein, das ist nur ein anderes Wort für Löwenzahn.

Im Nachhinein ärgere ich mich, dass ich Lennart nicht richtig eine verpasst habe für das, was er über Mama und uns gesagt hat. Der ist doof wie Brot und außerdem ziemlich gemein. Der foult beim Fußball auch immer ganz übel, und dann wirft er sich hin und windet sich, und ganz oft kriegt er dann den Freistoß. Das ist voll unfair! Aber so ist der. Mama sagt immer, solchen Kindern geht man besser aus dem Weg. Aber in der Schule geht das nicht immer so einfach. Neulich in Mathe haben wir einen Test geschrieben, da saßen wir nebeneinander, und Lennart hat die ganze Zeit von mir abgeschrieben. Ich petze ja nicht. Außerdem ist es ziemlich dumm, von jemandem abzuschreiben, weil man dann gar nichts selber lernt. Dann sind wir fertig, und er gibt seinen Zettel ab und flüstert was zu unserer Lehrerin. Ich war dabei, alles noch einmal durchzurechnen, weil ich manchmal Schusselfehler mache. Zum Glück habe ich das gemacht, denn ich hätte sonst drei Fehler gehabt, da hatte ich Zahlendreher drin. Tja, die hatte dann der Lennart, und der war dann supersauer auf mich, weil rauskam, dass er bei mir abgeschrieben hat, obwohl er der Lehrerin was anderes gesagt hat. Und so kam das mit dem Schubsen und dem Boxen. Am liebsten würde ich den schon noch mal richtig verkloppen, aber Mama hat das verboten. Gewalt ist nämlich keine Lösung.

Grundschulsommerfest mit grantigen Lehrern, die kurz vor den Zeugnissen eher weniger Lust auf Standdienst und geheuchelt lockere Gespräche mit den Eltern ihrer Schüler hatten. Bei dreißig Grad im Schatten war das durchaus verständlich. Zumal einige Eltern diese Gelegenheit auch schamlos ausnutzten, um einen letzten Versuch zu starten, die ihrem Filius drohende Fünf beispielsweise in Mathe abzuwehren.

Der Förderverein der Schule präsentierte sich mit einem Stand gleich am Eingang. Dem engagierten Gremium war es zu verdanken, dass die Schule wieder eine Schulküche und eine Köchin hatte. Der Verein hatte den Antrag auf Fördergelder so vorbereitet, dass Frau Doktor Kettenbeil ihn nur noch unterzeichnen musste, und die gesamte Organisation, den Bau und die Ablaufplanung übernommen. Nicht jede Schule konnte sich so glücklich schätzen. Bedauerlicherweise interessierte sich das Gros der Eltern aber nicht sonderlich für die Aktivitäten des Fördervereins. Nur ein Fünftel der Familien waren Mitglieder und sponserten so die Schule. Der Rest nahm mit, was er für seine Sprösslinge herausholen konnte. Ich hatte großen Respekt vor der Arbeit des Vereins und seiner Leitung, die nicht müde wurde, sich für die Belange der Schule und ihrer Schüler einzusetzen.

Die üblichen Verdächtigen kümmerten sich um den großen Grill, der im schattigen Schulgarten aufgestellt und reichlich bestückt war. Immerhin ließen sich beim Sommerfest einige Familien nicht lumpen und backten reichlich Kuchen. Außerdem fanden sich an den verschiedenen Büfettständen Salate aller Art, die man als Beilage zu seinem Grillgut genießen konnte. Und es gab drei Getränkestände. Astrid kommentierte trocken, dass sie, seit sie schulpflichtige Kinder habe, verstünde, warum so viele Kinder übergewichtig sind und schlechte Zähne haben. Beinahe in jeder zweiten Schulwoche organisierte eine Klasse einen Kuchenverkauf, um ihre Kasse aufzubessern. Gemüse und Obst waren indessen nur spärlich vertreten auf solchen Festen.

Wir hatten uns ein schattiges Plätzchen gesucht und waren dabei, unsere Rostbratwürste mit Brötchen zu essen, als Astrid ihre Hand auf meinen Arm legte. »Das glaub ich jetzt nicht. Atme tief durch und lass dir ja nichts anmerken! Da ist dein werter Noch-Gatte. Mit seiner neuen Flamme ... Na, der hat Nerven!«

Ich traute meinen Augen zunächst auch nicht, doch Astrid hatte recht: Hanno und seine Dana standen bei Frau Doktor Kettenbeil und unterhielten sich prächtig, wie es aussah.

Helene kam auf uns zu. »Mama, Papa ist hier. Hast du gesehen?«

Ich nickte, denn ich wusste so gar nicht, was ich dazu sagen sollte. Klar, er war der Vater der Kinder, aber er hatte sich noch nie auf einem Schulfest blicken lassen, obwohl die beiden Schulen in Kleinmachnow erheblich näher gelegen hatten. Was bezweckte er damit?

Helene zuckte mit den Schultern und ging wieder.

Die Mutter einer Klassenkameradin von Daniel und Marisol kam zu uns herübergeschlendert. »Hallo, Frau Alvarez, hallo, Frau Hecht!« In der Schule hatte sich mein neuer alter Name noch nicht herumgesprochen.

Astrid schaute mich hilfesuchend an, sie hatte ein miserables Personengedächtnis, also sprang ich ein. »Hallo, Frau Wuttke!«

Wir schüttelten einander die Hände, dann fragte sie neugierig: »Wissen Sie, wer das Paar da bei der Direktorin ist? Hab ich noch nie gesehen, die zwei. Vielleicht Eltern neuer Schüler, die nach den Ferien auf die Schule kommen?«

Ich seufzte innerlich, aber es half ja nichts. Die Gerüchteküche würde brodeln, so war das nun einmal. »Das ist der Vater meiner Kinder mit seiner neuen Freundin.« Ich lächelte resigniert.

Frau Wuttke klappte die Kinnlade herunter. »Ihr Mann? Das ist ja nicht zu glauben! Nicht sonderlich sensibel, wenn Sie mich fragen. Also, seine Freundin hätte er ja durchaus daheim lassen können. Was geht den Männern nur im Kopf rum?«

Das fragte ich mich nicht erst seit dem letzten Herbst und zuckte nur mit den Schultern.

Astrid nickte. »Das sehe ich genauso, aber man kann ihm schlecht verbieten hierherzukommen. Catia, möchtest du noch was trinken? Frau Wuttke?«

»Ach, sag doch Tanja! Gerne noch eine Cola, warte, ich gebe dir Geld!«

Astrid winkte ab. »Astrid, freut mich. Nee, lass mal! Ich spendiere eine Runde.«

»Catia, freut mich ebenfalls. Und mein Nachname ist seit einigen Monaten Thomas, ich habe meinen Mädchennamen wieder angenommen.«

Tanja Wuttke nickte anerkennend. »Find ich gut. Ich nehme an, die Trennung war nicht freundschaftlich?«

Ich winkte ab. »Nein, war sie nicht. Aber sei mir nicht böse, ich möchte eigentlich nicht drüber sprechen.«

Sie nickte erneut, diesmal wissend. »Verstehe ich. Sorgerechtsstreit, oder? War bei uns genauso. Er hat erst ein Riesenfass aufgemacht und meine Tochter und mich monatelang unter Druck gesetzt. Er hat übrigens auch ein plötzliches Interesse am schulischen Umfeld des Kindes gezeigt. Das kommt nämlich ganz gut vor Gericht an. Na, und dann hat er eine neue Frau kennengelernt, die was gegen sein Vorleben hatte, und auf einmal ist der ganze Spuk vorbei. Das Amt zieht ihm unseren Unterhalt direkt vom Gehalt ab. Unser Leben kann nun erheblich entspannter weitergehen.«

Frau Doktor Kettenbeil bemerkte mich und wurde dunkelrot. Sie sagte etwas zu Hanno, der dann auch in meine Richtung schaute und mit den Schultern zuckte. Zweifelsohne wurde da eine Menge Gift geträufelt.

Astrid trat wieder zu uns und warf ein: »Entspannt ist die Lage bei Catia leider noch nicht. *Esox lucius,* der gemeine Hecht, ist zäh und aggressiv. Das muss er auch sein, weil er in Brackwasser klarkommen muss, also sowohl in salzigem als auch in süßem Wasser. Das verlangt so einem Fisch eine Menge ab. Sein Schnappreflex lässt ihn alles jagen und beißen, was ihm so vor die Kiemen kommt, auch die eigenen Artgenossen sind nicht sicher vor ihm. Und wenn es um die Weibchen geht, versteht der Raubfisch auch gar keinen Spaß. Dennoch muss der Gute sich vorsehen, dass ihn das Weibchen nach der Paarung nicht frisst.«

Ich konnte mir ein Grinsen nicht verkneifen. Auch wenn mir ob Hannos Auftauchen das Herz bis zum Halse schlug, musste ich an die leckeren Hechtklößchen denken, die ich in meiner Au-pair-Zeit zuzubereiten gelernt hatte: *brochetons*. Als Hechthack konnte ich mir Hanno gerade sehr gut vorstellen.

Astrid legte noch einen drauf. »Oder Hechtsuppe?«

Wir drohten, vollends in einen Lachkrampf zu geraten, und trollten uns in eine andere Ecke des Schulgeländes, weil Tanja nach ihrer Tochter sehen wollte. Galgenhumor, keine Frage. Aber wie sollte man sonst auf solch einen Auftritt reagieren? Zehn Jahre lang hatte ich jeden Elternabend in der Kita und den Schulen alleine bestritten. Hanno kannte keinen einzigen Namen eines Freundes oder einer Freundin der Kinder, geschweige denn deren Geburtstage oder Vorlieben. Aber natürlich musste er sich jetzt ins Zeug legen, damit das Jugendamt ihn als interessierten Vater wahrnahm. Es war lachhaft. Einerseits verstand ich, dass man Kinder nicht selbst entscheiden ließ, bei welchem Elternteil sie lieber leben mochten. Schließlich mussten sie dann den anderen Teil vor den Kopf stoßen. Andererseits, wenn die Sachlage so klar war wie in unserem Fall, konnte man dann nicht doch die Kinder entscheiden lassen? Ich drehte mich mit diesem Problem dauernd im Kreis.

Zwei weitere Mütter gesellten sich zu Astrid und mir, die eine zeigte auf Hanno. »Haben Sie es schon gehört? Das ist der Vater von Vincent aus der 4c, der letztens mit Lennart gerauft hat. Der Junge musste zur Direktorin, und die Mutter wurde in die Schule bestellt. Wie peinlich! Der sieht gar nicht aus wie ein Prolet.«

»Albern sieht er aus, finde ich, in seiner roten Hose und dem dunklen Marineblazer. Männern sollte verboten werden, rote Hosen zu tragen, wenn sie über zehn Jahre alt sind«, erwiderte Astrid mit einem kalten Lächeln.

Die zweite Mutter schaute komisch, die erste verzog das Gesicht. »Gepflegt würde ich das nennen, das hat doch Stil. Kennen Sie denn den Mann?«

Wir schüttelten beide den Kopf.

Die erste Frau erkannte ihren Wissensvorteil und war sofort bereit, ihn mit uns zu teilen. »Also, mein Sohn, der Benny, der geht in dieselbe Klasse wie Lennart und Vincent. Der hat mir neulich erzählt, richtig verprügelt haben soll der Vincent den armen Lennart. Ganz ohne Grund. Dabei ist Lennarts Familie so nett zu der Mutter von dem Vincent. Die haben ihr eine Stelle gegeben, weil sie wohl dringend Arbeit gesucht hat. Die Mutter putzt.« Dabei machte sie ein Gesicht, als wäre sie gezwungen, eine Handvoll Würmer zu verspeisen.

Die zweite Mutter warf ein: »Das ist aber merkwürdig. Der Mann sieht doch so aus, als würde er nicht schlecht verdienen. Immerhin ist der mit einem Daimler vorgefahren. Wieso lässt er denn seine Frau putzen gehen?«

Mutter *numero uno* war auch über diese Sachlage bestens informiert. »Er hat sich von ihr getrennt. Sie soll Probleme haben. Er will, dass sie sich behandeln lässt, sie weigert sich. Da hat er die Unterhaltszahlungen eingestellt und klagt jetzt das Sorgerecht ein.«

Ich war fasziniert von der Geschichte meiner Familie und fragte nach. »Trinkt sie?«

Astrid biss sich auf die Unterlippe.

Die erste Mutter neigte ihren Kopf verschwörerisch zu uns herüber. »Auch. Und sie ist kaufsüchtig. Deshalb musste er ja auch aufhören, ihr Geld zu geben. Ihr wisst doch, wie das mit Süchtigen ist. Die muss man ganz runterkommen lassen, bis sie merken, dass sie Hilfe brauchen. Mir tun in solchen Fällen immer nur die Kinder leid ...«

Besagte Kinder kamen in diesem Moment angetrabt. Vincent begrüßte die beiden Mütter. »Hallo, Frau Werner, hallo, Frau Neumann! Benny und Lars sind hinten auf dem Fußballplatz, wenn Sie die suchen. Mama, können wir jetzt gehen? Ich finde es total blöd, dass Papa hier auftaucht. Ich weiß gar nicht, was der hier will, er war doch noch nie auf einem Schulfest. Und Dana reicht mir alle zwei Wochen.«

Sein kleiner Bruder nickte bekräftigend, Helene schnaubte verächtlich. Astrid sah aus, als würde sie vor

Lachen gleich platzen, und ich verabschiedete mich zuckersüß von den beiden Frauen, die sprachlos die armen, verstörten Kinder anstarrten.

»Wir werden dann mal, Frau Werner, Frau Neumann. Grüßen Sie mir den Herrn Hecht, wenn Sie ihn sehen! Phantasie hat er ja, das wird ihm keiner absprechen, nur schade, dass wir keinem seiner Groschenhefte entsprungen sind. Viel Spaß noch auf dem Fest!«

Nachdem wir das Schultor passiert hatten, konnten wir uns das Lachen nicht mehr verkneifen. Grundschulen waren ein wahrer Hort der Lästerei. Eine brodelnde Gerüchteküche brachte ständig halbgare Wahrheiten und heiße Geschichten hervor, an denen man sich leicht die Zunge verbrennen konnte.

Zu Hause tummelten sich die Kinder in ihren Zimmern. Astrid und ich machten es uns bei ihr auf dem Balkon bequem.

»Diese Szene zeigt leider auch, dass Vorsicht geboten ist, Catia. Du solltest in jedem Fall deinen Anwalt informieren! Unglaublich ist das, was er da lanciert haben muss. Unfassbar, dass die das alle wiederkäuen, diese dummen Kühe! Manchmal finde ich Eltern wirklich scheußlich.«

Sie musste es wissen, sie hatte mit vielen zu tun. Ich blieb relativ gelassen. Ich war auch keine Heilige, wenn es ums Tratschen ging, allerdings stellte ich mich dabei nicht so kreuzdämlich an. »Lass sie doch reden! Die Leute finden immer etwas, worüber sie sich das Maul zerreißen können, da kann man nichts machen. Und die Geschichte mit der Kaufsucht ist vermutlich zu gut, um nicht schnell verbreitet zu werden. Vielleicht wird Hanno mir demnächst auch noch Vergnügungssucht unterschieben.«

Ich hatte ja keine Ahnung, wie recht ich haben sollte ...

Lass mich nicht so lang allein ;) Wann sehen wir uns wieder? Q.

Ich fragte mich, ob Quinn die Lieder googelte oder ob er tatsächlich eine Sammlung von Caterina Valentes größten Hits besaß. Ich hätte Quinn so gerne wiedergesehen, doch ich hatte zu viel um die Ohren und musste ihn auf die nächste Woche vertrösten.

Über all dem Stress mit Hanno und der tatkräftigen Unterstützung von Astrid, die mir umgehend zwei junge Mütter vermittelt hatte, die dringend Hilfe im Haushalt benötigten, hätte ich im Laufe der Woche beinahe das am Freitagabend bevorstehende Abitreffen vergessen. Herr Meyerbeck hatte sich begeistert von Paps' Idee gezeigt und mich auf der Stelle für einen Minijob engagiert. Zweimal in der Woche ging ich nun vormittags zu ihm, machte Ordnung und kochte ihm ein paar Gerichte vor, wenn ich nicht schon etwas mitbrachte. Stefan Starkes Eilantrag war außerdem stattgegeben worden. Die Verhandlung würde Mitte August stattfinden. Ich definierte eilig anders, aber er versicherte mir, dass wir damit gut bedient seien.

Mir war eigentlich überhaupt nicht nach Feiern zumute oder danach, irgendwelche Fragen von ehemaligen Mitschülern über die vergangenen zwei Jahrzehnte zu beantworten. Aber die meisten Ehemaligen hatte ich seit der Schulzeit nicht mehr gesehen, und ich befürchtete, es zu bereuen, wenn ich nicht hinginge.

Am Abend waren die Kinder bei Astrid untergebracht, alle zusammen würden sie Jake am nächsten Tag zu einem Handballturnier begleiten. Ich hatte also freie Bahn im Badezimmer, was auch bitter nötig war. Ich entschied mich für eine einfache Hochsteckfrisur. Angeblich machte die das Gesicht schmaler. Ich fand sie angenehm luftig im Nacken.

Die Wahl des Outfits indes gestaltete sich als schier unmöglich. Jeans waren mir zu salopp, eine Stoffhose zu langweilig, ein Rock kam nicht in Frage. Das Hauptproblem war, dass viele Sachen nicht mehr saßen. Statt zu kneifen, waren sie auf einmal weit geworden. Gürtel mochte ich nicht, und ich verlor nach und nach die Nerven. Nachdem ich ein zweites Mal geduscht hatte, weil ich von dem Suchen so verschwitzt war, kam mir die rettende Idee. Ich hatte ein Paar Hosen aus meiner letzten Schwangerschaft behalten, weil sie aus einem schönen, fließenden Material gemacht waren und einen hohen Stretchbund hatten. Den Bund würde niemand sehen, denn darüber zog ich ein schwarzes ärmelloses, dreilagiges Longtop und eine petrolfarbene Longjacke aus einem ähnlich fließenden Material wie die Hose. Da die Hose ein wenig zu lang war, passten meine schwarzen Peeptoes mit den Fünf-Zentimeter-Absätzen perfekt dazu.

Beim Make-up war ich geübt. Hanno hatte stets darauf bestanden, dass ich mich für Gäste entsprechend zurechtmachte. Diesmal trug ich etwas mehr Lidschatten für Smoky Eyes auf. Dabei orientierte ich mich an einer Vorlage aus einem der ganz wenigen Frauenmagazine, die ich je gekauft hatte. Es war uralt, aber die Schminktipps hatten die Investition gelohnt. Mein mattrosa Lippenstift komplettierte den Look, und am Ende war ich ganz zufrieden mit dem Ergebnis. Ein paar Spritzer meines Lieblingsdufts, und ich war beinahe in so etwas wie Partystimmung.

Verena Mayer hatte das Treffen organisiert. Die war früher schon eine Partymaus gewesen. Das hatte ihrem Medizinstudium allerdings keinen Abbruch getan, wie ich ihrer *Save-the-Date*-E-Mail entnommen hatte, die sie mit *Dr. med.* unterzeichnet hatte. Ich hatte sie immer für ein bisschen oberflächlich gehalten, aber ich hatte auch nicht viel mit ihr zu tun gehabt. Verena hatte mit Christophs Unterstützung das Ausflugslokal Fischerhütte gemietet, direkt am Schlachtensee. Als ich die Stufen zum Eingang nahm, war ich etwas aufgeregt. Was wohl aus allen geworden war?

Gleich am Eingang wurde ich von Sabine Klamm, der Klette, abgefangen. Die war früher schon anstrengend gewesen und redete immer noch zu viel. Hatte sie einem erst einmal eine Unterhaltung aufgedrängt, war es schwer, ihr wieder zu entkommen. Ich war noch nicht einmal ganz in den Vorraum eingetreten, da hatte ich schon einen leichten Kopfschmerz von ihrem Dauergeplapper Marke »MeineGüteistdaslangeherduhastdichjagarnichtverändert! – MenschwiedieZeitvergeht! – Washastdudennsogemacht? – HastduKinderundwasmachstduberuflich? – Alsobeimiristallesgaaaaanztoll«. Es wäre endlos so weitergegangen, wenn ihr nicht in dem Moment die Kinnlade runtergeklappt wäre, als Chris Gruber hinter mir auftauchte. Er hatte ein Kamerateam im Schlepptau. Die Klette japste nach Luft, drehte sich kurz um und rief dann in den großen Raum hinein: »Das glaubt ihr nicht, der Christoph ist da! Mit einem Filmteam!«

Ich nutzte die sofortige Clusterbildung im Vorraum für eine Flucht nach drinnen. Ganz hinten im Eck stand Michael Baumann neben Roland Lipinski, der gerade einen beunruhigend großen Schluck Bier nahm. Roland war während der gesamten Oberstufenzeit berüchtigt für seine Schreckrülpser gewesen. Er schlich sich von hinten an seine Opfer heran, um ihnen dann gekonnt und ausgedehnt ihre Namen ins Ohr zu rülpsen, selbst Diana-Elisabeth, das Mauerblümchen, war damals nicht vor seinen Hinterhalten sicher gewesen.

Er hob sein Bierglas, als ich auf ihn und Michael zuging. »Mensch, die Valente! Du siehst ja dufte aus! Jehtet juht? Entschuldigt mal, ick muss mal det Bier wegtragen jehn!«

Es war verblüffend angenehm, Michael wiederzusehen. Die letzten zwei Jahrzehnte hatten es gut mit ihm gemeint, und sein Grinsen war so ansteckend wie eh und je. Er trug seine vollen dunklen Haare kurz. Sie waren durchsprenkelt von Grau, und er war frisch rasiert. Es stand ihm gut, fand ich. Seine Augen waren noch genauso meerblau wie früher. Das war eine beeindruckende Kombination, die so manche Frau zweimal hingucken ließ, da war ich mir sicher. Die Ärmel seines weißen Hemds waren hochgekrempelt, er trug es über einer G-Star-Jeans. Er sah wirklich gut aus. Früher in der Grundschule hatte er von Mutti verlängerte Stoffhosen tragen müssen, der arme Kerl. Er hatte mir mal Fotos gezeigt. Mehr als einmal hatte er mich in den höheren Klassen in Physik abkupfern lassen, wofür ich mich bei ihm mit diversen Französischhausaufgaben bedankt hatte.

Michael umarmte mich, gab mir einen Kuss auf die Wange und strahlte mich an. »Catia, wie schön, dich wiederzusehen! Die Rülpsbacke hat recht, du siehst prima aus. Was möchtest du trinken?«

Ich würde morgen ausschlafen können, also musste ich mich nicht den ganzen Abend an Wasser festhalten. »Ich nehme einen Jack Dempsey, wenn die das hier hinbekommen. Danke!«

Michael gab den Wunsch weiter an den durchtrainierten, solariumgebräunten jungen Mann hinter dem Tresen, der sich den Mixer schnappte und den Cocktail gekonnt aus Calvados, Pernod, Gin und den paar alkoholfreien Zutaten, die hineingehörten, zusammenstellte. Mit einem *»Voilà, Madame!«* schob er mir den Drink zu und zwinkerte dabei. Ich wurde ein bisschen rot, und Micha lachte kurz auf.

»Ich hätte gedacht, du wärst jetzt da draußen ...«

»Christoph und ich haben seit dem Abi nichts mehr

miteinander zu tun. Die Fernbeziehung war nicht so sein Ding. Ist ja lange her, und wir hatten seitdem keinen Kontakt.«

Michael musterte mich. »Ja, ich erinnere mich noch an euch beide in der Oberstufe. Deswegen bist du aber nicht so komisch drauf, oder? Der Typ war doch damals schon ein Aufschneider, und wie ich sehe, hat sich daran nichts geändert. Aber was ist denn los mit dir? Du warst doch früher immer so schön und so fröhlich. Also, nicht, dass du jetzt nicht mehr schön wärst, aber du siehst irgendwie traurig um die Augen herum aus. Ich hoffe, es ist nichts Ernstes?« Er hatte seine Hand auf meine Schulter gelegt. In seinem Blick lag Besorgnis.

Na, ganz prima! Ich wirkte wie ein Trauerkloß, und die beste Aufmachung konnte das nicht kaschieren. Das bisschen Selbstbewusstsein, mit dem ich angekommen war, fiel kläglich in sich zusammen wie ein Soufflé, das zu lange gestanden hat. Meine Unterlippe begann zu zittern, ich nahm einen kräftigen Schluck von meinem Drink.

Michael stupste gegen meinen Oberarm. »Komm, so hab ich das nicht gemeint. Es tut mir leid. Vergiss, was ich gesagt habe! Du siehst toll aus! Heute Abend lassen wir es krachen. Und wenn du willst, erzählst du mir später, was dich bedrückt. Jetzt versenken wir den hier erst mal, und dann schauen wir nach der Musik. So entgehst du der Krahmer, das wäre ein gefundenes Fressen für sie. Los, hau weg den Scheiß!« Er leerte sein Bierglas in einem Zug.

Ich lächelte ihn dankbar an. »Die Krahmer« war

Juliane Krahmer, das ehemalige It-Girl der Schule. Die Rädelsführerin bei den meisten Mobbingaktionen unter den Mädchen. Ich hatte in der Neunten ziemlich unter ihr gelitten, denn ich hatte kein Hehl daraus gemacht, dass ich sie und ihre Art nicht leiden konnte. Ein Halbjahr lang piesackte sie mich, dann war auf einmal Ruhe. Zum Teufel mit der Krahmer! Ich leerte mein Glas ebenfalls in einem Zug und hielt es Michael zum Nachfüllen hin.

Chris Gruber hatte sich tatsächlich von einer kleinen Filmcrew inklusive Make-up-Assistentin begleiten lassen. Auf die Idee, vorher mal zu fragen, ob sich jemand davon gestört fühle, war er nicht gekommen. Aber außer Michael und mir hatte wohl auch niemand ein Problem damit – jedenfalls den Lobeshymnen der übrigen Anwesenden auf ihren ehemaligen Mitschüler nach zu urteilen, die sie voller Verve in die Kamera quasselten. Eine Stunde lang filmte sich der Kameramann die Seele aus dem Leib. Der Typ mit dem Mikro hatte sicherlich schon lange Arme, als Chris irgendwann in die Hände klatschte und augenzwinkernd verkündete, dass, da jetzt der intime Teil des Abends losginge, bei dem er noch nie gerne gefilmt worden sei, die Crew nun Feierabend machen könne – eine Bemerkung, die seinem Fanblock einige Lacher entlockte. Die Klette kriegte sich gar nicht mehr ein vor Anhimmelei.

Susanne Plaschke gesellte sich zu Michael und mir und verzog das Gesicht. Susanne war kaum wiederzuerkennen. Früher sehr rundlich, sah sie an dem Abend ganz großartig aus in ihrem kleinen Schwarzen. Susanne war seit ein paar Jahren zertifizierte Ernährungsberaterin, vorher hatte sie ihren Job in einer Marketingagentur an den Nagel gehängt. Der Stress hatte sie kugelrund werden lassen, hatte sie erklärt, und als dann bei ihr Diabetes diagnostiziert wurde, war ihr klargeworden, dass sie ihr Leben ändern musste. Ich war beeindruckt von ihr und von der Konsequenz, die sie an den Tag legte.

Kopfschüttelnd betrachtete sie das Gewusel um Chris herum. »Gott, was für ein Poser! Manche Dinge ändern sich wohl nie.« Dabei nahm sie einen beherzten Schluck Weißwein.

Michael und ich grienten nur vielsagend. Ich spürte nach dem dritten Drink deutlich die angenehm warme Wirkung des Calvados.

Susanne zuckte mit den Schultern. »Ach, was soll's? Micha, lass mal die Luft aus meinem Glas, das kann man ja nüchtern echt nicht ertragen!«

Um halb elf war die Party in vollem Gange. Das Wetter war bombig. Vor der Fischerhütte war es noch immer warm genug, um sich draußen eine kleine Pause vom Quatschen oder Tanzen gönnen zu können, und ich war überrascht, wie viele alte Mitschüler immer noch rauchten. Drinnen wurde es immer stickiger, die Gesichter wurden röter, und die meisten entledigten sich überflüssiger Kleidungsstücke, noch unter Wahrung des Anstandes. Meine dünne Jacke hing schon eine Weile über einem Stuhl. Lipinski hatte bereits mächtig Schlagseite und schwadronierte noch lauter als üblich. Im Garten und in der Hütte standen die alten Cliquen zusammen. Verena hatte sich gegen einen offiziellen Teil entschieden, in dessen Zuge jeder seinen Werdegang hätte schildern sollen. Stattdessen lief auf einer Leinwand eine Diashow mit Bildern aller Teilnehmer aus ihrer Schulzeit und der Gegenwart. Für jeden war ein gebundenes Heft zusammengestellt worden mit den wichtigsten Daten von allen und einer kleinen Auswahl persönlicher Fotos. Meine Angaben stimmten nicht mehr. Verena hatte vor einem Dreivierteljahr darum gebeten, und ich hatte nicht daran gedacht, sie später über die Veränderungen in Kenntnis zu setzen. Mehr als einmal war ich also im Laufe des Abends auf meinen erfolgreichen Mann und unsere Villa in Kleinmachnow angesprochen worden, worauf ich ausweichend bis gar nicht antwortete.

Die Klette machte ihrem Namen alle Ehre und war Christoph den ganzen Abend über praktisch nicht von der Seite gewichen. Irgendwann steckten sie die Köpfe zusammen, und sie zeigte auf mich. Christoph ging zum DJ und tuschelte kurz mit ihm. Als der Tina Turners *Two People*, unser Lied von damals, anspielte, kam Christoph auf mich zu. Wortlos streckte er die Hand nach mir aus und schenkte mir sein strahlendstes Lächeln.

Ob dieses Lächeln die Ursache war oder aber der normannische Apfelbranntwein, werde ich wohl nie herausfinden – jedenfalls reichte ich ihm meine Hand, und dann legten wir einen sehr gekonnten Fox hin. Die anderen machten uns Platz auf der Tanzfläche. Die Klette war dunkelrot angelaufen, Susanne schlug die Hände in einer exaltierten Geste über dem Herzen zusammen, und Michael leerte kopfschüttelnd einen Jack Daniels ohne alles. Ich bekam das nur am Rande mit. Ich musste mich mächtig darauf konzentrieren, Christoph nicht auf die Füße zu treten. Ich hatte eine Ewigkeit nicht mehr getanzt.

Als das Lied zu Ende war, zog Christoph mich näher an sich. Der DJ legte einen Blues auf, eigentlich die Mutter aller Blues: *Nights in White Satin*. Der Klassiker aus den Siebzigern hatte auf keiner unserer Feten gefehlt. Ich war wieder sechzehn und bis über beide Ohren in Christoph verschossen. Wir waren im Partykeller der Baumanns. Die Wände dort waren mit Eierkartons verkleidet, damit die Nachbarn nicht durch den Partylärm gestört wurden. In einer Ecke befand sich eine Bar, wie das damals noch in vielen Kellern üblich war. In der Mitte des Raumes glitzerte eine Diskokugel und warf ihre funkelnden Strahlen auf die innig umschlungen tanzenden Pärchen. Es war der Winter vor unseren Abiprüfungen gewesen, und ich hatte noch nichts von Christophs Plänen, nach Göttingen zu gehen, gewusst. Ich spürte seinen Atem hinter meinem Ohr, und mir lief ein wohliger Schauer den Rücken hinunter. Im Anschluss an jene Party hatten wir das erste Mal miteinander geschlafen – mein erstes Mal. Ich wurde ein wenig wehmütig. Auch seine Hand auf meinem Po fühlte sich gerade ausgesprochen gut an. In dem Moment, als ich mich so richtig an ihn schmiegen wollte, wurde er von Michael abgeklatscht. Christophs Blick verfinsterte sich für einen kurzen Moment, doch dann nickte er mir lächelnd zu, gab mir einen Handkuss und verließ die Tanzfläche.

»Was soll das werden, Catia?«, fragte Michael.

Ach Gott, was wusste denn ich? Konnte man nicht mal mehr mit dem Exfreund tanzen, ohne dass gleich eine Enquete-Kommission gebildet werden musste? »Keine Ahnung, Micha! Ich habe doch nur mit ihm getanzt.« Natürlich klang ich überhaupt nicht überzeugend.

»Klar, und ich bin der Weihnachtsmann! Erinnerst du dich daran, wie der dich damals behandelt hat? Das war doch eine ganz miese Nummer, die er da mit dir abgezogen hat.«

Ich wünschte, ich könnte mich nicht erinnern, doch der letzte Abend mit Christoph war mir tatsächlich noch gut im Gedächtnis. Er hatte mich zum Essen eingeladen in ein italienisches Restaurant in Steglitz: tropfende Kerzen in alten, bauchigen Weinflaschen, Fischernetz an der Decke und natürlich die *Best of Adriano Celentano* in Endlosschleife. Ich war sehr aufgeregt, denn alles deutete darauf hin, dass wir nun, wo die Schule bald beendet war, den nächsten Schritt machen würden: zusammenziehen. Ich war mir nicht sicher, ob meine Eltern das erlauben würden, aber sie mochten Christoph, und vielleicht würde es klappen. Ich war ja so verknallt. Wir plauderten eine gute Stunde über dieses und jenes. Beim Dessert, einem leckeren Tiramisu, teilte mir Christoph dann knapp mit, dass er am nächsten Tag nach Göttingen ziehen würde, wo er einen Studienplatz bekommen habe. Es sei eine schöne Zeit gewesen mit uns beiden, wir blieben sicher Freunde, er melde sich. Er zahlte die Rechnung, wir gingen. Vor dem Restaurant gab er mir einen Kuss auf die Wange, drehte sich um und ließ mich stehen. Ich hatte seit jenem Abend nie wieder Tiramisu angerührt. Schon bei dem Geruch der Süßspeise schnürte sich mir die Kehle zusammen.

»*Zut alors*, Micha, das ist über zwanzig Jahre her!«

Michael verstand den französischen Fluch noch gut genug. »*Zut* selber, Catia! Einmal Arschloch, immer Arschloch! Der hat sich sicher nicht verändert, außer dass er jetzt ein reiches Arschloch ist, vielleicht. Ich weiß nicht, was los ist mit dir und warum du meinst, er wäre die Lösung heute Abend. Tu es lieber nicht, du würdest es nur wieder bereuen!«

Zum Glück war in diesem Moment das Lied zu Ende, und mir blieb es erspart antworten zu müssen. Michael zog mich zum anderen Ende der Bar und bestellte mir eine Cola. Er entschuldigte sich kurz, und ich lehnte mich gegen den Tresen und leerte mein Glas mit einem Strohhalm. Christoph kam betont lässig herübergeschlendert. Er stellte sich neben mich, neigte seinen Kopf an mein Ohr und wisperte etwas. Ich verstand kein Wort, denn die Geräuschkulisse um uns herum war viel zu laut. Er nahm mir das leere Glas aus der Hand, stellte es auf den Tresen und zog mich hinter sich her nach draußen. Als wir die Eingangsstufen hinuntergingen und ich die frische Luft einatmete, wankte ich ein wenig, und Christoph stützte mich.

»Oho! Ich wusste gar nicht, dass meine Präsenz so überwältigend ist. Komm, ich helfe dir.«

Ein unangenehmer Ton erklang in meinem Hinterkopf, so ein schrilles Läuten, und ich hatte das Gefühl, schon einmal in einer ähnlichen Situation gewesen zu sein. Natürlich ignorierte ich es und ließ mich von Christoph an einen lauschigen Fleck unter einem Baum in der Nähe des Sees führen.

Ich lehnte mich gegen den Stamm und kicherte albern. »Du isst Maden, habe ich gehört ... Das ist ganz schön widerlich ...« Ja, der Calvados war im limbischen System angekommen und leistete ganze Arbeit. Ich kicherte weiter. »Dass gerade du so lange ohne Dusche und feuchtes Klopapier auskommen könntest, hätte ich nie gedacht. Oder hast du da Leute bei dir, die dir das ins Gebüsch reichen? Igitt! Müssen die das dann auch wieder einsammeln? Also, ich hätte nie für möglich gehalten, dass du so ein Naturbursche bist.«

Christoph rollte mit den Augen, und es folgte ein gekonnter Vortrag, den er sicherlich nicht zum ersten Mal hielt. »Catia, die Menschen verändern sich. Ich hatte erst vor, es bei der Theorie zu belassen, aber dann hatte ich dieses Schlüsselerlebnis im Schwarzwald: Mir begegnete eine Wildkatze, sie war trächtig, und ich beobachtete sie zwei Wochen lang. Dann warf sie vier Junge. Ich blieb, um zu verfolgen, wie der Wurf sich entwickelte. Das erforderte unglaublich viel Geduld, was mir aber nicht schwerfiel. Die Bilder von damals sind heute noch mein ganzer Stolz ... Na ja, und so ging es los. Ich machte die Tour durch die Wälder in Deutschland, und der Rest ist, wie man so schön sagt, Geschichte. Aber was ist mit dir? Was wird dein Mann sagen, wenn er dich so sieht?«

Ich lachte laut auf. »Mein Mann? Ich hab keinen

Mann mehr. Der is' weg mit seinem Marketingflittchen.«

Christoph lächelte. Im Mondlicht erschienen mir seine Eckzähne auffallend lang. Er neigte wieder den Kopf zu mir und sagte leise: »Sein Pech, mein Glück, ich bin froh, dass du heute gekommen bist. Ich habe oft an dich gedacht. Wenn ich alleine unterwegs war, nachts in der Wildnis ...«

Seine Lippen glitten sanft über die Gegend zwischen meinem Hals und meiner linken Schulter, und ein wohliges Kribbeln ging durch meinen Körper. Es war unglaublich lange her, dass ich dieses Kribbeln verspürt hatte, und jetzt gleich zweimal in so kurzer Zeit. Ich würde mal nachschauen müssen, wie die Sterne momentan standen. Vermutlich lag Mars auf der Venus, anders war das kaum zu erklären. Dieser Gedanke war wiederum nur damit zu erklären, dass der Pernod aus meinem Jack Dempsey nun ebenfalls eindrucksvoll seine Wirkung in meiner fürs Denken zuständigen Gehirnhälfte demonstrierte und mich wieder kichern ließ.

Das verging mir auf der Stelle, als Christoph mich küsste. Nicht vorsichtig und zärtlich, wie Quinn es getan hatte, sondern fordernd und drängend. Seine linke Hand, die sich auf meine Brust legte, ließ keine Zweifel an seinen weiteren Absichten. Ich erschrak, denn mir fiel die Schwangerschaftshose ein, die ich trug. Ich hatte ehrlich nicht damit gerechnet, auf dem Abitreffen befummelt zu werden. Wenn Christoph so weitermachte, würde er mein modisches Malheur in ein paar Minuten entdecken. Hatte er immer so geküsst? Damals knutschten wir stundenlang, so hatte ich das in Erinnerung. Ich war ja erst vierzehn, als wir anfingen, miteinander zu gehen. Da lief lange nicht mehr als Knutschen und Fummeln zwischen uns. Er atmete schwer und presste sich gegen mich. Die Rinde des Baumstamms drückte empfindlich gegen mein Rückgrat, und ich versuchte automatisch, dem Schmerz auszuweichen. Christoph deutete meine Bewegung als herausforderndes Gegenpressing und verstärkte seine Angriffswelle, seine rechte Hand ging an meinen Hintern.

Auf einen Schlag wurde ich nüchtern und wollte diese Situation nur noch beenden. Ich versuchte, mich seiner Umklammerung zu entziehen, doch er hielt mich umso fester.

»Komm, Catia, du willst es doch auch!«, raunte er mir ins Ohr. »Du hast dich doch früher nicht so geziert, wenn wir erst einmal losgelegt haben. Stehst du immer noch so auf ...«

Er konnte die Frage nicht zu Ende stellen, denn Michael riss ihn von mir weg und verpasste ihm einen wohlplatzierten Fausthieb. Christoph ging zu Boden und hielt sich die getroffene Wange. Er musterte Michael für einen Moment aus zusammengekniffenen Augen, dann sprang er hoch und ging auf ihn los. Ich stand unter dem Baum und betrachtete die Szene sprachlos und zum Glück, ohne zu kichern.

Aus der Fischerhütte strömten unsere ehemaligen Mitschüler und fanden ganz offensichtlich Gefallen an der Prügelei. Niemand hörte auf die Klette, die ununterbrochen kreischte, jemand solle doch um Himmels willen dazwischengehen. Irgendwer rief: »Einen Fuffi auf Gruber!« Doch bevor jemand die Wette annehmen konnte, tauchte der durchtrainierte Barkeeper auf und trennte die beiden Kampfhähne mit dem Wasserschlauch, der für die Reinigung des Außenbereichs eingesetzt wurde. Die Meute maulte enttäuscht und ging wieder hinein.

Ich schnappte mir Michael und zog ihn hinter mir her, direkt in die Damentoilette. »Los, zieh dein Hemd aus, sonst kriegst du das Blut nicht mehr raus! Warte mal, ich brauch was, um dir das Blut aus dem Gesicht zu wischen, du ... du Idiot! Was hast du dir denn dabei gedacht?« Ich hatte mir eine Handvoll Kosmetiktücher geschnappt, die neben dem Waschbecken in einer Pappbox lagen. Das musste erst einmal genügen.

Michael reichte mir sein Hemd und versuchte ein Grinsen. Das tat scheinbar weh, und er zuckte zusammen. »Autsch! Mann, ich kann dich doch nicht einfach so in dein Verderben rennen lassen! Das sah für mich auch nicht so aus, als hättest du es sonderlich genossen. Aua! Das tut weh, Catia!«

»Gut so, dann machst du so einen Scheiß hoffentlich nie wieder. Hier, mach mal selber weiter! Ich rufe uns ein Taxi, damit sich ein Arzt dein Auge ansehen kann.« Ich drückte Michael eine weitere Handvoll Tücher aufs Auge und ließ ihn stehen, um in den Flur zu gehen und mit dem Handy ein Taxi zu rufen.

Der Barkeeper kam mir mit einem kleinen Eisbeutel entgegen. »Hier, für Ihren Freund. Vielleicht schwillt das Auge dann nicht ganz zu.« Er zwinkerte mich wieder an. »Je oller, desto doller!«, sagte er und ging zurück hinter den Tresen.

Als das Taxi vorfuhr, piepte mein Handy. Es war kurz nach Mitternacht.

Tipitipitipso beim Calypso ;) Hoffe, du hast eine Menge Spaß! Q.

Nun ja, das kam darauf an, wie man Spaß definierte.

Die Antwort an Quinn würde warten müssen. Michaels Auge schwoll trotz des Eisbeutels bedenklich zu, und die Platzwunde an seiner Augenbraue hörte nicht auf zu bluten, aber er wollte partout nicht in die Notaufnahme. Also simste ich Astrid und bat sie, in einer Viertelstunde in meiner Wohnung vorbeizuschauen, um Erste Hilfe zu leisten.

Als wir bei mir zu Hause ankamen, stand Astrid schon vor der Haustür, eine Flasche Pernod in der Hand. »Ach herrje, ich dachte, du wolltest reden!«, begrüßte sie uns mit einem belämmerten Lächeln.

Micha nahm ihr die Flasche ab, schraubte sie auf und kippte sich einen kräftigen Schluck hinter die Binde. Er schüttelte sich. »Das Zeug ist widerwärtig, aber mir ist gerade alles recht. Hallo!«, lallte er leicht. Kein Wunder, nach dem restlichen Jack Daniels, den er sich vom Barkeeper noch hatte mitgeben lassen. »Ich bin Michael. Ritter Michael, der die holde Maid, die schöne Caterina, aus der Umklammerung des fiesen Drachen Grubertus befreit hat.«

Astrid grinste erst Michael und dann mich an. »Das klingt nach einer ziemlich spektakulären Feier, die so schnell niemand vergessen wird. Kommen Sie, ich schaue mir mal das Auge an!«

Micha salutierte und ließ sich von uns die Treppe hinaufbringen. Astrid ging mit ihm in die Küche, und ich holte unsere Hausapotheke aus meinem Zimmer. Astrid behandelte sein Auge und versicherte ihm, dass er sein Augenlicht nicht einbüßen werde, er aber ein ordentliches Veilchen spazieren tragen würde. Sie säuberte die Platzwunde an der Augenbraue, klebte ein Pflaster drüber, und gemeinsam verfrachteten wir ihn mit einem neuen Eisbeutel in mein Bett. Das war das Mindeste, was ich meinem Ritter anbieten musste. Ich würde in Helenes Bett schlafen.

Michael schnarchte friedlich, als wir die Tür hinter uns schlossen. Nachdem der durch die Schlägerei hervorgerufene Adrenalinschub abgeklungen war, hatte ihn die Erschöpfung eingeholt.

»Es tut mir leid, Astrid. Er wollte einfach nicht ins Krankenhaus, und ich wollte ihn nicht alleine lassen. Er hat mir ja wirklich aus der Patsche geholfen.«

Astrid winkte ab. »Ach, lass nur! Ich freue mich schon auf die ganze Geschichte morgen. Jetzt muss ich aber wieder rüber. Um halb sieben geht der Wecker, wir müssen in den Wedding, Anpfiff um neun, vorher Aufwärmen. Schlaft ihr euch mal aus! Ich komme mit den Kindern am Nachmittag wieder vorbei. Gute Nacht!«

Was für eine Nacht! Was für ein Chaos! Was war nur aus meinem wohlgeordneten Leben geworden? Ich sank auf Helenes Bett und war keine drei Minuten später eingeschlafen.

Am darauffolgenden Vormittag wurde ich gegen elf von der Türklingel geweckt. Jemand schellte ohne Unterlass. Schlaftrunken drückte ich auf den Türöffner und lehnte die Wohnungstür an. Mir dröhnte der Schädel, beim Vorbeigehen am Flurspiegel blickte mir kurz ein zerzauster Panda entgegen, und der brauchte einen Kaffee. Ich ging in die Küche, um Espresso aufzusetzen. Dann fiel mir ein, dass Astrid mit den Kindern noch beim Handball im Norden der Stadt war. Wer zum Teufel kam dann gerade die Treppe herauf? Des Rätsels Lösung folgte auf dem Fuße.

Hanno baute sich im Türrahmen meiner Küche auf und polterte los. »Catia, ich verbitte mir so etwas! Dein Vater hat mich angerufen und mir schwere Vorwürfe gemacht. Sag ihm, dass ich ...« Er hielt inne und musterte mich abfällig. »Wie siehst du denn aus? Warst du schon wieder betrunken?« Sein Blick fiel auf die Flasche Pernod, die Astrid gestern auf dem Küchentisch hatte stehen lassen, und war nicht zu missdeuten.

Zum Kopfschmerz gesellte sich von einem Augenblick zum anderen Übelkeit. Wie konnte ich nur so blöd sein, ihn versehentlich hereinzulassen?

Während ich mir diese Frage noch stellte, kam Michael aus meinem Schlafzimmer geschlurft. Mein Zimmer lag hinter dem Wohnzimmer, das ein Durchgangszimmer und vom Küchenbereich aus zu erreichen war. Michaels Auftritt war bühnenreif. Sein Auge hatte eine tieflila Schattierung, schwer ins Schwarze tendierend, das Pflaster über dem Auge verlieh dem Ganzen einen zusätzlichen Touch Verwegenheit. Er kratzte sich den flachen Bauch und gähnte ausgiebig. Trotz der heiklen Situation fiel mir auf, dass Michael nicht einmal den Ansatz einer Ringmuskulatur hatte, wie Paps seine kleine Wampe liebevoll bezeichnete. Noch bevor Michael die Augen – oder vielmehr das eine Auge – richtig geöffnet hatte, fragte er mit Bier-Whiskey-Pernod-Reibeisenstimme: »Rieche ich hier Kaffee, Catia? Nach der Nacht könnte ich einen Eimer Espresso vertragen.« Als er Hanno sah, blieb er stehen und grinste frech. »Muss ich dem auch Manieren beibringen?«

Mein Gesicht musste Bände gesprochen haben, denn Michael hörte auf der Stelle auf zu grinsen und stellte sich Hanno vor. »Ich bin Michael Baumann, ein alter Schulfreund von Catia. Ich saß gestern etwas in der Klemme, und sie war so freundlich und half mir mit einem Pflaster und einer Schlafgelegenheit aus. Ich hole mal meine Jeans.«

Bevor ich mich versah, hatte Hanno sein Smartphone in der Hand und machte Fotos von Michas Rückansicht, dem Panda in meiner Küche und der Flasche auf dem Tisch.

Dann schaute er mich mit einem seiner unerträglichen, triumphierenden Blicke an. »Damit, meine liebe Trine, hast du dir gerade dein eigenes Grab geschaufelt!« Er lachte leise und gemein, drehte sich um und verließ die Wohnung.

Ich sank auf einen Küchenstuhl. Bravo! *Vraiment minable!* Ich fühlte mich erbärmlich.

Michael kam wieder aus dem Schlafzimmer heraus. »Lass mich raten – das war dein Exmann?«

Ich nickte stumm.

»Ihr streitet um die Kinder?«

Wieder nickte ich stumm. Erst jetzt fiel mir auf, dass Michaels Oberkörper immer noch nackt war.

Er guckte etwas verlegen. »Mein Hemd ist ruiniert. Du hast nicht zufällig ein T-Shirt in meiner Größe?«

Wie in Trance stand ich auf und ging in mein Zimmer. Ich schlief jetzt wieder in übergroßen Männer-T-Shirts, da wäre sicherlich eines dabei, das ich Michael geben konnte. Vor meinem Kleiderschrank blieb ich stehen und starrte in das Fach. Als der erste Schluchzer kam, nahm Michael mich in die Arme. Er hielt mich fest und ließ mich weinen, bis ich keine Tränen mehr hatte.

Nach einer gefühlten Ewigkeit und mehreren lauten Schneuzern hatte ich mich wieder gefasst. Wir saßen mittlerweile auf dem Rand meines Bettes, und Michael hatte immer noch den Arm um meine Schultern gelegt. Ich fand, er roch unheimlich gut, obwohl er ja gerade erst aufgestanden war. Außerdem war er sehr kräftig, was mir früher nie aufgefallen war, da war er viel zu dünn und schlaksig gewesen. Der Ausdruck auf seinem

Gesicht war mir ebenfalls neu: Er zeigte pures Verlangen. Michael zog mich an sich und küsste mich. Zaghaft zunächst, jedoch mit zunehmender Leidenschaft, als ich seinen Kuss erwiderte. Es war ein guter Kuss, eine glatte Acht auf der Zehnerskala, die sich noch zu einer Neun steigerte. Seine Lippen waren warm und weich, und es war nicht zu viel Spucke im Spiel. Mir wurde heiß und kalt und ein bisschen schwindelig. Meine Hand legte sich auf seine leichtbehaarte Brust, und ich spürte seinen Herzschlag. Der ging ziemlich schnell, auch sein Atem hatte sich beschleunigt. Ich stieß einen kleinen Seufzer aus und ließ mich mit ihm nach hinten aufs Bett gleiten. Michael stöhnte leise und schob mein T-Shirt hoch ...

Eine halbe Stunde später lagen wir kurzatmig nebeneinander. Ich schaute den Stuck an meiner Decke an. Hatte ich gerade tatsächlich mit Michael Baumann geschlafen? Und war das tatsächlich so großartig gewesen, wie es sich anfühlte? Michael richtete sich auf und stütze seinen Kopf auf dem angewinkelten Arm ab. Sein Finger streichelte über meine Lippen, und er gab mir einen zarten Kuss. Dann verdunkelte sich seine Miene plötzlich, er setzte sich auf und strich sich durch die Haare.

»Catia, ich ... Das war ein Fehler, es tut mir so leid, es hätte nicht passieren dürfen ...« Er stand auf und hob das T-Shirt auf, das ich eine halbe Stunde vorher aus dem Schrank gezogen und dann achtlos auf den Boden fallen gelassen hatte.

Ich lag auf dem Bett und zog die Decke über meine

Rundungen. »Micha, wir sind erwachsene Menschen. Ich wollte es doch auch. Und es war wunderschön ...«

Michael sah mich gequält an. »Catia, ich bin nicht allein. Ich ... Es tut mir leid, ich weiß wirklich nicht, was in mich gefahren ist! Ich war früher schwer in dich verliebt, das hast du nie mitgekriegt, und ich habe mich riesig gefreut, dich gestern Abend wiederzusehen. Dann merkte ich, dass die alten Gefühle wieder hochkamen. Der Gruber ging mir tierisch auf die Nerven, genau wie früher, und dann kam eines zum anderen. Ja, es war schön, es war unglaublich schön, Catia. Aber ... ich ... ich muss gehen. Ich ruf dich an, ja?« Und weg war er.

Mein Handy piepte. *Quando, quando ;) Schädelweh erträglich? Heute Abend essen? Q.*

Ich stöhnte, schaltete das Handy aus und vergrub meinen Kopf unter dem Kissen.

Eine Hitzewelle rollte in den folgenden Tagen über Berlin. Die Temperatur hatte die Dreißig-Grad-Marke mühelos geknackt, die Böden waren ausgetrocknet, die Luft stand wabernd über dem heißen Asphalt auf den Straßen. Während die Kinder sich über das tolle Badewetter freuten und die Nachmittage am Schlachtensee oder der Krummen Lanke verbrachten, stöhnte der Rest der Stadt über die »affenartige« Hitze, die »kein Schwein aushielt«. Der Berliner nahm es mit der Stringenz seiner zoologischen Vergleiche nicht sonderlich genau.

Mir gefiel die Hitze. Sie entschleunigte das Treiben in der Stadt, die Menschen waren träger und weniger zu Streit aufgelegt, zumindest im baumreichen und somit schattigen Zehlendorf. Die Innenstadt galt es bei derartigen Temperaturen zu meiden, da drehten alle am Rad. Nach meiner Erfahrung waren die Hektik und der Stress in der City allerdings wetterunabhängig, das Pflaster war in unserer europäischen Trendmetropole immer heiß. Der Gedanke daran ließ mich schmunzeln, während ich, der Hitze trotzend, den Staubsauger durch das Erdgeschoss von Heiner Meyerbeck schob. Die Haare hatte ich hochgesteckt und ein buntes Tuch darum gewickelt, mein T-Shirt klebte schon an mir, und das Bündchen meiner Jeans war ebenfalls durchgeschwitzt. Ich freute mich auf eine kühle Dusche.

Im Verhältnis zu London, Paris oder Rom wirkte Berlin eher gemütlich, die Immobilienpreise und die Mieten stiegen zwar, waren aber nach wie vor niedrig im Vergleich zu denen anderer Großstädte, und auch die Lebenshaltungskosten waren kaum höher als in der deutschen Provinz. Obwohl die Hauptstadt sich gerne auch als Modemetropole sah, sprach die Trainingshose-Unterhemd-Brigade, die in allen Bezirken und Ethnien der Stadt vertreten war, eine andere Sprache. Genau diese Gegensätze machten den Reiz Berlins aus, und ich war durchaus stolz darauf, noch eine der wenigen Einheimischen meiner schönen Stadt zu sein.

Das Klingeln an der Haustür riss mich aus meinem inneren urbanpatriotischen Plädoyer. Eigentlich einen DHL-Boten erwartend, musste ich ziemlich dumm aus der Wäsche geschaut haben, als ich Quinn vor mir sah.

»Dein Vater hat mir gesagt, wo ich dich finde. Nachdem ich so lange nichts von dir gehört hatte, habe ich mich an ihn gewandt. Was wird das denn hier?« Quinn sah mich prüfend von oben bis unten an.

Ich mochte weder seinen Blick noch den Ton seiner Begrüßung, musste ich mir zu meiner Überraschung eingestehen.

Irgendwann am Nachmittag nach jenem desaströsen Samstagvormittag des vergangenen Wochenendes hatte ich Quinn eine kurze SMS geschickt, um ihm mitzuteilen, dass ich nicht gut beieinander sei, ein paar Dinge regeln müsse und mich wieder melden würde. Seitdem waren etliche Tage vergangen, denn ich hatte nicht gewusst, was ich ihm schreiben sollte. Ich war viel zu durcheinander. Quinns Kuss und sein deutliches Interesse, die blöde Szene mit Christoph, Hannos Auftritt ... und der Sex mit Michael. Das war eine Menge verwirrender Ereignisse, die mir einige Rätsel aufgaben.

Quinn und ich standen im Meyerbeck'schen Flur. Herr Meyerbeck war bei der Physiotherapie, während ich mich um seinen Haushalt kümmerte. Heute waren nach dem Saugen noch die Gardinen dran. Ich hatte ihm in seiner Küche bereits Kohlrouladen vorgekocht, außerdem hatte ich zwei Portionen von einem Gemüseauflauf mitgebracht, den es bei uns am Abend geben würde. Ich sorgte für eine stets gutgefüllte Tiefkühltruhe, aus der er sich je nach Appetit bedienen konnte. Bei zwei Tagen in der Woche, die ich jeweils drei Stunden vormittags bei ihm war, kam ich auf einen durchaus passablen Stundenlohn. Und ich hatte noch die Möglichkeit, einen zweiten Minijob anzutreten, bevor ich selbst Sozialabgaben leisten musste. Zwei junge Familien, die mir Astrid vermittelt hatte, betreute ich unter der Hand für einen Zehner die Stunde, wobei mir zwar mulmig war, aber die Damen bestanden darauf, und ich brauchte das Geld wirklich dringend. Was das hier werden solle, wollte Quinn wissen? Ich kümmerte mich um ein Auskommen für meine drei Kinder und mich. Schließlich musste ich uns etwas zu essen auf den Tisch stellen. Quinns Frage und die Art, wie er sie stellte, passten mir ganz und gar nicht.

»Ich putze und koche hier. Damit verdiene ich mein Geld. Hast du ein Problem damit?«

»Ja, habe ich. Du gehörst nicht neben einen Putzeimer! Du kannst doch viel mehr ...«

Er wollte weiterreden, doch mir riss der Geduldsfaden, und ich fiel ihm ins Wort. »Es ist völlig unerheblich, ob oder was ich kann. Ich finde keine Stelle in einem Büro oder gar im Buchhandel. Ich kann nur in Teilzeit arbeiten wegen der Kinder, da wird dir nichts angeboten, nachdem du fünfzehn Jahre zu Hause warst. Was ich bekommen könnte, ist eine Vierzig-Stunden-Bürotätigkeit auf Minijob-Basis – aber das kommt nicht in Frage für mich. Dann gehe ich lieber putzen! Das ist eine ehrliche Arbeit. Herr Meyerbeck weiß sie zu schätzen und übervorteilt mich nicht, nur weil ich dringend Arbeit brauche. Wann warst du das letzte Mal beim Jobcenter?«

Quinn blickte verlegen zu Boden. »Catia, ich habe das nicht so gemeint. Natürlich ist das keine Arbeit, für die man sich schämen muss, aber du kannst so viel mehr.«

»Was ich kann, Quinn, ist gut kochen und für Sauberkeit und Ordnung sorgen. Darin habe ich reichlich Erfahrung, alles andere ist lange her. Und genau für diese Erfahrung werde ich hier bezahlt, und zwar nach Stunden. Also, wenn du sonst nichts auf dem Herzen hast ...«

Er sah mich traurig an. »Das Letzte, was ich will, ist,

dich zu verärgern. Glaube mir! Gehst du wieder mit mir aus? Wollen wir alle zusammen essen gehen, wir beide mit den Kindern? Ich würde sie gerne mal kennenlernen. Ich dachte an Pizza ...«

Ich zögerte, und Quinn hakte nach. »Als Freund, Catia, ich trete da nur als ein alter Freund von dir auf, mehr nicht. Ich würde auch gerne noch etwas mit dir besprechen, aber nicht so zwischen Tür und Angel. Können wir uns heute Abend kurz treffen? Ich komme ins La Fontaine, wenn du möchtest. Es dauert höchstens eine halbe Stunde.«

Es war ihm wichtig, das konnte ich sehen, also sagte ich zu. »Ja, meinetwegen. Um halb zehn? Dann schlafen die Kinder.«

Quinn strahlte mich an. Es war schön, so eine Reaktion bei jemand hervorrufen zu können. Ich gab ihm einen Kuss auf die Wange. »Also, Schwamm drüber! Wir sehen uns heute Abend. Jetzt muss ich aber echt weitermachen. Bis später!«

Der restliche Tag verging wie im Flug. Ich schaffte es mit Ach und Krach nach Hause, bevor die Kinder kamen, und duschte kurz. Wir kauften noch ein paar Lebensmittel ein, ich machte das Mittagessen, danach kontrollierte ich die Hausaufgaben der Jungs, und beim Abendessen erklärte ich den dreien, dass ich um halb zehn kurz mal unten im Restaurant sei. Sollte etwas sein, hinge meine Handynummer am Kühlschrank. Beim Zähneputzen fragte mich Daniel, was ich denn unten machen würde, und ich gab ihm eine ausweichende Antwort. Ich las Daniel eine Geschichte vor, gab den beiden Großen einen Gutenachtkuss und machte mich um neun kurz noch einmal frisch. Es war immer noch brütend heiß draußen.

Um kurz vor halb zehn saß ich vor dem kleinen Lokal in unserem Hinterhof mit Blick auf die Kinderzimmerfenster. Die der Jungs waren dunkel, nur bei Helene war noch die Leselampe an. Quinn kam durch den Torbogen. Sein Anblick und der Kuss, den er mir auf die Lippen hauchte, lösten wieder jenes schwindelerregende Gefühl in mir aus, das ich schon bei unserem ersten Treffen verspürt hatte. Bei Michael hatte sich das anders angefühlt. Quinn nahm mir gegenüber Platz und bestellte sich eine Cola.

Ich nahm den Beutel Kräutertee aus meiner Tasse und sah ihn erwartungsvoll an. »Jetzt bin ich aber gespannt, was du mir sagen willst«, begann ich unser Gespräch.

»Es ist nicht so einfach, Catia. Ich habe mir viele Gedanken gemacht. Um dich, um uns damals, um die vergangenen anderthalb Jahrzehnte. Das ist eine sehr lange Zeit, und ich weiß, dass du im Moment viel um die Ohren hast, deshalb will ich dich auch zu nichts drängen.« Er schaute mir direkt in die Augen. »Ich bin sehr, sehr froh, dass wir uns wiedergetroffen haben. Meine Gefühle für dich sind ... Ich will sagen, ich habe nie aufgehört, an dich zu denken. Ich glaube, Aileen hat immer gespürt, dass meine Gefühle für sie bei weitem nicht die Intensität hatten wie das, was ich für dich empfand – und jetzt wieder zu empfinden beginne.«

Ich wollte etwas erwidern, doch er legte seine Hand auf meine. »Nein, warte, das ist es gar nicht, worauf ich hinauswill. Ich möchte es ganz langsam angehen lassen. Wie gesagt, ich weiß, du musst erst mal deine Scheidung über die Bühne bringen und zur Ruhe kommen, deshalb habe ich auch so lange über meine Idee nachdenken müssen. Ich möchte dir nämlich ein Angebot machen: Komm und arbeite wieder in meiner Buchhandlung! Maximal dreißig Stunden in der Woche. Du könntest dir die Zeiten einteilen, wie du möchtest. Ich bräuchte dich allerdings einen Abend in der Woche und jeden zweiten Samstag. Wir waren ein so gutes Team! Was sagst du dazu?«

Ich sagte erst einmal gar nichts, zu verblüfft war ich über seinen Vorschlag. Ich nahm ein paar Schlucke Tee. »Das kommt jetzt sehr überraschend. Ich weiß gar nicht, wie ich reagieren soll. Ich denke drüber nach, Quinn. Ja? Es ist ein sehr großzügiges Angebot, aber ich kann und will das nicht ganz alleine entscheiden. Ich möchte mit den Kindern sprechen, und dann sage ich dir Bescheid.«

Gut, das war natürlich eine kleine Lüge. Denn ich brauchte eine Festanstellung, in der ich regelmäßig Geld verdiente, versichert war und Rentenpunkte sammeln konnte. Allerdings war ich mir so gar nicht sicher, ob Quinns Angebot meine Probleme lösen würde. Bei ihm zu arbeiten machte möglicherweise alles nur noch komplizierter.

»Ja, natürlich! Überleg es dir, besprich es mit den Kindern, und dann lass mich wissen, was du davon hältst! Ich werd dann mal wieder.« Quinn stand auf, ich auch. Er nahm mich in die Arme, drückte mich an sich und sagte heiser in mein Haar: »Ich würde mich wirklich freuen, Catia.«

Er sah enttäuscht aus, als er sich verabschiedete. Ich nahm an, dass er mit einer überschwenglichen Zusage gerechnet hatte. Sein Angebot war äußerst großzügig. Auf dem Weg nach oben in die Wohnung ratterte es in meinem Kopf. Er ließ es so einfach klingen. Verdammt, das war es doch auch! Was stellte ich mich denn so an? Ich hatte nichts zu verlieren. Quinn wieder als Chef? Es gab bestimmt Schlimmeres. Auf meiner hohen Kante lag kein Cent. Das Angebot war sicherlich das beste, das ich derzeit bekommen konnte.

Ich stand vor dem Flurspiegel und schüttelte energisch den Kopf. Das mochte alles zutreffen, ich wollte es dennoch nicht. Ja, Quinn ging mir nicht mehr aus dem Kopf, seit wir uns wiedergesehen hatten, obwohl ich mit Michael geschlafen hatte. Und das konnte ich noch gar nicht einordnen. Ich dachte oft an die wunderbare Zeit zurück, die Quinn und ich miteinander gehabt hatten. Trotzdem war ich mir keinesfalls sicher, ob ich wieder eine Beziehung mit ihm eingehen wollte. Und darauf würde es hinauslaufen, wenn ich sein Angebot annähme. Und sollte die erneut scheitern, stünde ich abermals auf der Straße. Ich wäre zudem wieder abhängig von einem Mann – und das, da war ich mir mittlerweile sicher, wollte ich in Zukunft um jeden Preis vermeiden.

Gedacht, getan. Ich ging an den Rechner und schickte eine Mail an meine Bank mit der Bitte um einen baldigen Beratungstermin für die Aufnahme eines Gründerdarlehens. Dieser Weg zumindest lag jetzt glasklar vor mir.

Heiner Meyerbeck

Als der Ludwig mir erzählt hat, dass die Catia jetzt mit den Kindern alleine ist und hier nach Zehlendorf zieht, hab ich gleich gemerkt, wie nah ihm das geht. Der Ludwig ist ein Familienmensch und sehr harmoniebedürftig. Die Gerda, die ist da von ganz anderem Kaliber, die hat Haare auf den Zähnen. Man muss sich schon große Mühe geben, um bei ihr hinter die Fassade zu schauen. Da sieht man dann eine ganz andere Person, und ich kann inzwischen gut verstehen, warum der Ludwig sie geheiratet hat, als die Catia unterwegs war. Er hätte es ja nicht müssen, er hätte sich auch aus der Affäre ziehen können. Das war damals in Berlin nicht so selten. Meine Magda, die ist stets gut mit der Gerda ausgekommen. Die beiden steckten dauernd die Köpfe zusammen. Wir hatten großes Glück, dass wir uns mit unseren Nachbarn so gut verstanden.

Die Catia haben wir groß werden sehen. Wir hatten ja selber keine Kinder. Das hat leider nicht sein sollen. Dafür hatten wir immer einen Hund, und wenn wir verreist waren, hat sich die Catia um ihn gekümmert. Auf das Mädchen war immer Verlass. Ein bisschen zu ernst für ihr Alter, wenn Sie mich fragen, aber als Eltern kann man darüber nur froh sein. Man macht sich ja doch noch ganz andere Sorgen um eine Tochter als um einen Sohn. Und ein intelligentes Mädchen ist die Catia, zwei Klassen hat sie übersprungen und auch ihre Ausbildung ganz hervorragend abgeschlossen. Warum sie danach das Studium abgebrochen hat, habe ich nie so recht verstanden. Aber eine Buchhandlung zu führen in dem Alter, das ist auch nicht ohne. Und am Ende sollten die Kinder doch das tun, was sie glücklich macht.

Als ich den Hecht kennenlernte, war der mir sofort unsympathisch. Natürlich muss der eine gewaltige Wirkung auf so ein unerfahrenes Ding wie Catia gehabt haben. Ich kann Ihnen jetzt gar nicht genau sagen, was mir an dem Mann missfiel, aber es gab da so etwas ... Er war mir wohl zu glatt, zu gebügelt. Ein Schwätzer obendrein. Damals tat ich es damit ab, dass er ja in den »Medien« tätig war. Heute ist das ein harter Job wie jeder andere, aber damals und auch noch in den Neunzigern wollten viele junge Menschen in die Medienbranche. Obwohl dort auch damals schon die Nachwuchskräfte ausgebeutet wurden, wo es nur ging. Aber was weiß ich oller Zoller schon darüber, was?

Doch auf die Kleine von dem Ludwig lasse ich nichts kommen. Der hatte sich eigentlich einen ganzen Sack voller Kinder gewünscht, aber bei der Gerda lief was schief, deshalb blieb es nur bei Catia. Ist ja klar, dass sie für ihn dann noch ein bisschen besonderer ist als ohnehin schon. Und jetzt, wo der Schofel seine Kleine hat sitzenlassen, geht es dem Ludwig gar nicht gut. Seine Gerda will davon nichts wissen, und das verstört ihn schon sehr. Ich glaube, da wird es bald ordentlich was zu diskutieren geben. Also, ich hoffe sehr, dass die Gerichtsverhandlung gut ausgehen wird. Denn für die Catia wäre es das Schlimmste, ihre Kinder zu verlieren.

Das Wochenende. 35 Grad am Samstag, für die Nacht war ein schweres Gewitter vorausgesagt. Ich hatte, das war neu, kein schlechtes Gewissen, an diesem Wochenende nicht zum Essen zu meinen Eltern zu gehen. Paps hatte signalisiert, dass er Verständnis habe, auch wenn er es sehr schade fände, uns nicht zu sehen. Ich hatte ihm vorgeschlagen, doch einen Spaziergang an der Krummen Lanke zu machen, da wir mit großer Wahrscheinlichkeit dort baden würden. Ich hatte den großen alten Picknickkorb mit allerlei Leckereien gefüllt, und die Kinder und ich machten uns schon um acht Uhr morgens auf den Weg. So konnten wir einen perfekten Platz an der Badestelle am Südufer ergattern, die sich im Verlauf des Morgens rasant füllte.

Gegen zehn Uhr kamen Astrid und ihre drei dazu, so dass wir ein kunterbuntes Durcheinander darboten. Astrid hatte einen Transportanhänger an ihr Fahrrad gekuppelt und brachte eine große Kühlbox mit, in der sie die Scheiben von vier zerteilten Melonen untergebracht hatte. Überdies hatte sie Mineralwasser und Zitronenlimonade in einem Cooler dabei. Unser kleines Camp war bestens ausgestattet: Kartenspiele, Wasserbälle, Bücher, Malsachen, Würfel und ein Schreibblock, vier Luftmatratzen und, wie erwähnt, reichlich Proviant. Wenn sechs Kinder unterschiedlichen Alters zusammen sind, bietet das Potential für mütterliche Tiefenentspannung, sofern alles gut läuft.

Pilar hatte die Stöpsel ihres iPods in den Ohren und ein Taschenbuch vor der Nase. Helene und Jake hatten angeboten, mit Marisol und Daniel ins Wasser zu gehen, da die beiden Kurzen zwar ihr Seepferdchen-Abzeichen hatten, aber noch keine sicheren Schwimmer waren. Vincent hatte ein paar Schulfreunde getroffen und spielte im Wasser Ball mit ihnen. Das gab Astrid und mir die Gelegenheit, den See einmal in aller Ruhe zu durchschwimmen und es uns dann auf unseren Handtüchern bequem zu machen.

Marisol kam kurz angerannt, um uns mitzuteilen, dass der Jake die Helene geknutscht habe, während wir im Wasser waren. Sie war schwer enttäuscht, als wir uns wenig überrascht oder gar schockiert zeigten. Sie stapfte wieder gen Wasser und verkündete lauthals, dass sie nun gedenke, den Daniel zu knutschen, der sich prompt auf seine Luftmatratze rettete und raus auf den See paddelte. Jake, der ein Rettungsschwimmer-Abzeichen besaß, kraulte ihm hinterher, und Helene führte ein ernstes Gespräch mit seiner kleinen Schwester, so von Frau zu Frau.

Astrid bekam mittags Lust auf Pommes und machte sich auf den Weg zur Frittenbude zwischen der Krummen Lanke und dem Schlachtensee. Die stand dort seit gefühlten dreißig Jahren, mittendrin ihr kauziger

Besitzer, dessen Erbsensuppe ebenso legendär war wie die Pommes frites, die in nach unten spitz zulaufenden Pappbehältern serviert wurden. Astrid hatte nur das Fahrrad genommen, und ich schob den Anhänger gerade wieder aus dem Weg, als ein kleines Kind auf mich zulief und Anstalten machte, in den Wagen zu klettern. Ich lachte und fischte es von der Seite, hielt es hoch und erklärte ihm, dass der Anhänger nicht zum Spielen sei.

»Ich hab mir schon gedacht, dass du gut mit Kindern kannst. Zu Hause brüllt er sofort los, wenn er ein Nein hört. Hallo, Catia.« Michael stand vor mir, die Partie um sein Auge hatte nur noch einen leichten Gelbschimmer. Neben ihm stand eine Frau Mitte oder Ende zwanzig mit strohblondem Haar und hellen Wimpern. In ihrem Gesicht waren Spuren von Sonnencreme zu sehen, die aussahen wie ein Rest von Theaterschminke. Sie trat auf mich zu, nahm mir das Kind ab, platzierte es gekonnt auf der linken Hüfte und sagte entschuldigend: »Vielen Dank, dass Sie Lukas nicht ausgeschimpft haben! Er ist manchmal etwas übermotiviert.«

Michael sah aus, als läge er lieber auf dem Grund der Lanke, stellte uns aber tapfer vor. »Ela, das ist Catia, eine alte Schulfreundin von mir. Catia, Manuela Schreiner, die Mama von Lukas.«

Interessant. So leicht ließ ich ihn da aber nicht raus. »Ich wusste gar nicht, dass du einen Sohn hast«, sagte ich also.

Michael fuhr Lukas durchs weißblonde Haar und schaute mich dann an. »Lukas ist Elas Kind.«

Lukas gab weitere sachdienliche Hinweise. »Missa

is nis mein Papa. Papa is weg mit Tante Lisa. Ssson lange.« Kindermund.

»Aber du bist sowieso der viel bessere Papa, Michi-Schatz«, warf Manuela ein und legte ihre freie Hand auf Michaels Schulter. Dabei zeigte sie mir ein zuckersüßes Lächeln und schaute mich mit einem vieldeutigen Blick an, den zu interpretieren ich jedoch gar nicht versuchen wollte. Für einen kurzen Moment hatte ich das Bild von Michael vor Augen, wie er mich angesehen hatte, als wir miteinander schliefen. Konnte man sich wirklich so verstellen? Ich traute es Michael nicht zu. Aber was wusste ich schon? Die Fee mit der Menschenkenntnis im Geschenkbeutel musste die Masern gehabt haben – es musste ziemlich trostlos um meine Wiege herum ausgesehen haben, wenn ich so darüber nachdachte.

»Das glaube ich sofort«, erwiderte ich spitzzüngig. »Michael war früher schon so vernünftig. Böse Überraschungen gab es bei ihm nie.«

Der sah jetzt aus, als hätte man ihn gezwungen, in eine Grube voller giftiger Schlangen zu springen. Betont sachlich sagte er: »Das ist heute auch noch so, Catia. Auch wenn es manchmal nicht den Anschein hat.«

Woraufhin Ela einwarf: »Das kannst du aber laut sagen, Michi-Schatz! Ich hätte nie gedacht, dass dir so etwas wie bei eurem Klassentreffen passieren könnte – angetrunken in eine Tür laufen! Na, zum Glück bist du dein eigener Chef und musstest dich nur von deinen Mitarbeitern schräg anschauen lassen.«

Ich konnte es mir nicht verkneifen nachzufragen.

»Ja, das war wirklich dämlich. Wer hat dich noch mal danach heimgebracht? Da war so viel los, ich hab das gar nicht mitbekommen.«

Michaels Blick hielt meinem stand. »Thomas, ein wirklich guter Freund, den ich immer schon sehr schätzte. Es war nur wirklich schade, dass wir beide nicht mehr Zeit zum Reden hatten. Ich bin dann etwas überhastet am nächsten Morgen gegangen.«

»Na, dann triff dich doch einfach noch einmal mit ... Thomas! Ich bin sicher, der hat sich mächtig gewundert, dass du so abrupt gegangen bist, wie du sagst.«

Diese Antwort hatte er wohl nicht erwartet, denn er guckte mich einen Moment fragend an und lächelte dann. »Das ist eine hervorragende Idee, Catia! Das werde ich tun, ich würde ihm ja schon gerne eine Erklärung geben. Du hast nicht zufällig seine Handynummer?«

Ich nickte. »Doch, wir haben ja Kontakt gehalten. Sag mir mal deine, dann simse ich sie dir!«

Er nannte mir seine Handynummer, da begann Lukas, sich auf Elas Arm zu winden, er wollte runter. Ela meinte, sie müssten auch mal wieder los, wünschte mir noch viel Spaß beim Baden und zog Michael mit sich. Der warf mir einen bedauernden Blick zu, der ihr entging, und dann waren sie hinter der Biege verschwunden. Ich nahm auf meinem Handtuch Platz, kramte nach einem Stift und notierte mir Michaels Handynummer auf der Rückseite eines Kassenbons. Auf der anderen Seite gingen die drei den Uferweg entlang. Lukas stromerte vor ihnen auf dem Weg herum, Ela sprach heftig gestikulierend auf Michael ein. Ich schaute ihnen nach, bis sie hinter der Uferböschung verschwanden.

Als ich mich wieder umdrehte, bemerkte ich, dass mich Pilar musterte. Die hatte ich ganz vergessen. Sie lächelte mich ein wenig verlegen an, ich nickte seufzend. Sie nickte wissend zurück und widmete sich dann wieder *El juego de Ripper*, Isabel Allendes erstem Ausflug in die Krimiwelt. Natürlich las Pilar *Amandas Suche*, so der deutsche Titel, in der spanischen Ausgabe. Schade, ich hatte das Buch schon länger auf meiner Leseliste, aber in der Stadtbibliothek in Zehlendorf würde ich sicher auch die deutsche Ausgabe finden.

Natürlich war ich konsterniert, natürlich war ich neugierig, und natürlich hatte ich kein gutes Gefühl dabei, Michaels Freundin zu hintergehen. Ob Dana auch ein mulmiges Gefühl hatte? Meine Neugier war aber stärker als die Skrupel. Ich würde mir anhören, was Michael zu sagen hatte.

Kurze Zeit später wurde es trubelig. Mein Vater kam in Begleitung von Herrn Meyerbeck und dem hechelnden Hugo vorbeigeschlendert. Die drei gesellten sich zu Pilar und mir. Die anderen Kinder kamen aus dem Wasser, und Astrid tauchte mit mehreren Portionen Pommes rot-weiß wieder auf, die wir uns alle teilten. Nachdem wir die Pommes frites vertilgt hatten, spielten wir Erwachsenen Karten, wobei sich Heiner Meyerbeck als abgebrühter Zocker beim Canasta entpuppte. Paps und Astrid hatten gegen unser Team nicht die geringste Chance. Die Kinder dösten ein wenig, Daniel setzte sich neben mich und schaute uns zu, während er Hugo hinter dem linken Ohr kraulte. Es wurde ein wunderschöner, entspannter Nachmittag, und ich glaube, niemand bemerkte, dass ich mit meinen Gedanken ganz woanders war.

Ich hatte den Sonntag über sehr viel nachzudenken. Die Begegnung mit Michael am Morgen nach der Abifeier hatte mich aufgewühlt. Und das gestrige Treffen hatte mir sehr deutlich gemacht, dass ich ihn wiedersehen wollte, obwohl ich seinen Abgang inakzeptabel fand. Die Kinder waren alleine baden gegangen, und ich hatte ausreichend Muße zum Sinnieren.

Ich kann am besten beim Kochen oder beim Saubermachen nachdenken. Sie mögen das merkwürdig finden, aber mich entspannen beide Tätigkeiten. Auch deshalb, weil ich dabei immer die Früchte meiner Arbeit vor Augen habe. Es sind beides dankbare Tätigkeiten für mich. Das war nicht immer so gewesen, ich hatte in jungen Jahren gar nichts mit Hausarbeit am Hut gehabt. Meine Einstellung hatte sich geändert, nachdem ich erfahren hatte, dass ich mit Helene schwanger war. Davor hatte ich stets angenommen, nach einer kurzen Auszeit wieder in den Beruf zurückzukehren, doch als mein Bauch merklich zu wachsen begann, änderte sich meine Haltung. Das ungeborene Kind in mir nahm alle meine Gedanken ein. Ich verzichtete auf Kaffee, natürlich auf Alkohol, auf Sushi, auf Rohmilchkäse und

Salami, ohne dass es mir etwas ausmachte. Ich ging viel an die frische Luft, aß ausreichend Obst und Gemüse und achtete in jeder wachen Minute auf mich und das Baby in mir. Ich spürte, dass ich auch nach der Geburt weiter so auf mein Kind achten sollte. Ich wollte ihm ein schönes Umfeld bieten, ich wollte es gut ernähren, ihm viel Zeit und Zuwendung geben und alle seine Bedürfnisse stillen.

Nachdem sich dieses Gefühl auch bei Vincent und später bei Daniel eingestellt hatte, bildeten die Kinder längst den Mittelpunkt meines Lebens. Ich war stolz auf sie, auf das, was ich da geschaffen hatte. Und plötzlich wurde mir bewusst, dass es auch meine eigenen Bedürfnisse stillte, für die Kinder da zu sein. Reden konnte ich nie mit jemandem darüber. Die Einstellung meiner Mutter war gänzlich anders. Für sie war die Versorgung der Familie eine Selbstverständlichkeit und keiner großen Rede wert. Hanno hatte das Ganze nie interessiert, und so hatte ich das meiste mit mir alleine auszumachen gehabt.

Das war alles ganz richtig so, daran hatte ich keine Zweifel. Allerdings hatte ich mich bei alledem selbst vernachlässigt. Ich hatte versäumt, mir Freunde zu erhalten, Aktivitäten außerhalb der Familie nachzugehen, die nur mich betrafen. Dafür hatte ja auch immer die Zeit gefehlt. Anfangs hatte Hanno die Arbeit als Grund dafür vorgeschoben, dass er unmöglich abends auf Helene aufpassen könnte. An jedem Babysitter hatte er etwas auszusetzen, so dass es bald niemand mehr gab, der die Kinder hüten wollte. Nach Vincents Geburt war es ihm zu viel, sich um zwei Kinder zu kümmern. Und als Daniel auf der Welt war, fragte ich ihn erst gar nicht mehr. Wenn meine Eltern die Kinder nahmen, machte Hanno ein so langes Gesicht, dass mir der Spaß verging, alleine auszugehen.

Ich hatte gelernt, die Reaktionen unserer Gäste zu ignorieren, die stets milde lächelten, wenn ich auf die Frage, was ich denn beruflich mache, die einstudierte Antwort aus der Werbung gab: Ich sei Managerin eines kleinen Familienunternehmens. Meine Güte, das war auch eine dämliche Umschreibung! Ich war Mutter und Hausfrau, warum sollte ich das beschönigen oder rechtfertigen?

Seitdem ich Astrid kannte, bewunderte ich sie für die Energie, mit der sie ihr Privat- und ihr Berufsleben in Einklang brachte. Ich war beeindruckt von ihrem Organisationstalent und staunte über ihren Mann, der sich nach der Geburt jedes ihrer drei Kinder eine Auszeit genommen hatte, um bei seiner Familie zu sein. Ich beneidete sie zutiefst um den Zusammenhalt in der Familie. Ihre Mutter und ihre Schwiegermutter hatten sich bei jedem Kind abgewechselt, um ihr nach den Entbindungen unter die Arme zu greifen. Das Konzept des Wochenbettes hatten beide Großmütter sehr ernst genommen. Meine Mutter hatte sich dagegen zurückgehalten, und ich war viel zu stolz gewesen, als dass ich sie um Hilfe gebeten hätte. Selbst nach Daniels Geburt, bei der ich nach vielen Stunden Wehen einen Notkaiserschnitt brauchte, stand ich so schnell wie möglich wieder auf den Beinen, um mich auch erneut um die beiden Großen kümmern zu können.

Den Fokus auf meine Kinder zu legen war für mich eine Erleichterung gewesen. Als Kind ohne Geschwister, noch dazu als eines, das so gute schulische Leistungen wie ich erbrachte, hatte ich permanent im Mittelpunkt der Beobachtung meiner Eltern, meiner Lehrer sowie meiner älteren Mitschüler gestanden. Jeder in meinem Umfeld, so war es mir vorgekommen, hatte eine andere Erwartungshaltung an mich. Paps ging alles viel zu schnell, und er wollte am liebsten seine kleine Tochter wiederhaben. Meine Mutter trieb mich an, sie gönnte mir keine Pause: Eine Zwei war inakzeptabel, eine Drei zog ein Drama wagneresken Ausmaßes nach sich, und die Standpauken nahmen tagelang kein Ende. Die Schulkameradinnen machten sich entweder über mich lustig oder behandelten mich wie einen Freak. Die Jungen waren erheblich freundlicher, viele davon allerdings nicht ganz ohne Hintergedanken. Sie wollten entweder von mir abkupfern oder ihre rumorenden Hormone an mir erproben. Michael war einer der wenigen Mitschüler gewesen, die mich so nahmen, wie ich war: nämlich als ein Mädchen, das ein paar Jahre jünger war als alle anderen.

Während meiner Ausbildung hatte ich einige Freundinnen gefunden, so auch Corinna, zu der ich zog, nachdem Quinn und ich uns getrennt hatten. Sie war in Helenes erstem Lebensjahr nach München gegangen, um dort eine Stelle in einer großen Buchhandlung anzutreten. Wir schrieben uns immer noch Geburtstags- und Weihnachtskarten, doch von der damaligen Freundschaft war ob der jahrelangen Distanz nichts übrig geblieben.

Ich war es gewohnt, fast alles für mich zu behalten und mit mir alleine auszumachen. So wollte ich aber nicht mehr sein. Ich vertraute Astrid, und ich legte Wert auf ihre Meinung. So simste ich sie kurz an, zehn Minuten später saß ich auf ihrem Balkon.

»Was ist denn los, Catia?«, wollte sie wissen.

»Du erinnerst dich an den ehemaligen Schulfreund, dem du neulich das Auge verarztet hast?«

Astrid nickte.

»Ich weiß nicht, wie es passiert ist, aber am nächsten Morgen hat Hanno ihn bei mir gesehen und Fotos gemacht. Da stand noch die Flasche Pernod auf dem Tisch, ich sah aus wie der Tod auf Latschen, und Michael lief in seiner Boxershorts herum. Und als wäre das nicht genug Wasser auf Hannos Mühlen – ich habe an dem Vormittag mit Michael geschlafen.«

Astrid reichte mir ein Taschentuch, da mir die Tränen gekommen waren. »Ich hab mir ja beinahe so etwas gedacht. Aber ich wollte dich nicht ausquetschen, das gehört sich nicht. Der Mann ist aber auch eine Augenweide. War es denn nicht gut?«

»Doch, es war ganz wunderbar – bis er meinte, das hätte nicht passieren dürfen, er sei kein Single, und regelrecht flüchtete. Beim Baden gestern trafen wir uns durch Zufall wieder. Er war in Begleitung seiner Freundin. Er deutete an, dass er mir die Sache erklären wolle, und ich weiß nicht, was ich machen soll.«

»Zunächst kannst du dir doch anhören, was er zu sagen hat. Dann erst musst du überlegen, was du machen sollst. Oder willst. Oder eben auch nicht. Mein Eindruck war, dass er was für dich übrighat. Man prügelt sich doch nicht mit einem anderen Kerl, wenn einem die Frau egal ist. War er denn früher ein Draufgänger?«

»Nein, ganz im Gegenteil. Michael war immer einer, auf den man sich verlassen konnte, und wir waren gute Freunde. Er hat mir dann auch gesteckt, dass er früher in mich verliebt gewesen ist und Chris Gruber damals schon nicht leiden konnte, weil ich mit ihm ging.«

»O Eifersüchte, Eifersüchte! Wie viel besser nennt man euch Leiden, Leiden! Das stammt vom Autor von *Don Quijote* und wird im Deutschen meist falsch zitiert. Da der Reim nicht übersetzt werden konnte und wenigstens ein wohlklingendes Wortspiel erhalten bleiben sollte, wurde es in der ersten Übersetzung sehr frei interpretiert, wusstest du das?«, kicherte Astrid in sich hinein. »Dein Michael scheint sich alten Gefühlen hingegeben zu haben. Bevor er sich dir hingab.«

»Mach dich nur lustig über mich!« Ich musste aber auch kichern. »Ich dachte immer, das habe Shakespeare von sich gegeben. Oder Cicero – als der mal die Karthager in Ruhe gelassen hat.«

»Mit einem von beiden liegt man in den meisten Fällen auch nicht falsch. Ich schlage vor, du triffst Michael, hörst dir an, was er zu sagen hat, und verlässt dich auf dein Gefühl. Es ist allerhöchste Zeit, einmal wieder auf deinen Bauch zu hören – meinst du nicht auch?«

Ich sah sie traurig an und nickte. »Ja, das habe ich irgendwann verlernt ... Astrid?«

»Ja, *Querida.*«

»Danke! Ich bin froh, dass wir Freundinnen sind.«

»Gern geschehen, Catia. Ich bin auch sehr froh darüber, dass wir Freundinnen sind.«

Voller Tatendrang startete ich am Montag in die neue Woche. Ich hatte mir vorgenommen, mich als Erstes um die Nachrichten an Quinn und Michael zu kümmern. Zuerst simste ich Quinn.

Bisou! Vorrei danzar con te ;), aber nicht arbeiten. Sei mir bitte nicht böse, aber ich muss das mit dem eigenen Laden wenigstens versuchen. Wollen wir am kommenden Wochenende spazieren gehen und noch einmal in Ruhe reden? A+, C.

Das war natürlich ein weiterer Titel aus dem reichhaltigen Repertoire der Valente. Tanzen ja, arbeiten nein.

An Michael schickte ich folgende Nachricht: *Thomas ist gespannt darauf zu hören, was du zu sagen hast. C.*

Dann hielt ich kurz inne und erfreute mich an der Tatsache, dass ich gerade zwei gutaussehenden, wohlsituierten Männern im besten Alter Nachrichten geschickt hatte, die jeweils eine Verabredung nach sich ziehen würden. Kopfschüttelnd machte ich mich an die Zusammenstellung der nächsten Mahlzeiten für Herrn Meyerbeck. Dann ging ich einkaufen.

An der Kasse des Supermarkts bekam ich eine SMS

von Franziska. Sie würde gerne am Freitag nach der Arbeit vorbeischauen. Wir hatten uns lange nicht gesehen, und ich simste ihr zurück, dass ich mich auf ihren Besuch freute.

Michael schickte mir eine Antwort: *Muss noch etwas regeln, dann erkläre ich Dir alles. Bin sehr froh, dass Du Dich gemeldet hast! LG Michael*

Um elf Uhr hatte ich den Termin mit meinem Bankberater, der erheblich besser verlief, als ich befürchtet hatte. Ich hatte angenommen, dass mein Antrag abgelehnt würde, da ich keine Sicherheiten zu bieten hatte und das Businesspapier in einer Nacht- und Nebelaktion fertiggestellt hatte. Doch der Bank, so beteuerte mir Herr Gebhardt, der freundliche Berater, mir gegenüber, sei daran gelegen, gute unternehmerische Ideen zu unterstützen. Man habe sich intensiv mit meinem Geschäftskonzept auseinandergesetzt, Rücksprache mit der Agentur für Arbeit gehalten und gebe der Unternehmung große Erfolgschancen. Beschwingt und frohen Mutes verließ ich die Bankfiliale. Da mir Stefan Starke überdies angeboten hatte, mir einen Antrag zur Vermittlung von Fördergeldern aufsetzen zu lassen, müsste ich meinen Traum in die Tat umsetzen können.

Kurz vor meiner Haustür dämmerte es mir dann. Ich drehte um und ging zurück zu Herrn Gebhardt.

»Das ist doch Mumpitz, keine Bank verschenkt ihr Geld! Wer hat für mich gebürgt, Herr Gebhardt?«

Der freundliche Herr schaute betreten auf seine Budapester. »Nun, ich bin eigentlich um größte Diskretion gebeten worden.« Mit einem vieldeutigen Blick schob er mir die Akte zu und deutete mit seinem Kugelschreiber auf eine bestimmte Stelle.

Woher hatte *der* denn davon gewusst? Ich dankte Herrn Gebhardt und ging wieder heim, tief in Gedanken versunken.

Am Ende dieses Tages saßen die Kinder und ich beim Abendbrot. Daniel legte sich eine Scheibe Salami auf sein Leberwurstbrot und krönte seine Kreation mit einem Stück Gouda. Akribisch schnitt er dann hauchdünne Scheiben von einer sauren Gurke ab. In der Neurochirurgie würde er einen Haufen Geld verdienen. Der Gedanke erfreute mich.

Helene guckte angewidert auf Daniels Teller. »Igitt, Daniel, das ist ja voll eklig!«

Der ließ sich nicht aus dem Konzept bringen und biss herzhaft in seine Stulle.

Helene schüttelte sich. »Das kannst du echt nur bei Mama machen.«

Daniel sah seine Schwester giftig an und antworte mit vollem Mund: »Na und? Die doofe Dana is' ja auch nicht hier!«

Ich wurde stutzig.

Vincent mischte sich ein. Zwischen seinen Augenbrauen hatten sich zwei kleine Fältchen gebildet, die immer auftraten, wenn er sehr böse oder sehr traurig war. »Die hätte wieder nur Angst um ihre blöden weißen Wände. Manchmal hab ich Lust, einfach mal einen fiesen Leberwursthandabdruck auf der Treppe zu hinterlassen. Und von Papa hat sie die volle Rückendeckung. Die sind echt blöde, die beiden!«

Ich hätte vermutlich einwerfen müssen, dass er so nicht über seinen Vater reden dürfe, aber schließlich war ich auch nur ein Mensch. Noch dazu einer, der den Vater zurzeit auch echt blöde fand. Ich fragte vorsichtig: »Was meint ihr denn damit?«

Meine beiden Jungs schauten betreten auf ihre Teller, während Helene das Antworten übernahm und ihren Brüdern dabei einen bösen Blick zuwarf. »Die beiden sollten eigentlich die Klappe halten, weil du dir keine Sorgen machen sollst. Aber es ist echt richtig doof da! Danas Bude ist ganz hell eingerichtet, und sie ist total pingelig. Sie kommentiert jede Bewegung, die wir bei ihr machen, meint, wir sollen uns vorsehen, was wir anfassen, und unsere Schuhe müssen wir immer draußen ausziehen, damit ihr blöder Teppich nichts abkriegt. Wenn die Jungs Sand an den Hosen haben, wird sie gleich hysterisch. An der Treppe gibt es kein Geländer, aber an der Wand dürfen wir uns natürlich nicht festhalten, obwohl das eine offene Treppe ist und auch ich mich gerne irgendwo festhalten würde, wenn ich hoch- oder runtersteige. Daniel rutscht immer mit dem Hintern runter und kriegt dann die blöde Ansage von Papa, dass er sich nicht wie ein Kleinkind aufführen soll ...«

Das Gefühl, das mich in diesem Moment überkam, war ebenso scheußlich wie gewaltig. Ich war wütend darüber, dass meine Kinder so einer Behandlung ausgesetzt waren. Gleichzeitig tat mir die ganze Situation unfassbar leid, und mir war ein wenig übel vor Empörung darüber, dass ich keinen unmittelbaren Ausweg wusste. Nicht zuletzt haderte ich mit der Rechtsprechung, die diese Besuche vorschrieb, obwohl sie nicht dem Willen der Kinder entsprachen. Von meinem Willen mal ganz abgesehen.

Ich schluckte und fragte noch einmal leise in die Runde: »Ist es wirklich so schlimm?«

Vincent schaute von seinem Teller auf. »Meistens lassen sie uns ja in Ruhe, und wir können was spielen oder fernsehen. Aber wir dürfen dabei nicht laut sein. Die Nachbarskinder da sind alle ziemlich doof, also bleiben wir einfach für uns.«

Ich strich Daniel übers Haar. »Und – wie siehst du das?«

Mein Jüngster schluckte heftig, bevor er tapfer antwortete. »Es geht schon, Mama. Ist nicht so schlimm. Und jetzt knuddelt mich Dana ja auch nicht mehr dauernd ...«

Ich sah Helene fragend an.

Die rollte die Augen gen Zimmerdecke. »Als wäre Daniel ein Stofftier! Das war echt nicht auszuhalten. ›Mein Süßer!‹ hier und ›Du Knuddelzwerg!‹ da. Irgendwann hat Daniel sie angebrüllt, dass sie sich ein Kaninchen kaufen soll. Seitdem ist sie beleidigt, aber er hat Ruhe vor ihr. Von Papa gab's was auf den Hintern dafür. Ich hab ihm gesagt, wenn er das noch mal macht, sage ich es dem Jugendamt.« Sie lächelte gequält. »Ich dachte, ich fange mir auch gleich eine ein, aber ich habe es ernst gemeint, und das hat er gemerkt. Also, wenn wir ganz ehrlich sind, wollen wir Papa nicht mehr besuchen. Er macht sowieso nichts mit uns.«

Es musste dringend etwas geschehen. Meine Kinder waren kreuzunglücklich, das war unübersehbar. Was mich jedoch vollends beschämte, war die Tatsache, dass sie sich mir nicht schon früher anvertraut hatten. Weshalb hatte ich selbst nichts bemerkt?

»Warum habt ihr denn nichts gesagt?« Ich war mir nicht sicher, ob ich die Antwort wirklich wissen wollte.

Helene schaute erst ihre Brüder, dann mich an. »Mama, wir wissen doch, dass du nichts daran ändern kannst. Und nachdem wir gesehen haben, dass es dir endlich wieder gutgeht, haben wir beschlossen, dir nichts davon zu sagen.« Dann schaute sie etwas verlegen auf den Fußboden. »Wir haben's Astrid gesagt. Neulich, als wir beim Handball waren. Und sie meinte auch, wir sollten mal noch ein bisschen durchhalten.«

Ich hatte meine Kinder hängenlassen, und Astrid wusste davon! »Okay, wir machen Folgendes: Der nächste Besuch fällt aus. Ich werde eurem Vater sagen, dass ihr alle die Kotzeritis habt. Dann haben wir ein bisschen Zeit, um uns zu überlegen, wie es weitergeht. Ich rede mit dem Anwalt, und ich verspreche euch, dass ich alles dafür tun werde, damit es euch bessergeht.«

Wenn ich mich da mal nicht übernahm! Aber so konnte es nicht weitergehen. Ich begriff nach wie vor nicht, was Hanno dazu trieb, uns das Leben so schwerzumachen. Er hatte doch gar nichts davon. Späte Vatergefühle? Auch das schien mir wenig plausibel, denn offensichtlich kümmerte er sich nicht um die Kinder, wenn sie bei ihm waren. Es ging ihm anscheinend nur darum, dass es mir schlechtging. Was den Kindern dabei geschah, war für ihn wohl ein Kollateralschaden. Einen Gewinn für ihn konnte ich darin nicht erkennen. Doch dass Hanno eine Strategie verfolgte, war so sicher wie das Amen in der Kirche, denn er tat nie etwas ohne Kalkül. Ich würde es bald erfahren, auch dessen war ich mir sicher.

Helene Hecht

Mama ist anders als früher. Sie ist trauriger und öfter in Gedanken versunken. Jake sagt, dass das ja auch kein Wunder ist, schließlich macht sie sich Sorgen um die Zukunft und um uns. Na ja, wenn dein Mann dich nicht mehr liebt, ist das auch echt krass.

Ich find's okay in unserer neuen Wohnung, die ist eigentlich viel gemütlicher als das Haus, das wir in Kleinmachnow hatten. Da war zwar der Garten ganz toll, aber ich bin aus dem Alter raus, in dem man noch im Garten spielt. Und hier ist es auch super. Die beiden Seen sind nicht weit weg, da kann ich hinradeln. Die neue Schule ist okay, und sogar die Lehrer sind in Ordnung. Es wäre alles halb so wild, wenn wir nicht alle paar Wochen zu Papa müssten. Ich verstehe das gar nicht, der hat sonst auch nichts mit uns gemacht, ganz selten mal ist er mit uns Rad gefahren, das war nie so sein Ding. Die tollen Sachen haben wir immer schon mit Mama gemacht. Papa hat ja nie Zeit gehabt. Sogar wenn er zu Hause war, musste er immer noch arbeiten, und wir durften nicht laut sein, auch nicht an den Wochenenden. Da wollte

Papa immer ausschlafen, deshalb sind wir mit Mama oft schon früh unterwegs gewesen. Sonnabends sind wir immer auf den Markt gegangen und sonntags auch mal frühstücken, oder wir haben ein Picknick gemacht oder sind ins Freibad gefahren oder im Winter zum Schlittschuhlaufen oder so was.

Mama ist eigentlich ganz in Ordnung, wenn ich so darüber nachdenke. Jake und ich haben uns mal darüber unterhalten, und wir haben beide gefunden, dass es uns echt viel schlimmer hätte treffen können. Astrid ist ja auch total cool. Vielleicht werde ich auch mal Kinderärztin. Ich finde, das ist ein toller Beruf.

Astrid hat mir neulich erklärt, wie das vor Gericht abläuft und dass ich keinen Schiss haben soll, wenn die was von mir wissen wollen. Also, die beiden Zwerge und ich wollen auf jeden Fall bei Mama bleiben. Das würde ich denen auch ganz klar so sagen. Ich kann doch jetzt nicht nach Köpenick ziehen, das ginge gar nicht! Dann würde ich ja Jake nie mehr sehen können! Nee, ohne mich, danke! Und darauf, schon wieder die Schule zu wechseln, hab ich auch keinen Bock.

Hoffentlich geht das alles gut! Aber Mama wird das schon machen. Die kriegt es immer so hin, dass alles gut wird.

Am darauffolgenden Freitagmorgen löste ich das Versprechen ein, das ich den Kindern gegeben hatte. Ich behielt die drei daheim, entschuldigte sie in der Schule und wählte nun Hannos Büronummer, um den Wochenendbesuch abzusagen. Frau Rückert konnte mich natürlich nicht zu Herrn Hecht durchstellen, der befand sich in einem Meeting. Ich bat sie, ihm auszurichten, dass die Kinder einen Magen-Darm-Infekt hätten und am Wochenende zu Hause bleiben würden.

Keine fünf Minuten später klingelte mein Telefon. Hanno legte ohne jede Begrüßung los. »Damit kommst du nicht durch, Trine! Ich fresse einen Besen, wenn die Kinder krank sind. Ich will ein Attest sehen, du warst doch sicherlich beim Arzt! So leicht mache ich es dir nicht.«

»Hanno, was soll denn das? Die Kinder spucken. Natürlich war ich nicht beim Arzt, sie haben sich den Magen verdorben, oder es geht mal wieder ein Virus um, was weiß ich. Zwei Tage Schonkost, viel Flüssigkeit und Ruhe, und dann wird das wieder bis Montag.«

»Ich bestehe darauf, ein Attest zu sehen. Du stellst

die Kinder sofort einem Arzt vor, sonst lasse ich sie von der Polizei abholen!«

Ich hielt das zwar nicht für möglich, wollte aber nichts riskieren. »Ich glaube, du hast jetzt vollends den Verstand verloren! Aber gut, ich werde die Kinderärztin bitten, heute noch vorbeizuschauen, und dann maile ich dir dein Attest.«

»Wenn ich das bis morgen nicht habe, kriegst du mächtig Ärger, darauf kannst du dich verlassen!«

Ich streckte dem Telefon die Zunge heraus. Ich kannte eine Kinderärztin, die mir jedes Attest ausstellen würde, um das ich sie bat. Nachdem Hanno das Gespräch in seiner gewohnt charmanten Art abrupt beendet hatte, schickte ich Astrid eine SMS: *Brauche Deine Hilfe! Kann ich nachher kurz vorbeikommen? LG C.*

Es dauerte keine drei Minuten, bis sie antwortete: *Komme zu dir. Was bringe ich mit? LG A.*

Ich schüttelte lächelnd den Kopf und schrieb: *Krankschreibungen ...*

Ihre Antwort ließ mich allem zum Trotze laut auflachen: *Für eine Atempause der Kinder immer! Bis gegen halb sieben. Ich lasse den Nachwuchs daheim, damit er sich nicht ansteckt. A.*

Die drei Erkrankten lungerten im Wohnzimmer herum und schauten mich mit großen Augen an. »Und«, fragte Helene, »wird es Ärger geben?«

»Nein, mein Schatz, wird es nicht. Astrid macht uns heute Abend ärztliche Atteste fertig, und dann hat Papa nichts mehr zu meckern. Macht's euch meinetwegen vor dem Fernseher gemütlich, nur rausgehen ist dann heute nicht drin. Und dann mache ich uns Kartoffelpuffer zum Mittag. Mit Apfelmus.« Augenzwinkernd fügte ich hinzu: »Franziska kommt nachher noch vorbei. Vergesst nicht, dass ihr noch an Übelkeit leidet ...«

Ich würde vermutlich in der Mittagshitze schmelzen, während ich Puffer in zwei Pfannen gleichzeitig briet, aber das würde ich in Kauf nehmen, so gut fühlte ich mich durch diese kleine Geste der Résistance. *Bon Dieu!* Ich hatte ihm Paroli geboten. Es fühlte sich verdammt gut an, sich so direkt gegen Hanno zur Wehr zu setzen. Wahrlich, verdammt gut!

Um kurz nach sechs Uhr stand Franziska vor mir. »Hallo, Catia! Ich hab Vanilleeis mitgebracht, dann können wir Eiskaffee machen. Was anderes hält man bei dem Wetter ja nicht aus! Wollen die Kinder auch was?«

Ich bat sie herein, und wir nahmen in der Küche Platz. »Die Kinder sind ein bisschen unpässlich, die müssen heute auf Eis verzichten.« Ich wollte nicht unbedingt mit ihr über Hanno sprechen, also blieb ich bei der Notlüge.

Franziska zog eine Flasche Baileys aus ihrer Tasche. »Dann können wir den ja ungeniert dazumixen.«

Ich winkte grinsend ab. »Mach ich für dich gerne, wenn du möchtest, aber für mich nicht.«

»Ach, schade. Du trinkst doch sonst gerne mal ein Gläschen ...« Franziska schwenkte die Flasche vor mir hin und her.

Ich empfand die Geste als unangenehm. »Das ist mir zu früh am Tag. Es war immer schon die Ausnahme, wenn wir mal nach deinem Feierabend einen Sekt getrunken haben.« Wieso rechtfertigte ich mich denn vor ihr?

Sie stellte die Flasche ab und schmollte ein wenig.

»Dann lass mal den Kaffee weg für mich! Ich nehme Vanilleeis mit einem Schuss Baileys drüber. Wie geht's dir denn sonst? Wir haben uns ja ewig nicht gesehen ...«

Ich löffelte das Eis für Franziska in eine Schüssel und stellte es ihr mit einem Löffel hin. »Den Schuss mach mal selber! Ich hab auch noch Himbeeren im Kühlschrank, falls du lieber Obst möchtest.«

»I wo! So ist es perfekt. Also, wie geht es dir so?«

Ich zuckte mit den Schultern. »Mal so, mal so. Es gibt Tage, da bin ich noch recht verzweifelt, aber die werden seltener. Das ist ganz gut. Und ich erlebe auch wieder richtig fröhliche und schöne Tage. Wir verstehen uns prima mit unseren Nachbarn im Eckhaus, und es ist schön, endlich wieder jemand zum Quatschen und für Unternehmungen zu haben.«

Franziska schaute säuerlich drein. »Ja, diese Astrid scheint es dir angetan zu haben. Höre ja gar nichts anderes mehr von dir.«

Ich lachte. »Du weißt ja, wie das war, als ich noch in Kleinmachnow gewohnt habe. So ein kurzer Weg von Tür zu Tür ist natürlich von Vorteil, wenn man sich eben mal sehen will. Astrid kommt nachher noch vorbei und will mir bei einer Sache helfen.«

Franziskas ärgerlicher Blick entging mir keineswegs. Aber was erwartete sie denn?

»Und was macht das Liebesleben? Du hast doch deinen Ex wiedergetroffen. Wie läuft es denn so mit dem?« Sie gab sich Mühe, normalerweise zeigte sie kein so großes Interesse an ihrem Gegenüber.

»Da läuft gar nichts. Wir verstehen uns wieder ganz gut, und er will mir ein wenig unter die Arme greifen, wenn ich meinen Buchladen eröffne.«

Franziska ließ den Löffel beinahe in ihr Eis fallen. »Du willst was? Einen Buchladen eröffnen? Hast du denn das Geld dafür?«

»Noch nicht, aber ich werde einen Kredit erhalten. Die Bank hat mir grünes Licht gegeben. Außerdem steht mir laut meinem Anwalt noch eine ordentliche Summe aus dem Verkauf des Hauses zu, und das scheint der Bank als Sicherheit zu genügen.« Das entsprach nicht den Tatsachen, aber ich würde einen Teufel tun und sie einweihen, bevor ich nicht mit meinem Bürgen gesprochen hatte.

Franziska schüttelte den Kopf. »Aha. Das Haus hat bestimmt eine gute Stange Geld eingebracht. Aber trotzdem: Wenn du dich da mal nicht übernimmst! So ein Laden ist doch sehr zeitaufwendig. Wie willst du das denn mit den Kindern machen?«

»Ich ziehe in die Räume unten in diesem Haus. So kann ich auch mal einen Abend länger öffnen und muss dort keine Küche einrichten, sondern kann die in meiner Wohnung benutzen.«

»Ich denke, du willst Bücher verkaufen?«

»Ja, aber ich möchte so was wie ein Buchbistro kreieren. Eine kleine Oase mit französischer Literatur und mit französischem Flair mitten in Zehlendorf ...«

Franziska sah mich zweifelnd an. »Ja, meinst du denn, dass du hier das Publikum dafür findest? Die Franzosen waren im Norden der Stadt. Hier in Zehlendorf saßen doch die Amis. Ich wäre mir nicht so sicher, dass das eine gute Idee ist.«

Ich nickte enthusiastisch. »Ja, ich weiß, aber es gibt in der ganzen großen Stadt Berlin so etwas nicht. Ich kann damit zwei meiner Leidenschaften verbinden. Falls du im August nichts vorhast – ich freue mich über jede helfende Hand beim Renovieren!«

»Nee, das tut mir leid, aber da sind wir verreist. Diesmal geht es über den Teich nach Los Angeles. Ich kann's kaum erwarten! Ich freue mich schon so aufs Shoppen dort ...«

Es klingelte. Helene öffnete Astrid die Tür und ging wieder in ihr Zimmer zurück. Astrid kam herein, im Arm einen Stapel Tupperbehälter.

»Hallo, Catia! Hallo, du musst Franziska sein, ich bin Astrid. Ich habe ein paar Tapas mitgebracht, und wer nichts Warmes runterbringt, für den habe ich noch Serrano-Schinken mit Melone.« Sie stellte die Behälter auf dem Küchentisch ab. Den letzten ließ sie geschlossen und stellte ihn in den Kühlschrank. Ihr Blick fiel auf die Flasche Baileys auf dem Tisch. »Seit wann trinkst du denn dieses süße Zeug, Catia? Ich dachte, das magst du gar nicht.«

Sie hatte recht, ich fand den Likör ziemlich scheußlich. Astrids Gedächtnis für Namen war miserabel, aber sie konnte sich zu jedem Gesicht die Essens- und Getränkevorlieben merken.

Franziska musterte sie verärgert. Bei ihr verhielt es sich andersherum. »Ich mag das mal ganz gerne, so mit Eis. Was trinkt ihr denn sonst?«

Astrid schaute sie nachdenklich an. »Mal einen Sekt, manchmal einen Wein, aber meistens bleiben wir bei Kaffee oder Tee. Ich habe auch drei Kinder, da ist es besser, man behält seine sieben Sinne beisammen.«

Franziska beschenkte uns mit einem mitleidigen Lächeln. Für sie und Karsten war ein zweites Kind nie Thema gewesen, der eine Junge reichte ihnen. Dann wandte sie sich wieder mir zu. »Aber jetzt sag doch mal, Catia, hast du denn gar nichts am Laufen? Ich hätte gedacht, wenn man so lange verheiratet war, hat man eine Menge Nachholbedarf.« Sie lachte etwas zu laut. »Ich hätte den jedenfalls. Also, rück schon raus mit den Neuigkeiten! Bei der Abifeier muss doch was gegangen sein ...«

Jetzt war es an mir, ein wenig dämlich zu kichern. Ich wollte gerade ansetzen, ihr von meinem heldenhaften Retter zu erzählen, als Astrid dazwischenging. »Ach, das war ganz schön langweilig, nicht wahr, Catia? Die sind alle spießig, erfolgreich und glücklich verheiratet und haben sich gegenseitig übertrumpft mit ihren Autos, ihren Häusern und ihren Booten. Zehlendorfer Biographien nanntest du es, oder, Catia? Sie war ganz froh, als der Spuk ein Ende hatte.«

Ich schaute Astrid fragend an.

Franziska zog einen Flunsch. »Ach, echt? Ich hätte gedacht, das wäre die Gelegenheit gewesen, um mal zu sehen, wie man auf die alten Freunde wirkt.« Ihr Kichern wurde anzüglich. »Ich denke an deine große Flamme aus der Schulzeit. Du hast doch mal erzählt, dass der jetzt so ein erfolgreicher Tierfilmmacher ist.«

Ich winkte ab. »Du meinst Chris. Der war da. Hat sich aber nicht unbedingt zu seinem Vorteil verändert. Außerdem falle ich ganz sicher nicht mehr in sein Beuteschema.«

Astrid stand hinter Franziska am Kühlschrank und nickte mir ermutigend zu.

Franziska ließ nicht locker. »Und sonst war gar nichts los an dem Abend? Das ist ja wirklich super langweilig. Also, bei unseren Weihnachtsfeiern ist da erheblich mehr los ...« Sie begann zu erzählen, wer mit wem im letzten Jahr im Kopierraum erwischt wurde. Nach weiteren halbstündigen Ausführungen über den geplanten Urlaub schaute Franziska auf ihre Uhr und stöhnte. »Mensch, ich hab total die Zeit vergessen, ich muss los. Ich melde mich dann nach dem Urlaub wieder. Viel Spaß beim Renovieren!«

Nachdem ich sie zur Tür gebracht und kurz nach den Kindern gesehen hatte, setzte ich mich zu Astrid, die auf den Balkon umgezogen war.

»Der Lavendel ist wunderschön, Catia. Und wie er duftet!«

»Was war denn da los? Wieso sollte ich ihr nicht von Michael erzählen?«

»Ich kann es dir nicht erklären, aber solange Ihr nicht vor Gericht wart, wäre ich einfach sehr, sehr vorsichtig, wen du was wissen lässt. Hanno glaubt, er hat schon genug gegen dich in der Hand durch seinen Überraschungsbesuch neulich. Ich würde einfach aufpassen an deiner Stelle.«

Ich sog den Duft der lila Blüten ein. Sie erinnerten

mich an vergangene Sommer, an Sommer in Berlin, die glücklich waren. Die Sommer meiner Kindheit, die Sommer mit Quinn, auch auf seinen Balkon hatten wir Töpfe voller Lavendel gestellt, die Augen geschlossen und uns in die Provence geträumt.

»Meinst du wirklich, ich muss so misstrauisch sein? Franziska und ich kennen uns seit zwölf Jahren. Ich bin über jeden einzelnen Streit mit ihrem Mann im Bilde, habe das Gefühl, alle ihre Kollegen, ehemalige wie aktuelle, persönlich zu kennen und habe sie eigentlich immer als eine Freundin betrachtet.« Astrids Vermutung stimmte mich nachdenklich. Die Art und Weise, in der Franziska heute beim Thema Männer nachgehakt hatte, war schon ungewöhnlich gewesen. Meist war ihr mehr daran gelegen, von sich zu erzählen, als ihrem Gegenüber zuzuhören. Aber wir hatten uns auch lange nicht gesehen, da war es doch nur natürlich zu fragen, wie es mir ging.

Astrid nahm die Tupperschüssel vom Boden, die sie vorher in den Kühlschrank gestellt hatte. »Ich habe es für besser gehalten, ihr die nicht unter die Nase zu halten.« Sie reichte mir einen langstieligen Kaffeelöffel. »In Grappa eingelegte Weintrauben. Ich dachte, wenn du sie magst, bringe ich sie zu deiner Eröffnung mit.«

Ich kostete und genoss die Geschmacksexplosion auf meinem Gaumen. Die getränkten Früchte hatten es mächtig in sich. Ich bediente mich noch einmal und verdrehte dabei die Augen.

Astrid lachte. Dann wurde sie wieder ernst. »Ich wollte dich nicht bevormunden, ich hatte nur ein komisches Gefühl. Du kannst sie ja jederzeit anrufen und ihr von Michael erzählen. Ich habe dir übrigens die Atteste für die Kinder auf den Küchentisch gelegt.«

Ich dankte ihr und entschuldigte mich kurz, um die Papiere einzuscannen und Hanno zu mailen. Als ich auf *Senden* drückte, empfand ich Erleichterung darüber, Franziska auch nichts von dem Streit mit Hanno erzählt zu haben. Ihr Abgang war wieder einmal typisch gewesen. »Viel Spaß beim Renovieren!« Wer sich auf Franziska verließ, war und blieb verlassen. Als ich wieder auf den Balkon trat, hatte Astrid eine ganze Menge von den Trauben vertilgt.

Sie stellte die Schüssel ab und schnalzte mit der Zunge. »Die sind exzellent, aber auch brandgefährlich! Catia, ich wollte noch kurz mit dir über die Kinder sprechen und darüber, dass sie sich mir anvertraut haben. Helene hat mir erzählt, dass ihr darüber gesprochen habt.«

Ich schaufelte mir Trauben mit dem Löffel in den Mund. »Ach, lass mal! Ich bin eigentlich ganz froh, dass Helene außer mir jemand hat, mit dem sie über Sachen reden kann, die sie beschäftigen. Leider hat sie keinen Paten, da die Kinder nicht getauft sind und Hanno der Meinung war, dass sie eine zusätzliche Bezugsperson nicht nötig hätten. Mich hat das belastet, denn ich fand es immer wichtig, dass die Kinder einen erwachsenen Vertrauten außerhalb der Familie haben.«

»Bist du mir nicht böse?«

»Nein. Mir war es nur unangenehm, dass die Kinder sich nicht mir anvertraut haben. Mir kam es vor wie ein weiterer Punkt auf meiner Versagensliste. Aber es ist gut so, wie es gelaufen ist. Ich habe Vertrauen zu dir, und ich bin mir sicher, dass die Kinder bei dir in besten Händen sind.«

Astrid stand auf, zog mich vom Stuhl und umarmte mich.

»Du warst es doch sicher auch, die meinen Bürgen ins Boot geholt hat, oder?«

Astrid spielte die Unschuldige und schaute mich mit großen Kulleraugen an. »*Moi?* Wie kommst du denn darauf?«

»Weil nur du und Quinn wissen, dass ich einen Bürgen brauche. Quinn wird es meinem Vater nicht erzählt haben, und ich habe es auch nicht getan, also bleibst nur du.«

»Na gut, ich gebe es zu. Ich finde deine Idee klasse, und ich weiß genau, wie knauserig die Banken heutzutage sind. Dein Vater hat übrigens keine Sekunde lang gezögert. Allerdings musste ich ihm auch versprechen, dir nichts zu verraten. Aber ich ehrliche Haut kann nun mal nichts für mich behalten.«

Sie blickte wie die Unschuld vom Lande, ich prustete los. »›Mal einen Sekt, manchmal einen Wein.‹ Von wegen ehrliche Haut! Du intrigantes Aas! Auf uns zwei Abstinenzler!«

Feixend leerten wir die Schüssel.

Die Kinder waren unterwegs. Helene war mit Jake am See, Daniel und Marisol waren auf der Geburtstagsfeier eines Klassenkameraden, und Vincent war mit dem Fahrrad zum Fußballplatz gefahren, um dort mit seinen Freunden zu kicken. Die Sommerferien waren in vollem Gange, und man konnte förmlich spüren, wie sich der Puls der Stadt verlangsamte. Die Straßen waren leer, und Wegzeiten halbierten sich. Das Leben fand auf dem Trottoir statt, auf den Balkonen und in den Gärten der Berliner, die den Sommer in ihrer Heimat verbrachten. Die Freibäder waren voll, und auf den Wiesen der Parks lagen die Menschen in der Sonne, picknickten oder spielten Frisbee. Hunde stürzten sich mit Wonne in den Grunewaldsee, um ein wenig Abkühlung zu genießen, während ihre Besitzer mit hochgekrempelten Hosen knietief im Wasser standen und über das Hundeverbot an den Nachbarseen diskutierten.

Die Temperaturen waren nach einem kurzen Abfall auf rund zwanzig Grad pünktlich zum nahenden Ferienbeginn wieder gestiegen. Jetzt, gegen Ende Juli, war es tagsüber knallheiß, und auch nachts kühlte es kaum mehr ab. Ich hatte mich erbarmt und brachte die ausgeliehenen Bücher und Hörspiele in die Bücherei zurück. Die Gottfried-Benn-Bibliothek lag in Laufweite, ein großer Vorteil für eine Mutter kleiner Leseratten. Nur Vincent spielte lieber Fußball. Der Fahrradkorb war vollgepackt. Ich schloss mein Rad vor dem großen Gebäude an. Wie immer herrschte Gedränge in der Martin-Buber-Straße. Viele Leute versuchten Parkplätze um die Postfiliale und die Beucke-Oberschule herum zu bekommen. Ich war froh, ohne Auto unterwegs zu sein.

Nachdem ich alle Artikel zurückgegeben hatte, schlenderte ich durch die Kinderbuchabteilung auf der Suche nach etwas Neuem für Daniel. Ich blätterte gerade durch den ersten Teil der *Coolman*-Reihe, von deren Autor wir das wunderbare, aber leider bereits vergriffene Buch *Thelonius in der Sofawelt* besaßen, als mein Blick auf einen weißblonden Haarschopf fiel. Ich wollte gerade genauer hinschauen, da bog Ela schon um ein Regal und schnappte sich ihren Sprössling. Als sie aufblickte, schaute sie mich ebenso verdutzt an wie ich sie.

»Lukas, Mensch, du sollst doch bei Mama bleiben!«

Lukas zeigte sich unbeeindruckt, schüttelte seinen Kopf mit dem hellen Haar und wollte gerade wieder ausbüchsen, als ich mich ihm in den Weg stellte und sagte: »Schranke! Hier dürfen Sie erst vorbei, wenn Sie Eintritt gezahlt haben. Einen Euro bitte! Wie? Sie haben kein Geld? Dann müssen Sie leider warten.«

Lukas lachte und setzte sich hin.

Ich zog ein Bilderbuch aus einer in Reichweite stehenden Kiste und hoffte, dass ihn das wenigstens ein paar Minuten beschäftigen würde und es keines wäre zu den Themen Tod oder woher die Babys kamen. Ela sah derangiert aus.

»Sie sind doch die Schulfreundin von Michi, oder?«, fragte sie mich.

Ich nickte. »Ja, Catia.«

»Haben Sie was von Michi gehört?«

War das eine Fangfrage? Ich zuckte mit den Schultern. »Nein, wieso?«

»Er hat uns sitzenlassen. Ist einfach gegangen. Es fühle sich schon lange nicht mehr richtig an, meinte er. Nur weil ich ihm gesagt habe, dass ich nicht will, dass er so streng mit Lukas umgeht. Da steckt doch was ganz anderes dahinter. Seit ein paar Wochen ist er so merkwürdig, ach, eigentlich schon, seitdem die Einladung für dieses Klassentreffen kam. Ich bin ja nicht sehr oft bei ihm, meistens kommt er zu uns, aber vor einigen Wochen lagen da ganz viele Fotos aus dieser Zeit auf dem Tisch, und er hat die ganz schnell weggeräumt.« Ihre Augen formten sich zu kleinen Schlitzen. »Die Frauen aus seiner Schulzeit sind ja alle viel zu alt, deshalb denke ich, irgendeine andere steckt dahinter. Vielleicht eine Schwester oder sogar eine Tochter von einem seiner alten Freunde.«

Mir war schleierhaft, was Michael mit dieser Frau verband. Gleichzeitig schämte ich mich für den Gedanken, denn eine glückliche Beziehung hatte ich schließlich selbst nicht hinbekommen. Klar wurde mir jetzt allerdings, was er hatte regeln wollen, bevor er mich wiedersehen wollte. Mir rutschte das Herz in die Hose – auf eine überraschend angenehm-aufregende Weise.

Dieses Gefühl hielt allerdings nicht lange an, denn die dunkle Wolke der Schuld braute sich über mir zusammen. Was war bloß los mit den Männern, dass sie sich einfach so aus dem Staub machten? Da war immerhin ein Kind im Spiel, da hatte Michael doch nicht einfach so gehen können! Moment mal ... Hatte sie allen Ernstes gesagt, seine Mitschülerinnen von damals seien »viel zu alt« für ihn? Es ging mich nichts an, und ich wusste, ich sollte mich heraushalten, aber ich konnte mir nicht verkneifen zu fragen: »Wie alt bist du denn, und wie lange wart ihr zusammen?«

Ela zuckte mit den Schultern. »Rund ein halbes Jahr, denke ich – ich habe nicht so genau mitgezählt. Ich bin 25. Michi spielt Badminton mit 'nem Nachbarn von mir, auf dessen Geburtstagsfeier haben wir uns kennengelernt. Ich dachte irgendwie gleich, dass er perfekt für Lukas und mich wäre. Er hat einen super Job, ist ganz süß und noch fit für sein Alter. Und ich dachte: Warum nicht mal 'nen älteren Typen? Die sind in der Regel ganz dankbar, so viel Auswahl haben die ja auch nicht mehr.«

Dieses dumme Ding merkte nicht einmal, wie es sich um Kopf und Kragen redete. Mir war es mittlerweile egal, ob und wie Michael sie hatte sitzenlassen. Ich war viel verstörter darüber, dass er sich überhaupt auf sie eingelassen hatte. Zeitgleich erschien mir Hanno vor meinem geistigen Auge. Das machte es mir unmöglich, entsetzt über anderer Leute Beziehungen zu sein. Ich versuchte also meine Antwort recht neutral klingen zu lassen. »Ela, das ist jetzt etwas befremdlich für mich, und ich weiß, dass ich dazu gar nichts Hilfreiches sagen könnte. Also, ich denke, ich gehe jetzt mal.«

Ela war mit ihren Gedanken woanders, sie nickte nur abwesend und bekräftigte dann noch einmal: »Ich kriege das noch raus, wer ihn sich jetzt gekrallt hat! Die kann echt was erleben! So eine gute Partie finde ich so schnell nicht wieder.«

Auf dem Weg zur Kasse verdrehte ich die Augen. »Viel zu alt« für ihn ... Der würde ich was husten!

Als hätte er einen siebenten Sinn, schickte mir Michael am selben Abend eine SMS, in der er mich um ein Treffen bat. Wir verabredeten uns am Anfang des Fischtals in der Onkel-Tom-Straße. Michael wartete bereits auf mich und kam zu mir geschlendert, als ich mein Fahrrad anschloss. Für einen Moment standen wir uns unschlüssig gegenüber, dann trat Michael einen Schritt auf mich zu und gab mir einen Kuss, einen ganz zarten – auf die Schläfe. Wir liefen los.

»Ich bin sehr froh, dass du dir anhören willst, was ich zu sagen habe, Catia. Ich war mir gar nicht sicher, ob du dazu überhaupt noch bereit wärst, nachdem ich mich so dämlich verhalten habe.«

»Ich bin ein zutiefst neugieriger Mensch«, erwiderte ich süffisant. Dann wurde ich ernst. »Aber mal Spaß beiseite: Was hast du dir dabei gedacht? Ich hab mich so mies gefühlt, nachdem du weg warst. Und das will was heißen, denn ich hatte mich davor schon mies genug gefühlt!«

Michael blieb stehen. »Ich weiß, Catia, und es tut mir unendlich leid. Ich habe schon mehrmals versucht, diese Sache mit Ela zu beenden. Jedes Mal gab es Tränen, und sie machte mir eine Szene, sie brachte jedes Mal Lukas ins Spiel, und dann taten mir die beiden leid. Ich gab stets klein bei und blieb bei ihr. Ich habe sie über einen Freund kennengelernt. Auf einer Party haben wir dann mal ein bisschen miteinander rumgemacht. Ich kann dir auch nicht erklären, wie daraus eine Beziehung wurde. Ich hatte nichts dergleichen im Sinn. Sie hat mich ganz offensiv angemacht auf der Feier, und ich dachte: Mein Gott, sie ist kein Kind mehr, warum nicht?«

Ich zog meine linke Augenbraue hoch.

Er hob abwehrend die Hände. »Ich weiß, wie das jetzt klingt, aber ich bin beileibe kein Womanizer. Meine letzte Beziehung lag schon lange zurück. Ich hatte mich einige Jahre voll auf mein Bauingenieurbüro konzentriert. Wir hatten Aufträge im Ausland, da ist gar keine Zeit für eine Frau in meinem Leben gewesen. Catia, als die Einladung fürs Abitreffen in meinen Briefkasten flatterte und ich deinen Namen auf der Teilnehmerliste las ... Ich hatte sehr gehofft, dass wir uns wiedersehen!«

Wir liefen einige Minuten lang schweigend nebeneinanderher und erreichten die Riemeisterstraße, die das Fischtal schnitt. Nachdem wir die Straße überquert hatten, fragte ich ihn leise, ob er das Ganze denn so geplant habe.

Michael blieb stehen, schaute mich entsetzt an und schüttelte vehement den Kopf. »Nein, natürlich nicht! Ich wollte dich einfach wiedersehen und, da ich ja wusste, dass du verheiratet bist und Familie hast, mich davon überzeugen, dass es dir gutgeht und du glücklich bist, damit ich dich mir endlich richtig aus dem Kopf schlagen könnte. Doch dann stehst du vor mir, ich sehe sofort, dass etwas nicht stimmt, und alles, was ich möchte, ist, dich in die Arme zu nehmen und die Welt auszublenden. Genau wie damals, als du zum ersten Mal in unseren Klassenraum kamst und ganz verloren aussahst.«

Es hatte mich damals eine Menge Überwindung gekostet, mit meinen zwölf Jahren die Höhle der zwei bis drei Jahre älteren Neuntklässlerlöwen zu betreten.

»Ich habe die Rülpsbacke damals bestochen, damit er darum bittet, mit dir den Platz tauschen zu dürfen, weil du weiter vorn gesessen hattest. Das hat mich die Hälfte meines Taschengeldes für das Halbjahr gekostet.« Michael wurde tatsächlich ein bisschen rot.

Auch an diese Szene erinnerte ich mich. Roland Lipinski hatte behauptet, er höre weiter hinten nicht so gut, und erreicht, dass ich mit ihm wechselte. So landete ich am Ende der ersten Schulwoche neben Michael und blieb dort bis zum Beginn des Kurssystems der Oberstufe. Ab der elften Klasse trafen wir uns dann regelmäßig auf dem Hof und öfters auch nachmittags, um gemeinsam zu lernen. Mir war nie in den Sinn gekommen, dass Michael dabei so fühlte, wie er es beschrieb. Zudem hatte ich irgendwann sowieso nur noch Augen für Christoph gehabt. Ich fühlte mich einerseits geschmeichelt, andererseits machte mich dieses Geständnis auch traurig. Was-wäre-wenn-Szenarios hatte ich reichlich durchgespielt in den letzten Monaten, deshalb ließ ich es in diesem Moment bleiben.

Michael nahm den Faden wieder auf. »Der ganze Abend ist mir dann entglitten. Als Chris Gruber auftauchte, ging meine Laune in den Keller. Und als der dich dann anbaggerte und du auch noch darauf eingingst, wurde ich richtig sauer. Ich bereue die Schlägerei nicht. Der Gruber hatte schon lange eine Abreibung verdient. Allerdings hatte ich nicht geplant, mich bei dir einzuquartieren. Dann standst du am nächsten Vormittag nach der hässlichen Szene mit deinem Mann vor mir ... Und da war es wieder, dieses Bedürfnis, dich in die Arme zu nehmen und alles Übel von dir fernzuhalten. Nur, diesmal war ich keine fünfzehn mehr, und meine Gefühle waren jetzt ganz andere als damals. Ich wollte dich, Catia. Mehr als alles andere. So sehr, dass ich nicht mehr klar denken konnte. Sonst hätte ich nicht mit dir geschlafen, und ich hätte vor allem keinen so miesen Abgang hingelegt.«

Ich blieb stehen und schaute ihn an. Ich wusste, ich musste in dem Moment eine Entscheidung treffen. Sollte ich ihm glauben und mich auf ihn einlassen? Oder sollte ich mich besser umdrehen und es gut sein lassen?

Michael Baumann

Wir Männer sind ja eher nicht so romantisch, geschweige denn dass wir großartig über unsere Gefühlswelt reden. Aber ich will mal kurz versuchen, Ihnen zu erklären, wie das war, als Catia mit mir schlief, nachdem ich mir das beinahe 25 Jahre immer mal wieder vorgestellt hatte. Natürlich gab es andere Frauen seit der Schulzeit. Ich war kein Kind von Traurigkeit ... Aber Catia kam mir immer wieder in den Sinn. Ich fragte mich, wie es ihr wohl ginge, ob sie glücklich sei und wie sie wohl aussehen mochte. Meine Gefühle für andere Frauen waren nie so ... gewaltig.

Als wir in ihrem Bett landeten, dachte ich, ich stünde kurz vor einem Herzanfall. Mir war beinahe übel vor Aufregung und Anspannung. Was, wenn es nicht gut liefe? Ich hatte ja keine Ahnung, was sie mochte und was nicht. Dann war es aber ganz einfach. Es war toll. Es war atemberaubend. Bis mich dann die Realität wiedereinholte und mich das Entsetzen packte. Dann musste ich machen, dass ich wegkam.

Nein, das war keine Glanzleistung, ganz sicher nicht.

Ich hätte es nie so weit kommen lassen dürfen, ohne vorher für klare Verhältnisse bei mir gesorgt zu haben. Ich bin kein Filou, das dürfen Sie mir glauben! Ich war innerlich schon weit weg von Ela. Das war auch nie eine richtige Beziehung mit ihr. Ich kann das nicht erklären. Als ich Catia dann am See wiedertraf und sie mich aufforderte, mich noch einmal bei ihr zu melden, fiel mir ein großer Stein vom Herzen. Ich hatte mehrere E-Mails und sogar Briefe angefangen, die alle im Papierkorb gelandet waren, weil ich einfach nicht wusste, was ich ihr schreiben sollte.

Catia hat bei mir schon immer diesen Beschützerinstinkt ausgelöst, obwohl sie sich dessen nie bewusst war, geschweige denn es beabsichtigte. Ich denke, das muss daran gelegen haben, dass sie immer erheblich jünger war als der Rest der Klasse. Es ging ja nicht nur mir so. Sie war das Küken, aber sie hat sich nie darauf ausgeruht, sondern war immer ganz ernst und konzentriert. Die blöde Juliane konnte sie gar nicht leiden und hat ihr eine Zeitlang das Leben schwergemacht. Ich hab mir das eine Weile angesehen und mir die Juliane dann geschnappt und ihr erklärt, dass sie damit aufhören solle, sonst würde ich sehr ungemütlich werden.

Ich hab noch versucht, nach dem Abi den Kontakt zu Catia zu halten, aber dann ließ der Gruber sie hängen, sie begann ihre Ausbildung, sie war ein Jahr in Frankreich ... Und bei mir ging das Leben auch los: Zuerst mein Studium, dann fing ich an zu arbeiten und hatte Glück, dass ich gleich eine gute Stelle fand. Die aber war in Hamburg, also nahm die Distanz zwischen uns immer mehr zu. Als ich dann wieder in Berlin war und hier meine eigene Firma gründete, suchte ich im Internet nach Catia. Sie war verheiratet und hatte schon zwei Kinder. Wer zu spät kommt ..., dachte ich damals, betrank mich an dem Abend ganz fürchterlich und stürzte mich in die Arbeit ... Und dann steht sie auf dem Abitreffen plötzlich vor mir. Sie hat immer noch diese großen graublauen Augen und dieses unglaubliche Lächeln. Fülliger als früher, aber da war sie ja auch ein ziemlich mageres Ding. Als ich sie in den Arm nahm, waren da wieder die alten Gefühle. Beinahe hätte ich es total verbockt – aber vielleicht habe ich noch eine Chance. Glauben Sie mir, die werde ich nutzen!

Sie müssen sich das so vorstellen: Ein Sommerabend, die Luft ist klar und warm, um Sie herum Natur pur, und am Himmel funkeln die Sterne. Sie stehen auf einem Vorsprung an einem kleinen Teich, an ein Geländer gelehnt. Vor Ihnen steht ein sehr attraktiver Mann, der schwer in Sie verliebt ist, wie er sagt. Was würden Sie tun?

Wir waren bis zum Teich zurückgelaufen, während ich meine Gedanken zu ordnen versuchte.

Ich wähnte mich bei der Wahl der Männer in meinem Leben vom Glück verlassen. Und auch wenn ich wusste, dass ich auf Dauer kein Leben ganz ohne einen Mann führen wollte, hatte ich nach der Trennung von Hanno angenommen, dass jede neue Beziehung nur eine auf Sparflamme sein könnte: Man traf sich an den Wochenenden und unternahm etwas Nettes, im Bett lief es gut, und ansonsten lebte jeder sein eigenes Leben. Ich hatte Angst vor diesem Gefühl der Orientierungslosigkeit, wie ich es bei meinem Wiedersehen mit Quinn empfunden hatte. Ich wollte und ich durfte mich nie mehr so vergessen, mich selbst nie wieder so aufgeben wie in den Jahren meiner Ehe.

Was ich gefühlt hatte, als ich Michael auf der Feier wiedersah, und vor allem, während wir am nächsten Morgen miteinander schliefen, war jedoch etwas ganz anderes. Es fühlte sich an wie eine Heimkehr nach Jahren im Exil. Ich fühlte mich sicher, konnte mich fallenlassen in der ruhigen Gewissheit, mich nicht zu verlieren, nicht zu verschwinden, sondern einem Teil von mir zu begegnen, zu dem ich mir selbst lange den Zugang versperrt hatte. Als er sich dann aus dem Staub machte, war ich verstört, aber nicht wie üblich am Boden zerstört. Ich hatte mich verändert, ohne es zu merken.

Mir fiel nichts Passendes ein, das ich in diesem Moment am Teich zu Michael hätte sagen können. Also schlang ich meine Arme um ihn und küsste ihn, was das Zeug hielt. Ich möchte behaupten, dass wir die Zehnerskala gesprengt haben mit diesem Kuss im Fischtal.

Irgendwann mussten wir Luft holen, und Michael hielt mich fest in seinen Armen. Ich sagte leise: »Ich würde dich gerne mit zu mir nehmen oder jetzt mit zu dir gehen, aber ich hab die Kinder zu Hause. Du wirst eine Menge Geduld brauchen am Anfang, denn ich habe wenig Zeit.«

»Mein zweiter Name ist Hiob«, antworte Michael schmunzelnd. »Ich habe alle Geduld der Welt.«

Wie geht es ihm?«

Der Anruf erreichte mich um elf Uhr am Morgen nach meiner Aussprache mit Michael. Ich hatte die Kinder wieder zum Baden geschickt und wollte gerade Micha anrufen, um mich mit ihm zu verabreden. Das würde nun warten müssen. Stattdessen rief ich Astrid an, erklärte ihr kurz die Lage und bat sie, sich um die Kinder zu kümmern, bis ich wieder daheim wäre. Helene schickte ich eine SMS und bat sie, mit den Jungs zu den Alvarez' zu gehen, ich müsse dringend etwas erledigen.

Das Krankenhaus Waldfriede lag an der Argentinischen Allee und grenzte an den kleinen Park um den Vierling, einen kleinen Teich, der inmitten mondäner Villen und Wohnblocks aus den dreißiger Jahren lag. Mein Vater, ich selbst und meine drei Kinder waren in dem Krankenhaus zur Welt gekommen. Die Geburtsstation war hervorragend, sie bot sogar die Möglichkeit einer anonymen Entbindung. Außerdem verfügte das Haus über eine Babyklappe. Das kleine Krankenhaus genoss einen sehr guten Ruf über die Bezirksgrenzen hinaus. Bislang hatte ich mit dem Gebäudekomplex positive Gefühle verbunden, als ich jetzt jedoch in Richtung der Erste-Hilfe-Station lief, fiel es mir schwer, diese abzurufen.

Ich traf meine Mutter im Warteraum. Sie war kaum wiederzuerkennen. Sie trug ihre Haare normalerweise zu einem strengen Knoten hochgesteckt, nun fielen sie offen über ihre Schultern. Es stand ihr richtig gut, das Blond mit Grau durchzogen. Sie trug eine Leinenhose und darüber eine kurzärmelige Bluse. Ihre Augen waren vom Weinen gerötet, ihre Hände zitterten.

»Dein Vater ist ... Catia, wir haben uns ganz furchtbar gestritten. Er ist gegangen, und dann ist er bei Heiner einfach zusammengebrochen. Ich habe das doch alles nicht so gemeint!«

Ich reichte ihr wortlos ein Taschentuch. Sie schnaubte laut hinein.

»Was sagen denn die Ärzte, Mama?«

»Sie behalten ihn heute über Nacht hier. Es war wohl ein leichter Herzinfarkt, aber sie wollen nichts riskieren. Im Moment können wir nicht zu ihm, er wird gerade auf die Station gebracht. Sie kommen mich holen, wenn er so weit ist.«

»Worüber ging der Streit?« Ich war nervös, aber ich wusste, dass Paps im Waldfriede in den besten Händen war. Es war nur ein leichter Herzanfall. Alles würde gut werden. Es musste gut werden! Ich konnte mir mein Leben noch nicht ohne meinen Vater vorstellen. Er musste einfach wieder gesund werden. Ich atmete tief ein und langsam wieder aus. Eine Panikattacke wäre in dieser Situation wenig hilfreich. Meine Mutter und ich nahmen im Warteraum Platz. Es was stickig, was bei den Außentemperaturen kein Wunder war. Mein Top klebte an meinem Rücken, und ich hatte großen Durst. »Also, was war los, Mama?«

»Ich habe ihm Vorwürfe gemacht, weil er sich bei dir und Hanno eingemischt hat. Das ginge uns doch gar nichts an, war ich der Meinung, und ich habe ihm vorgeworfen, dass er für dich gebürgt hat. Ich habe die Papiere gefunden. Daraufhin ist er wütend geworden. So habe ich deinen Vater noch nie erlebt.« Sie weinte wieder. »Er wurde richtig laut. Er sagte, wir hätten uns schon viel früher einmischen müssen – ich vor allem.« Sie verzog den Mund. »Als hättest du das zugelassen! Was hat er sich nur dabei gedacht?«

Es war nicht der richtige Zeitpunkt, ihr diese Frage ehrlich zu beantworten, so schwer es mir auch fiel, dazu nichts zu sagen.

Meine Mutter fuhr fort: »Seine Vorwürfe gingen noch viel weiter, er hat eine Menge hässlicher Dinge zu mir gesagt. Dann verließ er den Raum. Als ich ihm folgte, war er dabei, im Schlafzimmer einige Sachen zusammenzupacken. Catia, dein Vater ist dann tatsächlich gegangen! Zu Heiner nach nebenan. Er sagte noch, er brauche Abstand und ich sicherlich auch, um mal in Ruhe nachzudenken. Heute Morgen beim Frühstück, erzählte der Heiner, hat Ludwig sich ans Herz gefasst und ist vom Stuhl gerutscht. Heiner hat erst den Krankenwagen und dann mich angerufen.«

Meine Kehle schnürte sich zusammen. Paps war 66 Jahre alt, das war kein Alter, in dem man sich schon verabschieden durfte. Die Enkel waren noch viel zu klein, die brauchten ihn doch noch als Großvater! Wer sollte den Jungs denn das Schnitzen beibringen? Oder das Angeln? Das Reparieren ihrer Fahrräder? Er hatte sich so auf den kommenden Winter gefreut, in dem er mit den Jungs seine Märklin-Eisenbahn aufbauen wollte. Er hatte eigens den Kellerraum dafür leer geräumt. Ich wiederholte innerlich die Diagnose der Ärzte: Es war ein leichter Herzinfarkt.

»Zum Glück hat Herr Meyerbeck so schnell reagiert und gleich den Krankenwagen gerufen. Jetzt mach dir mal keine Gedanken über den Streit! Ich schaue mal, ob wir schon zu ihm können«, sagte ich zu meiner Mutter.

In dem Moment erschien eine freundliche Krankenschwester und teilte uns mit, dass wir meinen Vater kurz sehen könnten. Er sei noch geschwächt von den Untersuchungen, aber es gebe keinen Grund mehr zur Besorgnis. Man würde ihn zur Beobachtung noch eine Nacht auf der Station behalten.

Die Station konnten wir über den Fahrstuhl erreichen. Eine weitere Schwester brachte uns zum Krankenzimmer. Mein Vater lag im Bett am Fenster, eine Vielzahl von Kabeln kam unter seiner Bettdecke zum Vorschein und führte zu verschiedenen Monitoren hinter seinem Bett. Eines der Geräte piepte leise in regelmäßigen Abständen. Paps sah so klein aus. Seine Haut war fahl, aber er lächelte, als er uns sah. Ein dicker Kloß schnürte mir die Kehle zu. Paps hatte meine Hand gehalten, als ich das erste Mal auf Rollschuhen stand, und er hatte mir das Fahrradfahren beigebracht. Ich erinnerte mich daran, als Kind auf seinem Schoß gesessen und gegen meine Mutter Scrabble gespielt zu haben. Er hatte hinter mir auf dem Schlitten gesessen, als ich zum ersten Mal die Rodelbahn im Fischtal hinuntergesaust bin. Er war es, der uns Weihnachten Geschichten vorlas und bei Feiern mit Freunden für gute Laune sorgte. Jetzt lag er da in diesem Krankenbett und sah alt und gebrechlich aus. Meine Augen füllten sich mit Tränen.

Meine Mutter nahm seine Hand und flüsterte: »Es tut mir so leid, Ludwig!«

Paps stand wohl noch unter dem Einfluss irgendwelcher Medikamente. Er tätschelte ihre Hand und schloss die Augen. Kurz darauf war er eingeschlafen.

Ich trat zu meiner Mutter und legte meine Hand auf ihre Schulter. »Wir lassen ihn mal schlafen. Am besten kommst du erst einmal mit zu uns, und morgen holen wir ihn gemeinsam mit den Kindern ab. Ein ganz großer Empfang wird ihm gefallen.«

Ich versicherte mich bei der Stationsoberschwester, dass sie meine Handynummer hatte, und fuhr gemeinsam mit meiner Mutter per Bus zu uns. Während der Fahrt schickte ich Astrid eine SMS und teilte ihr mit, dass wir auf dem Heimweg seien und sie die Kinder rüberschicken könne.

Alle sieben erwarteten uns in der Wohnung. Daniel kam gleich auf mich zugerannt und fragte ängstlich, ob Opa jetzt tot sei.

Ich strich ihm über die Haare. »Nein, Opa geht es den Umständen entsprechend gut. Er hatte einen leichten Herzanfall, und sie behalten ihn über Nacht zur

Beobachtung im Waldfriede. Sie haben uns versichert, dass wir uns keine Sorgen machen müssen. Er wird sich in Zukunft schonen und seine Ernährung umstellen müssen, nehme ich an, aber er kommt ganz sicher wieder auf die Beine.«

Die Erleichterung im Raum war spürbar.

Astrid trat auf meine Mutter zu und stellte sich ihr vor. »Ich bin Astrid Alvarez. Frau Thomas, es tut mir sehr leid! Wenn wir etwas für Sie tun können, sagen Sie es gerne! Sie können mich auch jederzeit anrufen, wenn Sie medizinische Fragen haben oder etwas unklar ist.«

»Das ist sehr nett von Ihnen, Frau Alvarez. Vielen Dank, darauf komme ich gerne zurück.«

Ich schaute Astrid an. »Pasta für alle?«

Astrid griente. »Was sonst? Ich hole Speck und Eier. Hast du genug Pizzatomaten? Dann können wir eine Carbonara und eine Amatriciana machen. Ich bringe auch noch meinen großen Nudeltopf mit. Bis gleich!«

Eine gute Stunde später saßen wir alle um unseren Esstisch. Ich kenne kein wärmeres Gefühl, als auf Menschen an einer reichgedeckten Tafel zu blicken, die es sich schmecken lassen, sich unterhalten und das Beisammensein genießen. Gerade an diesem Abend war ich sehr dankbar für Astrids Freundschaft und dafür, dass sie und ihre Familie in unser Leben getreten waren.

Nachdem Astrid und ihre Kinder sich verabschiedet hatten und meine Kinder im Bett waren, saßen Mama und ich am kleinen Küchentisch. Sie hatte den Abwasch gemacht und das Geschirr weggeräumt.

»Was mache ich denn jetzt bloß, Catia?«

Das fragte sie mich? Ich suchte doch selber nach einer Antwort auf die Frage, was ich mit meiner Mutter machen sollte. Ich räusperte mich. »Ach, Paps hat das alles sicherlich nicht so gemeint ... Er macht sich halt Gedanken um seine Enkel.« Es klang halbherzig.

Meine Mutter sah mich streng an, aber nur für einen kurzen Moment. Dann kamen ihr erneut die Tränen. »Nein, Catia, er hat das ganz ernst gemeint. Er hat mir klipp und klar gesagt, dass er meine Nörgelei an jedem und allem satt habe und er erst wieder zurückkäme, wenn ich den Streit zwischen dir und mir beigelegt und begriffen habe, was ich da alles falsch gemacht habe.« Sie nahm ein Taschentuch von mir entgegen. »Ich habe gar nicht geschlafen letzte Nacht. Ich musste die ganze Zeit darüber nachdenken, was er gesagt hat und wie er es gesagt hat. Gegen vier Uhr heute früh habe ich mir alte Fotos angeschaut. Aus der Zeit, als du noch klein warst. Da waren wir richtig glücklich. Ich sah mich auf den Fotos, und da wurde mir klar, dass ich das Glücklichsein irgendwo verloren habe. Der Alltag alleine zu Hause mit einem Kind war zermürbend für mich. Die Gespräche mit den Nachbarsfrauen, die Avon- und Tupperpartys, das alles langweilte mich zu Tode. Ich wurde immer unzufriedener. Weißt du, als ich jung war, hatte ich nicht die Chancen, die du hattest. Ich durfte nicht studieren, ich musste eine Hauswirtschaftsschule besuchen, und es war klar, dass ich später nur heiraten und Kinder bekommen würde. Dabei wollte ich so gerne Musik studieren. Als ich deinen Vater kennenlernte, wurde ich schnell schwanger, und damit war mein Weg endgültig vorprogrammiert. Als du zur Welt kamst, hab ich mir geschworen, dass es dir später besser gehen wird und dass ich alles dafür tun werde, damit du deine Fähigkeiten entfalten kannst.« Sie sah mich traurig an. »Da bin ich wohl übers Ziel hinausgeschossen.«

Mir fehlten die passenden Worte, ich wusste beim allerbesten Willen nicht, was ich ihr antworten sollte. Ihr Verhalten machte mich verlegen, denn so kannte ich sie gar nicht. Ich zeigte auf die Cafetière.

Meine Mutter nickte. »Ja, ich nehme gerne einen Kaffee. Catia, ich war immer furchtbar stolz auf dich, auch wenn ich es dir nie so recht gezeigt habe. Du bist intelligent und hast drei ganz wunderbare Kinder. Ich wollte dich immer finanziell abgesichert sehen, deshalb war ich auch so froh, als du Hanno geheiratet hast. Dein Vater hat mir davon erzählt, dass Hanno seine

Unterhaltszahlungen eingestellt hat. So etwas hätte ich Hanno nie zugetraut! Ich hatte die ganze Zeit gehofft, diese andere Frau wäre nur ein kleines Intermezzo. Er ist doch in dem Alter, in dem Männer gern ihre Midlife-Crisis nehmen. Und wenn er sich ausgetobt hat, so dachte ich, kommt er zu dir und den Kindern zurück. Ich habe nur das gesehen, was ich sehen wollte. Hanno war nie der Richtige für dich, oder?«

Ihre Augen suchten meine, und ich hatte zum ersten Mal seit Jahrzehnten das Gefühl, dass sie mich dabei auch tatsächlich ansah. Da begannen meine Augen zu brennen. Ich schüttelte den Kopf, schluckte und konzentrierte mich aufs Kaffeemachen. Sie erhob sich vom Stuhl und stand vor mir. Es war noch ein langer Weg, aber sie hatte den ersten Schritt auf mich zu gemacht. Wortlos ließ ich mich von ihr in die Arme nehmen, und zum ersten Mal seit meiner Kindheit genoss ich wieder dieses Gefühl der Geborgenheit, das nur eine Umarmung von der eigenen Mutter auslösen kann.

Am nächsten Morgen staunte Paps nicht schlecht, als ihn seine Familie nach dem Frühstück in voller Besetzung vom Krankenhaus abholte. Auch Heiner Meyerbeck war dabei. Er hatte seinen alten Opel aus der Garage geholt, um Paps und Mama nach Hause zu fahren. Wir waren mit den Fahrrädern gekommen und folgten ihnen in den Eggepfad.

Paps hatte sich auf dem Sofa eingerichtet und strahlte, als wir eintrafen. Daniel kletterte zu ihm, Helene und Vincent hockten sich vor ihn.

Ich gab ihm einen Kuss. »Du hast uns einen gewaltigen Schreck eingejagt! Mach das nie wieder, bitte!«

Mein Vater nickte. »Ich mir auch, das könnt ihr glauben! Aber die Ärzte waren großartig. Ich habe gleich etwas bekommen, das mir die Atemnot genommen und den Blutdruck reguliert hat. Jetzt muss ich mich allerdings regelmäßig beim Internisten vorstellen und auf mein Jäckchen am Abend verzichten.« Er meinte sein abendliches Cognäckchen. Mein Vater trank kaum Alkohol, nur abends um neun nahm er in seinem Ohrensessel Platz, schenkte sich einen Cognac ein und las ein paar Seiten in einem Buch. Er schaute meine Mutter liebevoll an. »Jetzt sind wir alt, Magda. Gestern sind wir alte Leute geworden.«

Meine Mutter winkte ab, stand auf und reichte ihm zwei Reiseprospekte. »Das glaubst auch nur du! Alte Leute sind wir noch lange nicht. Wir sind Best Ager! Du liest nicht genug Zeitung! Ich habe noch einiges vor mit dir, mein Lieber. Hier – für den Herbst. Du kannst wählen zwischen der Karibik oder dem Mittelmeer. Wir gehen drei Wochen aufs Schiff!«

Paps schaute sie fragend an. »Was wird dann aus dem Garten? Wer soll sich denn darum kümmern? Catia wird ihren Laden eröffnet haben, sie hat dann genug um die Ohren.«

Herr Meyerbeck meldete sich zu Wort. »Ich bin ja auch noch da. Ein bisschen Rasenmähen, Unkrautjäten und Wässern werde ich wohl noch hinbekommen. Sollte es mir zu viel werden, hole ich mir helfende Kinderhände.«

Meine drei bekräftigten diesen Plan, und Paps lehnte sich entspannt zurück. Mein Handy vibrierte, und ich entschuldigte mich kurz, um das Gespräch im Flur anzunehmen.

Es war Michael. »Catia, hallo! Wie geht es deinem Vater?«

»Ganz gut, danke. Der Schreck war groß, aber es geht ihm gut.«

»Und wie geht es dir?«

»Durchwachsen. Ich bin froh, dass es ihm gutgeht, und ich hatte ein sehr schönes Gespräch mit meiner Mutter. Sie will mit ihm im Herbst eine Kreuzfahrt machen. Das sind eine Menge neuer Töne, an die ich mich erst einmal gewöhnen muss. Und es war ganz furchtbar, Paps im Krankenhaus zu sehen.«

»Ich weiß. Man begreift in solchen Momenten, dass das Leben der Eltern endlich ist, obwohl sie doch über viele Jahre unverwüstlich schienen.« Michaels Vater war kurz nach dessen Abitur an Krebs gestorben, seine Mutter lebte seit ein paar Jahren in einem Seniorenwohnheim. Sie war Mitte siebzig und nach einem komplizierten Beinbruch auf Hilfe angewiesen. »Ich möchte bei dir sein, Catia!«, sagte er, und es klang beruhigend und aufregend zugleich.

»Ich hätte dich jetzt auch gerne bei mir. Ich muss das nur erst mal allen erklären, und heute scheint mir nicht der richtige Zeitpunkt dafür zu sein. Bist du sehr böse?«

»Nein, natürlich nicht! Aber du fehlst mir.«

Michael fehlte mir wirklich auch sehr. Jetzt, da ich

ihn in mein Leben gelassen hatte. Ich war so gespannt darauf, ihn richtig kennenzulernen. Zuerst musste ich jedoch mit Quinn reden, die Renovierung des Ladens planen und mich auf die Sorgerechtsverhandlung vorbereiten. Ich sah ein nächstes Tête-à-Tête in weite Ferne rücken.

Wir verabschiedeten uns, und ich nutzte die Gelegenheit, Quinn eine Nachricht zu schicken. Ich erklärte ihm, was geschehen war – auch was mit *mir* geschehen war –, und hoffte, er würde mich verstehen.

Ich bekam keine Antwort.

Die folgenden Tage vergingen wie im Flug. Ich hatte die offizielle Zusage von der Bank bekommen und einen Termin bei der Arbeitsagentur gehabt. Das Jugendamt hatte mich wegen der anstehenden Gerichtsverhandlung kontaktiert, und ich hatte Stefan Starke getroffen, der unseren Fall noch einmal mit mir durchging und mir einbleute, in jedem Fall Ruhe zu bewahren und vor Gericht nur ihn reden zu lassen. Er deutete an, dass einer seiner Mitarbeiter einige interessante Informationen aufgetan hätte, die, wenn es so liefe, wie er hoffte, Hanno in arge Erklärungsnot brächten. Noch fehle aber das nötige Beweismaterial.

Ich hatte meinen Gesundheitspass beantragt und erhalten und den Direktvertrieb mit Frankreich geklärt sowie eine Reihe von französischen Verlagen angeschrieben, sie über meine Neueröffnung informiert und um ein kurzes Gespräch zum gegenseitigen Kennenlernen im Rahmen der Frankfurter Buchmesse gebeten. Für die bestellte ich mir eine Early Bird Dauerkarte Business. Damit sparte ich ein paar hundert Euro. Ich hatte mich um die Abonnements der Zeitungen und Zeitschriften gekümmert, die ich auslegen wollte, sowie zu einem Barsortiment in Deutschland Kontakt aufgenommen und eine erste große Bestellung getätigt. Ich hatte im Internet Geschirr gefunden, das ich bunt zusammengewürfelt einsetzen würde. Ich hatte ein großes Plakat ins Schaufenster gehängt, das für die Neueröffnung warb, und Flyer bestellt, die wir in der Woche vor der Eröffnung im Kiez, am Rathaus Steglitz und vor der französischen Botschaft verteilen wollten. Ein Logo, Vorlagen für Briefbögen und Rechnungen erstellte ich selbst abends am Rechner. Es war so viel zu tun, an so vieles zu denken, und der Zeitplan war eng, denn ich wollte an meinem Geburtstag, dem 3. September, eröffnen. Der fiel auf einen Donnerstag.

Die Kinder waren beinahe jeden Tag am See oder im Strandbad Wannsee und sahen aus wie richtige Ferienkinder. Daniels Haar war schon strohblond geworden durch die viele Sonne, und alle drei hatten ordentlich Farbe bekommen. Unsere Waschmaschine lief alle zwei Tage, Badesachen, Handtücher, Shorts und T-Shirts füllten jeden Abend den Wäschesack im Badezimmer. Zum Glück trocknete die Wäsche auf dem Balkon bei den heißen Temperaturen rasend schnell. Die Küche blieb bis auf wenige Ausnahmen kalt. Es war brütend heiß, und eine Gazpacho war schnell zubereitet. Wir aßen sie mit einem kräftigen Bauernbrot.

Michael hatte ich nur noch ein Mal kurz treffen können, er hatte einen zweiwöchigen Wanderurlaub in den Pyrenäen mit drei Freunden angetreten, der schon lange geplant und gebucht gewesen war. Ich hatte ihm versprochen, meine Familie während seiner Abwesenheit einzuweihen. Er sollte nach seiner Reise zu uns kommen, damit ihn alle kennenlernen konnten. Er war in der Woche vor seiner Abreise noch in den Laden gekommen und hatte mir bei der Planung der Räume geholfen. Dann hatten wir uns ewig im Lager geküsst. Der Abschied war keinem von uns beiden leichtgefallen, auch wenn zwei Wochen keine lange Zeit waren. Michael hatte angeboten, den Urlaub abzusagen, um mir beim Renovieren des Geschäfts zu helfen, doch das wollte ich nicht. Das Bouquinista war meine Sache. Er hatte seinen Urlaub nötig, und wir hatten schließlich noch alle Zeit der Welt miteinander. Diego würde mir helfen, und mit Astrid und den großen Kindern hatte ich ein ganz ordentliches Team an der Hand. Ich war zuversichtlich, alles zu schaffen.

Diego Alvarez Garcia

Als Astrid mir von unseren neuen Nachbarn erzählte, war ich zunächst ein wenig in Sorge. Sie müssen wissen, dass Astrid ein sehr, sehr großes Herz hat. Wenn es jemandem in ihrem Umfeld schlechtgeht, dann muss sie helfen, sie kann gar nicht anders. Oft genug wird es ihr nicht gedankt, was mich dann sehr ärgert, aber ihr macht das nichts aus. Es ist so in ihr drin.

Catia ging es anfangs gar nicht gut. Es dauerte Monate, bis ich sie endlich persönlich kennenlernte, weil ich viel beruflich unterwegs war. Aber Astrid hielt mich auf dem Laufenden. Auch darüber, dass sich Thiago in Catias Tochter Helene verguckt hat. Wir hatten uns schon gefragt, wann er seine erste Freundin haben würde. Bislang hatte er nur seinen Sport im Sinn. Helene ist ein nettes, hübsches Mädchen, er hat eine gute Wahl getroffen. Catias Kinder sind alle drei sehr gut erzogen, und sie hat dafür gesorgt, dass die neue Situation für ihre Kinder so erträglich wie möglich ist. Davor habe ich sehr viel Respekt. Ihren Mann habe ich noch nie gesehen, und auch wenn ich weiß, dass immer zwei Seiten zu einer Medaille gehören, kann ich nicht verstehen, wie man sich seiner Familie gegenüber so verhalten kann. Es sind schließlich seine Kinder, die er im Stich lässt.

Astrid macht sich Sorgen um die Gerichtsverhandlung, misstraut Catias Mann. Wir werden für Catia und die Kinder da sein, egal, wie es ausgeht. Natürlich hoffe ich, dass die Kinder bei ihr bleiben können. Kinder gehören zu ihrer Mutter. Das finden Sie altmodisch? Ja, vermutlich haben Sie recht, aber so sehe ich das.

Vor dem Haus stand ein sehr großer, sehr gut aussehender Mann Ende vierzig. Er hatte pechschwarze kurze Haare, die sicher lockig würden, ließe er sie wachsen, und dunkle, funkelnde Augen. Er trug eine graue Chino, darüber ein dunkelblaues Hemd, dessen Ärmel er hochgekrempelt hatte. Wie Antonio Banderas in früheren Jahren, war mein erster Gedanke, aber ohne die Strubbelmähne und akkurat rasiert. Der Mann betrat den Laden und lächelte mich an. Er hatte einen mittelstarken Akzent. Wie die meisten Spanier betonte er die S-Laute scharf, andere Buchstaben sprach er dafür ganz weich aus. Aber sein Deutsch war fehlerfrei, als er fragte, ob ich Caterina sei. Nach rund einem Dreivierteljahr lernte ich nun endlich den *Cid* kennen.

»Du bist sicher Diego. Ich bin Catia, komm herein! Ich kann dir gar nicht sagen, wie dankbar ich euch bin, dass ihr mir beim Renovieren helft. Ohne euch wäre ich aufgeschmissen.«

»*Encantado.* Ich freue mich, dich endlich auch einmal persönlich kennenzulernen! Astrid hat schon viel von dir erzählt.«

Diego war vorbeigekommen, um sich ein Bild von

den anstehenden Arbeiten zu machen. Er hatte mehrere Wochen in Berlin vor sich. Zur Begeisterung seiner Familie fiel diese Zeit in die Sommerferien. Familie Alvarez hatte einstimmig entschieden, nicht zu verreisen, sondern mir beim Renovieren der Ladenräume zu helfen. Ich hatte mich mit Händen und Füßen dagegen zu wehren versucht, aber sie hatten sich nicht davon abbringen lassen. Am Ende gab ich nach. Ich war natürlich froh über ihre Hilfe.

Ich ging also mit Diego Alvarez durch die Räume und erklärte ihm, was ich mir vorstellte: im hinteren Raum Regale für ein Lager, vorne Regale für die Bücher, der Tresen an der Seite, die Wand dahinter tapeziert und vor dem Schaufenster Sitzgelegenheiten. Er stellte die eine oder andere Frage und nickte anerkennend, als er den Aufriss des Raumes sah, den Michael angefertigt hatte. Das Schicksal wollte sich wohl für die miese Riege um meine Wiege entschuldigen und hatte mir zum richtigen Zeitpunkt einen Bauingenieur an die Seite gestellt. Am kommenden Wochenende sollte es losgehen. Ich hatte die meisten Materialien schon geliefert bekommen. Diego würde nur ein paar sporadische Termine im Büro wahrnehmen müssen, so dass er viel Zeit hatte, mir unter die Arme zu greifen. Seine Familie würden sie in den Herbstferien besuchen, da sei es dann in Spanien auch nicht mehr so heiß, erklärte er mir.

Wir schufteten die folgenden zwei Wochen lang in jeder freien Stunde, was das Zeug hielt. Innerhalb des ersten Tages füllten wir einen Baucontainer mit Schutt, Tapetenresten sowie dem alten Mobiliar und den

Wandverkleidungen, die der Vormieter zurückgelassen hatte. Heiner Meyerbeck hatte darauf bestanden, den Container zu bezahlen, da ich schon die Renovierung übernahm. Diego verlegte mit Jake den Linoleumboden. Astrid, Pilar, Helene und ich hatten zuvor im Akkord die Wände gestrichen, die Wand hinter dem Tresen tapeziert, Bücherregale an die Wände gedübelt und dann mithilfe der Männer den Tresen aufgebaut. Das Ergebnis ließ sich sehen!

Mein Bouquinista sah genau so aus, wie ich es mir vorgestellt hatte: Die gedeckten Farbtöne Bleiweiß, Gischtgrün und -blau dominierten das Bild, die Regale hatten einen grauen Vintage-Anstrich erhalten. In der Mitte der Ladenfläche stand ein großer alter, graugebeizter Holztisch, auf dem Bücher zu wechselnden Themen oder auch von einzelnen Autoren ausgestellt werden sollten, dazwischen würde ich kleine, zu den Buchthemen passende Geschenkideen präsentieren. Ein großer Topf Lavendel bildete das Zentrum. Vor dem Fenster standen drei kleine, viereckige Vintage-Küchentische mit jeweils zwei Stühlen, auf denen Sitzkissen in den Farbtönen Erika, Lavendel und Distelgrün lagen. Die Computerkasse wurde von einem Deko-Element verdeckt, das von einer alten Ladenkasse stammte, die Wand hinter Kasse und Tresen zierte eine hellgraue Vliestapete mit einem Muster aus Blumen, Zweigen und Blättern, deren matt gehaltene Motive sich von dem schimmernden Untergrund absetzten.

Davor stand ein Sideboard, auf dem sich das teuerste Stück in meinem Laden befand: die Espressomaschine. Eine Cafetière, wie ich sie daheim benutzte, wäre für die Zwecke im Bistro zwar nett, aber unpraktisch gewesen. Ich hatte großes Glück mit der Maschine gehabt. Ein Bistrobesitzer, der sein kleines Lokal hatte aufgeben müssen, hatte das gute Stück für ein Drittel seines exorbitanten Originalverkaufspreises angeboten. Die Maschine war in einem Topzustand, und so stand nun hinter dem Verkaufstresen ein Jura Kaffeevollautomat, der auf Knopfdruck alles zu können schien außer Spiegeleier braten – und dafür hatte ich vermutlich nur noch nicht die richtige Funktionstaste gefunden. Ich hatte die Maschine mit dem freundlichen Mechaniker, der sie mir einbaute, direkt nach dem Anschließen ausprobiert, und wir waren beide begeistert gewesen.

Regelmäßig steckten neugierige Passanten ihren Kopf in den Laden und nahmen sich einen Flyer aus dem kleinen Kasten, der wind- und wettergeschützt an der Außenwand hing. Eine aus Frankreich stammende Dame lud ich spontan auf einen Kaffee ein und genoss die halbstündige Plauderei in ihrer Muttersprache. Sie nahm sich mehrere Flyer mit und versprach, sie in ihrem Bekanntenkreis zu verteilen.

Nachdem wir mit allem fertig waren und die Räume ausgefegt hatten, standen wir abends mitten im vorderen Raum und sahen uns mit großer Genugtuung um. Astrid entschuldigte sich kurz und kam ein paar Minuten später mit einer mittelgroßen Jardiniere aus Zinkguss, die sie mit vier Einblattpflanzen gefüllt hatte, wieder zurück. »Das ist unser Einzugsgeschenk für das Bouquinista. Wir wünschen dir recht viel Erfolg und schöne Zeiten in deinem wunderbaren neuen Laden. Es ist so schön geworden, Catia!«

Ich stellte die Jardiniere ins Schaufenster, für das sie wie geschaffen schien. Diego öffnete einen Cava mit einem lauten Knall. Ich fiel Astrid um den Hals und bedankte mich bei allen für ihre große Hilfe bei der harten Arbeit. Es klopfte an der Tür, und meine Eltern und Herr Meyerbeck traten ein.

Meine Mutter trug einen übergroßen alten Blechkrug. »Für große Blumensträuße oder für Regenschirme. Alles Gute für dich, mein Schatz!«

Herr Meyerbeck schüttelte mir erst die Hand, drückte mich dann aber mit einem »Ach, jetzt komm mal her, Kleene!«. Er war beeindruckt, was wir aus den Räumlichkeiten gemacht hatte.

Paps erhob sein halbgefülltes Glas für einen Trinkspruch. »Liebe Catia, ich kann dir gar nicht sagen, wie sehr ich mich heute Abend freue. Du hast dir in einer schwierigen Zeit, der schwersten deines Lebens, einen Traum erfüllt, und ich bin wahnsinnig stolz auf dich. Auch darauf, dass du großartige Freunde hast, die dich tatkräftig unterstützen. Wir wünschen dir alle viel Erfolg und recht viel Glück mit diesem wunderbaren Laden! Auf das Bouquinista!«

»Auf das Bouquinista!«, riefen wir alle im Chor und stießen miteinander an.

Paps rief ins Getümmel hinein: »In einer halben Stunde treffen wir uns drüben beim Mexikaner, und ich lade euch zum Abendessen ein! Wer sich also noch umziehen möchte, sollte jetzt Gas geben!«

Wir hatten alle eine Dusche nötig. Familie Alvarez verließ den Laden durch die Vordertür. Ich schloss hinter ihnen ab und folgte meinen Eltern und den Kindern durch die hintere Tür, die wir bei den Umbauten freigelegt hatten und die zu dem Aufgang zu unserer Wohnung führte.

Ich hatte mit dem Smartphone Fotos vom leeren Laden gemacht und sie Michael geschickt, der sich beeindruckt zeigte. Er hatte seinen Urlaub abkürzen müssen, da es Probleme bei einem seiner Projekte in Hannover gab, um die er sich selbst kümmern musste. Er hatte geschrieben, er sei noch ein paar Tage unterwegs und hoffe, noch vor meinem Gerichtstermin wieder zurück zu sein, garantieren könne er es aber nicht. Ich hätte ihn gerne in der Nähe gewusst, denn trotz aller Freude über das Ergebnis unserer harten Arbeit hatte ich ein ungutes Gefühl, was die Verhandlung betraf.

Der Gerichtstermin fand in der dritten Augustwoche statt. Michael war noch immer unterwegs, aber ich hatte ohnehin meine Eltern gebeten, uns zu begleiten, um sich bei Bedarf um die Kinder kümmern zu können. Das Amtsgericht Schöneberg, in dem die Streitsache Hecht verhandelt werden sollte, war ein imposantes altes Gebäude, das vermutlich seit der Jahrhundertwende – der vorletzten – nicht mehr renoviert worden war. Die dunklen Holzintarsien sorgten bei mir augenblicklich für Beklemmung. Stefan Starke legte seine Hand auf meine Schulter und lächelte mir aufmunternd zu. Ich fand, er sah besorgt aus, und sprach ihn darauf an.

Er zögerte einen Moment, bevor er mir antwortete: »Wir haben es nicht sonderlich gut getroffen mit der Richterin. Frau Happrecht ist nicht gerade bekannt für ihr weiches Herz, um es mal vorsichtig auszudrücken.«

Der erste Eindruck ließ mich sogleich verstehen, was er meinte. Als sie den Gerichtssaal betrat und wir uns alle erhoben, ging ein kalter Luftzug durch den Raum. Richterin Happrecht war schmallippig und sah übellaunig aus. Sicherlich war es ihr viel zu warm unter ihrem schwarzen Talar. Ich überlegte, ob sie wohl einen

Bikini darunter trüge. Bei den Temperaturen wäre das nur vernünftig. Ich fühlte mich unangenehm verschwitzt in meinem Outfit.

Richterin Happrecht verlas den Text der Antragstellung, einen für mich unverständlichen Klangteppich, aus dem ich lediglich einzelne Passagen aufnahm wie »Aufhebung der gemeinsamen Sorge«, »Übertragung des alleinigen Sorgerechts«, »mangelnde objektive Kooperationsfähigkeit«, »mangelnde subjektive Kooperationsfähigkeit« und »Bedrohung des Kindeswohles«. Ich nahm an, dass ich nicht gut wegkam in diesem Text.

Richterin Happrecht erteilte zunächst der antragstellenden Seite das Wort. Doktor Wittig erhob sich und begann seine Einleitung: »Wertes Gericht, werter Kollege, werte Anwesenden! Natürlich ist es immer traurig und nie einfach, wenn eine Familie auseinanderbricht. Auch mein Mandant hat es sich nicht einfach gemacht, klare Verhältnisse zu schaffen. Die Ehe mit der Beklagten war schon seit langem zerrüttet. Frau Thomas, vormals Hecht, geborene Thomas, hatte sich nach der Geburt des jüngsten Sohnes sehr verändert und sich immer mehr von meinem Mandanten zurückgezogen. Ein befreundeter Arzt hatte schon vor Jahren seine Besorgnis ausgedrückt und vermutet, dass Frau Thomas klinisch depressiv sei. Das hat sich dann in einer Alkoholsucht manifestiert.«

»Ich bitte Sie, Doktor Wittig!«, fiel ihm Stefan Starke ins Wort, während ich am liebsten im Erdboden versunken wäre. Es ist schwer auszuhalten, jemanden so schlecht über einen reden zu hören und nichts erwidern zu dürfen. »Das ist reines Hörensagen – oder tritt dieser befreundete Arzt als Zeuge auf? Meine Mandantin ist keineswegs depressiv und war es auch nie. Sie ist auch keineswegs alkoholkrank. Das sind haltlose Unterstellungen, Herr Kollege!«

Die Richterin blickte mich einen Moment lang an, bevor sie sich an den Gerichtsschreiber wandte. »Streichen Sie die gesamte Bemerkung über den befreundeten Arzt.« Dann wandte sie sich wieder an Doktor Wittig. »Fahren Sie fort, Herr Doktor Wittig!«

»Ich danke Ihnen. Die Beklagte hat sich also von meinem Mandanten nach der Geburt des dritten Kindes abgewandt. Sie begann, die Kinder immer mehr gegen meinen Mandanten abzuschotten. Wenn er nach einem langen Arbeitstag nach Hause kam, lagen die Kinder bereits im Bett. An den Wochenenden war Frau Thomas oft mit ihnen bei ihren Eltern und bereits aufgebrochen, bevor mein Mandant erwachte.«

Welch eine Lüge! Hanno wollte stets ausschlafen und hatte darauf gepocht, dass ich ihm die Kinder bis elf vom Hals hielt. Wenn wir oft schon früh unterwegs waren, dann deshalb, um ihn ausschlafen zu lassen.

Wittig fuhr fort: »Nachdem mein Mandant des Öfteren eine gemeinsame Ehetherapie vorgeschlagen hatte, diese jedoch von der Beklagten stets abgelehnt wurde, rang er sich schweren Herzens dazu durch, seine Frau zu verlassen. Herr Hecht sah keine Chance mehr für das Aufrechterhalten der ehelichen Beziehung. Ihm war jedoch von vornherein klar, dass er seine Kinder bei sich haben wollte. Um ihnen die Trennung nicht

Hanno saß neben seinem Anwalt und versuchte, möglichst betroffen auszusehen. Er hatte mich von Franziska aushorchen lassen! Astrids Ahnung war richtig gewesen. Ich war fassungslos. Was für ein Lügenbaron! Ich konnte das selbstgefällige Siegeskräuseln seiner Oberlippe sehr wohl erkennen, auch wenn er sich die größte Mühe gab, es zu verbergen. Damit konnte er doch unmöglich durchkommen! Wittig hatte die Fakten total verdreht. Und Hanno hatte doch wohl nicht ernsthaft vor, sich bei mir Unterhalt zu holen? Allein der Hausverkauf musste ihm einige hunderttausend Euro eingebracht haben, die konnten nicht einfach verschwunden sein!

Die Richterin hatte sich während der Ausführungen von Doktor Wittig Notizen gemacht, die sie nun kurz überflog. Sie blickte auf und musterte mich erneut. »Frau Thomas, das sind ganz erhebliche Vorwürfe, die Herr Hecht hier gegen Sie erhebt. Ich möchte dazu gerne Ihre älteste Tochter, Helene, befragen, bevor wir Herrn Starke hören.«

Ich schaute Stefan Starke entsetzt an: Genau das, hatte er doch gesagt, würde nur passieren, wenn es schlecht liefe. Helene, die in der Reihe hinter mir saß, schaute mich mit großen Augen an. Ich lächelte ihr aufmunternd zu, als sie an mir vorbeiging und mich nervös ansah. Hanno lehnte sich in seinem Stuhl zurück, und ich sah, wie er sich ein Grinsen verkniff. Ich hätte ihm am liebsten die Augen dafür ausgekratzt, dass er unserer Tochter so etwas zumutete. Doch Starke hatte mir mehrfach eingebleut, mich zurückzuhalten, nichts dazwischenzurufen oder ähnliche Reaktionen zu zeigen.

Wie in Sorgerechtsstreitigkeiten, in denen Kinder befragt wurden, üblich, zog sich die Richterin mit Helene und einer Dame des Jugendamts in ein Hinterzimmer zurück. Dort blieben sie eine halbe Stunde. Helene war aufgewühlt, als sie wieder in den Gerichtssaal kamen.

Franziska Becker

Die Valente – wenn ich das schon höre! Was bildet die sich darauf ein! Bei uns in Kleinmachnow halten sie alle für einen Engel, weil sie sich so zurücknehmen konnte für die Kinder. Hübsch bequem hat sie es gehabt und sich auf ihren Kindern ausgeruht, so sehe ich das! Trine ... ach nee, jetzt will sie ja wieder Catia genannt werden – wenn das nicht prätentiös ist! –, ist eine dieser Frauen, denen alles in den Schoß fällt, die das aber selbst gar nicht sehen. Mag sein, dass das mit Hanno nicht die große Liebe war, aber, meine Güte, wir sind doch keine siebzehn mehr! Catia aber ist wirklich unreif wie eine Heranwachsende. Da hat sie einen Mann, der gut aussieht, einen tollen Job hat, der was hermacht und gut verdient, und sie hat dieses wunderschöne Haus und ihre drei Kinder – und dann ist diese Frau unzufrieden.

Und immer dieses Gejammer, dass sie sich von ihrer Mutter nicht verstanden fühlt! Meine Güte, werd erwachsen, Püppi! Richtige Probleme kennt Catia doch gar nicht. Ich habe richtige Probleme, seit wir das Kind haben. Aber sieht sie das? Natürlich nicht! Ich bin sicher, mein Mann geht fremd. Aber was sagt sie dazu? Ich solle mit ihm reden, das sei das Beste. Was bildet die sich denn ein? Als wäre das so einfach! Was mache ich denn, wenn er es zugibt? Ich meine, ich sehe doch jetzt, wie grauenvoll das Leben als alleinerziehende Mutter ist. Das geht doch gar nicht! Sie hat ja vorher schon immer viel zu tun gehabt, aber jetzt hat sie gar keine Zeit mehr, mir mal zuzuhören.

Herrje, und dann diese Astrid! Astrid hier und Astrid da. So eine Übertussi, dabei macht die optisch gar nichts her, Durchschnitt, würde ich sagen. Sie ist zwar nicht so rund wie Catia mit ihren drei Kindern, aber schlank ist anders. Und dann dieses affektierte Spanischgetue ... Da war ich plötzlich abgemeldet bei Catia. Früher in Kleinmachnow ging das alles noch, da sie sowieso meist daheim war, hat das immer gut gepasst, aber jetzt ist sie auf einmal immer total beschäftigt. Was sie so beschäftigt, das wüsste ich gerne mal! Geht nicht arbeiten, lebt weiter von Hannos Geld, was, wie er mir gesteckt hat, gar nicht so wenig ist – ist ja klar, sonst hätte sie sich schon längst einen Job gesucht –, tut aber so, als müssten sie und die Kinder in Sack und Asche herumlaufen. Ja, dann gibt es eben keinen Veuve Clicquot und keinen Beluga mehr, sondern nur noch Aldi-Sekt! In so einer Lage muss man eben Abstriche machen. Zugegeben, aus dem Schickimickizeug hat sich nur Hanno was gemacht, aber es gab bei denen immer vom Allerfeinsten zu essen und zu trinken.

Die Frau ist ziemlich tief gefallen. Kein Wunder, dass sie jetzt versucht, sich mit diesem Typen zu trösten, ihrer alten Flamme mit dem Buchladen. Wie verzweifelt muss man denn sein, um derart alte Kamellen wieder auszugraben? Was der in ihr sieht, ist mir zwar ein Rätsel, sie trägt doch bestimmt Größe 44, aber Geschmäcker sind nun einmal verschieden. Und wieso sollte ich denn Hanno nicht von ihren romantischen Eskapaden erzählen, wenn er fragt? Wenn das ein Geheimnis wäre, hätte sie es mir ja nicht erzählen müssen. Und dass sie gerne mal einen über den Durst trinkt – na gut, vielleicht hab ich das ein wenig übertrieben, aber es ist ja nicht gelogen, dass sie sich schon am Nachmittag öfter mal ein Glas Sekt gönnt. Jedenfalls war es so, wenn ich ihn mitgebracht habe.

Ach, das verwöhnte Püppchen kann ruhig mal sehen, wie das Leben wirklich ist. Eben kein Ponyhof!

Richterin Happrecht erteilte Stefan Starke das Wort. Der gab sich redlich Mühe. Er schilderte eindrucksvoll, wie belastend und sorgenvoll die Trennung für die Kinder und mich abgelaufen war, auch weil wir aus heiterem Himmel damit konfrontiert wurden. Er stellte heraus, dass es alleine Herrn Hechts Entscheidung war, die Familie wegen einer jüngeren Frau, seiner Angestellten, zu verlassen. Er machte deutlich, welche zeitlichen Spielräume Herrn Hecht und Frau Sroka für die Kinderbetreuung übrig blieben, und führte im Sinne der zu beachtenden Förder- und Kontinuitätsprinzipien sowie des Kriteriums der elterlichen und geschwisterlichen Bindung eine Reihe weiterer guter Gründe an, die dafür sprachen, mir keineswegs das Sorgerecht zu entziehen und auch das Aufenthaltsrecht bei mir zu belassen.

Der Richterin war keine Reaktion vom Gesicht abzulesen. Mir war übel vor Aufregung. Frau Happrecht verkündete die Mittagspause, man würde in einer Stunde erneut in diesem Saal zusammenkommen.

Im Flur fiel mir Helene heulend in die Arme. Sie schluchzte, wie leid ihr alles tue. Das Gespräch mit der

Richterin war ihrer Schilderung nach wie folgt verlaufen.

»Nun, Helene, zunächst einmal muss ich dich darauf aufmerksam machen, dass du mir die Wahrheit sagen musst. Das verstehst du sicherlich. Ich möchte deine Meinung zu der ganzen Sache hören, schließlich muss ich alle Fakten kennen, um die richtige Entscheidung fällen zu können. Also, bitte schildere mir doch einmal, wie das am letzten Heiligabend ablief! War deine Mutter an diesem Abend, als ihr zu ihr gebracht wurdet, stark alkoholisiert?«

Helene hatte genickt und »Ja« geflüstert.

»Helene, hast du deine Mutter öfter angetrunken erlebt?«

Helene hatte vehement den Kopf geschüttelt. »Nein, natürlich nicht! Mama trinkt manchmal ein Glas Rotwein oder mal eine Flasche Cava mit Astrid, aber sie ist dann nicht betrunken.«

Ich wand mich innerlich. Ich wusste, dass meine Tochter ein intelligentes Kind war und dass sie Astrid einmal gefragt hatte, was ein Cava sei. Seitdem wusste sie, dass Champagner nur Champagner heißen durfte, wenn er auch aus der Champagne kam, und Cava zwar genauso hergestellt wurde, sich aber eben nicht so nennen durfte. Wie auch immer, die Lage schien nach dieser Antwort von Helene noch düsterer.

Richterin Happrecht hatte sich wieder eine Notiz gemacht und die nächste Frage gestellt. »Helene, fehlt es dir und deinen Brüdern bei deiner Mutter an irgendetwas?«

Helene verneinte auch das deutlich. »Nein, wir haben alles, was wir brauchen. Jeder hat sein eigenes Zimmer, Mama hat extra das halbe genommen, damit wir uns nicht streiten. Sie macht uns immer Frühstück und Schulbrote und kann überhaupt ganz toll kochen. Bei Papa gibt's immer nur Pizza oder Sushi oder so was, er und Dana können nämlich nicht mal Spiegeleier machen ...«

Richterin Happrecht hatte sie dann sehr ernst angeschaut. »Helene, hat deine Mutter dir gesagt, was du sagen sollst, falls du befragt wirst? Du bist doch dreizehn, da versteht man sich doch gar nicht immer so gut mit seiner Mutter.«

Mein Kind hatte wieder den Kopf geschüttelt. »Nein, das hat sie nicht. Warum denn auch? Klar, wir streiten auch manchmal, aber eigentlich kommen wir echt gut aus miteinander. Sie mag auch meinen Freund total ...«

Das stimmte, und ich wusste, dass Helene und Jake vernünftige Teenager waren, aber in dieser Situation wurde das vermutlich falsch verstanden. Die Richterin habe etwas säuerlich dreingeschaut, erzählte meine Tochter. Es folgten ein paar weitere Fragen über ihre Brüder und über die Schule, die Helene alle offen und ehrlich beantwortete.

Nach ihrer kurzen Schilderung brach Helene noch einmal in Tränen aus und machte sich Vorwürfe, dass sie jetzt bestimmt schuld daran sei, dass sie alle bei Papa und Dana leben müssten. Sie putzte sich die Nase und schaute dann trotzig in die Runde. »Wenn wir dahin müssen, haue ich mit den beiden Jungs ab!«

Ich drückte sie an mich und gab ihr einen Kuss aufs Haar. »Das wirst du nicht, Lellimaus! Papa ist immerhin euer Papa, und das wird er immer bleiben. Wenn ihr zu ihm müsst, dann geht ihr zu ihm. Es tut mir so leid, dass du das durchmachen musstest! Papa ist damit weit übers Ziel hinausgeschossen. Aber er hat das nicht gemacht, um dir irgendwie weh zu tun. Er will halt, dass ihr bei ihm lebt, und um das zu erreichen, ist ihm jedes Mittel recht. So ist er leider. Es wird schon alles gut werden, Lellischatz.« Daran glaubte ich zwar selber immer weniger, aber da ich ohnehin schon am Heucheln war, würde diese weitere Notlüge auch nicht mehr ins Gewicht fallen.

Helene hatte sich wieder beruhigt, und ich saß, den Arm um sie gelegt, auf der Bank im Flur vor dem Gerichtssaal. Daniel saß auf meinem Schoß, Vincent lehnte sich an meine Seite. Meine Eltern waren kurz frische Luft schnappen gegangen. Stefan Starke lief vor uns auf und ab, er war nervös. Sein Mitarbeiter, den er auf Hannos Finanzen angesetzt hatte, war auf Granit gestoßen, obwohl die Spur zunächst so vielversprechend ausgesehen hatte. Ich befürchtete das Schlimmste. Eiskalte Angst kroch wie Nebelschwaden in mir auf und breitete sich in jeder Ecke meines Körpers aus. Die Kinder spürten mein Zittern und rückten noch enger an mich heran. Wir durften nicht getrennt werden! Diese ganze Verhandlung war schlimm genug für die Kinder, wenn Hanno sie auch noch tatsächlich zugesprochen bekäme, würden sie für immer damit zu tun haben. Wie die Lage war, brauchten wir ein wahres Wunder, damit das hier gut ausginge.

Auf dem Flur waren die Absätze von Pumps zu hören. Sie gehörten zu einer Frau, die mit einem Stapel Papier auf uns zukam. Sie trug ein graues Kostüm, darunter eine altrosa Bluse und hatte die Haare zu einem Dutt hochgesteckt. Sie blieb vor uns stehen und lächelte unsicher.

»Frau Thomas, ich hoffe, ich komme nicht zu spät!« Es war Jutta Rückert, Hannos Sekretärin.

»Frau Rückert? Was machen Sie denn hier? Hanno ist mit seinem Anwalt essen gegangen.«

Stefan Starke trat zu uns, er sah plötzlich sehr erleichtert aus.

»Ich weiß, ich habe ihn das Gebäude verlassen sehen. Ich will ja aber zu *Ihnen*, Frau Thomas!« Frau Rückert deutete auf den Stapel Unterlagen in ihrer Hand und holte tief Luft. »Ich arbeite jetzt seit zwanzig Jahren für Herrn Hecht. Ich habe zwanzig Jahre mit angeschaut, wie er die Firma geführt hat, wie er mit den Mitarbeitern umgesprungen ist, und ich habe zwei Jahrzehnte lang sein berufliches Leben organisiert. Ich habe ihm Unbill vom Hals gehalten und habe für reibungslose Abläufe bei allen seinen Aktivitäten gesorgt, ohne je darüber nachzudenken, ob das, was ich für ihn tat, richtig war. Als der Kollege Ihres Anwaltes mich kontaktierte und mich um Hilfe bat, war ich zunächst empört. In den folgenden Wochen konnte ich das Thema jedoch nicht abschütteln, es beschäftigte mich, und ich stellte Herrn Hecht ein paar unverfängliche Fragen. Seine Antworten waren ebenso deutlich wie hässlich, und ich begriff, dass das, was er hier vorhat, zu weit geht. Ich bin nicht länger gewillt, ihn dabei zu unterstützen, aus reiner Egozentrik seinen Kindern die Mutter wegzunehmen!« Sie überreichte Starke die Papiere. »Ich bin selber ohne Mutter aufgewachsen und werde nicht weiter tatenlos zusehen! Dies sind die ungeschönten Bilanzen der letzten Jahre sowie die Korrespondenz mit seinem Steuerberater und dem Leiter des zuständigen Finanzamtes. Sie werden eine Aufstellung der Überschüsse finden, die tatsächlich erwirtschaftet wurden, sowie die Unterlagen für das Auslandskonto, auf das diese überwiesen wurden. Die Kontoauszüge mit den Überweisungen an den Finanzamtsleiter sind ebenfalls beigefügt.«

Starke blätterte durch die Papiere und stieß einen Pfiff aus. »Frau Rückert, das wird Sie Ihren Job kosten! Denn damit landet Herr Hecht selbst vor Gericht.«

Jutta Rückert nickte. »Dessen bin ich mir wohl bewusst. Herr Starke, ich bin 62 Jahre alt, ich habe kein ausschweifendes Leben geführt, habe keine Kinder, keinen Mann. Ich bin seit 46 Jahren berufstätig, ich habe gut vorgesorgt und werde die Abschläge bei meiner Rente verkraften können.« Dann lächelte sie zufrieden.

»So komme ich endlich dazu, all die schönen Dinge zu tun, die ich jahrelang aufgeschoben habe.«

Starke gab ihr einen Kuss auf die Wange und wedelte mit den Unterlagen in unsere Richtung. »Das war es für ihn! Kinder, ihr werdet ganz sicher nicht nach Köpenick ziehen müssen!« Ohne ein weiteres Wort ging er den Gang hinunter, um die Richterin in ihrer Mittagspause zu stören.

Um vierzehn Uhr, eine halbe Stunde später als geplant, wurden wir wieder in den Gerichtssaal gebeten. Richterin Happrecht schaute ernst in die Runde und ließ dann ihren Blick auf Hanno ruhen. Sich seines Sieges gewiss, schaute der sie erwartungsvoll an. Allerdings gefror sein Lächeln schon nach den ersten paar Sätzen der Richterin. Panisch schaute er Doktor Wittig an, der seinerseits fahrig in seinen Unterlagen blätterte.

»... kommt das Gericht nach kurzer Prüfung der ihm soeben vorgelegten Unterlagen zu einem gänzlich neuen Sachverhalt, der die Glaubwürdigkeit der von der Antragstellerseite angebrachten Argumente zunächst in Frage stellt. Bis dieser neue Sachverhalt der Unterschlagung und Steuerhinterziehung seitens des Antragstellers geprüft werden kann, setzen wir das Sorgerecht für den Antragsteller aus und übertragen das alleinige Sorgerecht für die Kinder Helene Hecht, Vincent Hecht und Daniel Hecht bis auf weiteres der Mutter, Frau Caterina Thomas. Beide Parteien werden schriftlich über einen neu anzuberaumenden Termin vor Gericht in Kenntnis gesetzt. Ich danke Ihnen allen und schließe hiermit die Sitzung.«

Klonk! Das Geräusch, als der Hammer auf dem kleinen Holzblock fiel, erinnerte ein wenig an jenes, das entsteht, wenn ein Kopf in den Korb unter der Guillotine fällt. Ich müsste lügen, hätte mir dieses Geräusch keine Freude bereitet. Richterin Happrecht hatte zwar verfügt, dass wir uns regelmäßigen Besuchen des Jugendamtes unterziehen mussten und ich ein Gespräch mit einem vom Gericht bestellten Therapeuten zu führen hatte – doch so ärgerlich diese Details waren, so überglücklich war ich, die Kinder bei mir behalten zu können.

Hanno hatte einen Gesichtsausdruck, den ich noch nie zuvor an ihm gesehen hatte. Er war fassungslos. Es war ihm nicht begreiflich, wie es zu diesem Ausgang kommen konnte. Als Frau Rückert auf mich zukam, um mir die Hand zu schütteln, und ich sie spontan umarmte, dämmerte ihm, was passiert sein musste. Da es sich um beträchtliche Beträge handelte, die er am Fiskus vorbeimanövriert hatte, und Fluchtgefahr nicht ausgeschlossen werden konnte, wurde Hanno sofort in Untersuchungshaft genommen. Sie werden mir nachsehen, dass sich mein Mitleid in Grenzen hielt. Den Kindern, die im Gerichtsflur mit meinen Eltern warteten, blieb das Bild ihres Vaters, der von zwei kräftigen Beamten abgeführt wurde, glücklicherweise erspart.

Zur Feier des grandiosen Ausgangs dieser Verhandlung luden meine Eltern am selben Abend zum Kretaner ein, einem gehobenen griechischen Restaurant in der Onkel-Tom-Straße. Es verfügte über einen schönen kleinen Außenbereich und ein Klettergerüst für Kinder. Meine Eltern hatten mit der Wirtin, die sie schon seit vielen Jahren gut kannten, besprochen, dass wir einen großen Tisch im Freien bekämen und mit einem Vier-Gänge-Menü überrascht würden. Natürlich hatten wir Frau Rückert dazu gebeten. Ihr war es schließlich zu verdanken, dass die Kinder und ich nicht getrennt wurden.

Ich hatte ein paar Male versucht, Astrid zu erreichen, doch es antwortete immer nur die Mailbox. Ich sprach noch eine Nachricht darauf und hoffte, dass sie die noch rechtzeitig hören würde, um zu uns zu stoßen. Helene hatte auch Jake nicht erreichen können, vermutlich waren sie im Kino oder sonst wo unterwegs und hatten die Handys leise gestellt.

Paps hatte seinerseits Herrn Meyerbeck dazu gebeten. Der verstand sich ganz vortrefflich mit Frau Rückert, was wiederum ein zufriedenes, breites Grinsen bei meinem Vater auslöste.

Dana Sroka

Die Stellenausschreibung bei der Mediola klang sehr gut. Das Bewerbungsgespräch war dann schon ein bisschen merkwürdig. Anstatt mein Fachwissen abzufragen oder sich einen Eindruck von meiner Berufserfahrung zu machen, erzählte Hanno pausenlos von sich. Mir war sofort klar, was er für ein Typ Mann ist. Ich war erleichtert, denn mit seiner Sorte komme ich sehr gut zurecht, wenn Sie verstehen, was ich meine. Ein bisschen Wimperngeklimper, das Dekolleté in Szene gesetzt und immer den Anschein gegeben, man hänge gebannt an ihren Lippen – dann fressen einem diese Männer praktisch aus der Hand. Vielleicht habe ich ein bisschen übertrieben, denn Hanno machte schon nach einigen Wochen sehr deutlich, wie er sich unsere weitere Zusammenarbeit vorstellte. Wir hatten einen neuen Titel gelauncht, und das ganze Team stieß mit Champagner an. Ich bemerkte zu spät, dass er mich in eine Ecke des Raums manövriert hatte. Er stand dicht vor mir, mit dem einen Arm an der Wand, so dass ich nicht entkommen konnte. »Frau Sroka ... Dana«, begann er, »Sie sind eine reizvolle junge Frau, talentiert und intelligent, Sie werden große Ziele für Ihr Leben haben. Ich kann Ihnen dabei helfen, Sie zu erreichen. Ja, ich denke, wir sollten den Weg gemeinsam gehen!« Dann hob er sein Glas, mit dieser Art von Lächeln im Gesicht, das keinen Zweifel an seinen weiteren Absichten aufkommen ließ. Ich trank einen Schluck und lächelte zurück. Meinen Einwand, er sei doch aber verheiratet und habe Familie, wischte er mit einer Handbewegung fort. »Dana, nichts ist für die Ewigkeit! Auch ich habe Ziele, und ich bin sicher, dass wir dieselbe Sprache sprechen und wir alles erreichen können, was wir uns vornehmen, wenn wir uns nicht nur beruflich zusammentun.«

Ich bin jetzt 29 Jahre alt, die richtig guten Jahre dauern nicht mehr ewig an. Hanno Hecht bot mir eine einzigartige Chance. Ich wusste ja, wie viel er wert war. Er war nicht unansehnlich und hatte einen erlesenen Geschmack. Dass er so offensichtlich hinter mir her war, schmeichelte mir zudem sehr. Gleichzeitig war ich mir darüber klar, dass man einen Mann wie Hanno nicht zu leicht zum Ziel kommen lassen durfte. Hanno liebte die Jagd, und ich war mir sicher, dass er stets das Gefühl von Eroberung und Dominanz brauchte. An jenem Abend blieb es bei den Andeutungen. Drei Tage später hatte ich mich entschieden, mich auf ihn einzulassen. Der Verlag florierte, ich kannte die Zahlen, ich hatte sein Haus gesehen – er war eine wirklich gute Partie! Der Ausdruck auf seinem Gesicht, als ich seine Bürotür hinter mir abschloss und die Rückert übers Telefon bat, in der nächsten Stunde keine Gespräche durchzustellen und auf keinen Fall zu stören, war wie der eines kleinen Kindes im Süßwaren-

laden. Der Sex war dann mittelprächtig, aber das hatte ich nicht anders erwartet. Am Ende der Woche hatte ich Prokura.

Ob ich ein schlechtes Gewissen seiner Frau und den Kindern gegenüber habe? Nein. Ich bin es ja nicht, die fremdgegangen ist und die Familie verlassen hat. Machen wir uns doch nichts vor, wäre ich es nicht, dann wäre es eine andere Frau. Oder eine Reihe anderer Frauen. Seine Frau tat mir leid, aber man lebt nur einmal, und jede muss sehen, wo sie bleibt. So ganz helle war sie wohl auch nicht, wir haben regelmäßig zusammengesessen und den Kopf darüber geschüttelt, dass sie sich nicht viel früher hat anwaltlich beraten lassen. Ich glaube, sie wollte sich die Blase, in der sie zu leben gewohnt war, möglichst lange erhalten, und ein Anwalt oder der Gang zum Amt hätten diese Blase platzen lassen. Aber es geht mich auch nichts an. Die Kinder waren ganz süß. Natürlich hassten sie mich, aber es war trotzdem nett, alle paar Wochen einmal große Familie zu spielen. Zum Glück waren es drei hübsche Kinder. Ich habe es schon genossen, wenn im Restaurant jemand bewundernd feststellte, was für eine tolle Familie wir seien.

Meine Eltern waren eigentlich immer mit ihrer Gaststätte beschäftigt. Erst mit der in Krakau und, als wir dann nach Berlin gingen, mit der in Charlottenburg. Sie hatten nie Zeit für meinen Bruder und mich. Jerzy ist wieder nach Polen gegangen. Er hat dort jetzt eine eigene Familie und ein ganz gutes Auskommen mit einer Pension in der Nähe von Stettin. Seine Frau bietet Wellnessprogramme an. So was läuft immer gut bei den armen gestressten Ehefrauen aus dem westlichen Nachbarland. Ich habe ihnen damals das Marketingkonzept geschrieben und ihnen bei der Internetwerbung geholfen, Banner auf den richtigen Seiten platzieren und das alles. Ihre Website habe ich ihnen auch eingerichtet und ihnen gezeigt, wie man sie pflegt. Einmal im Jahr fahre ich hin und werde eine Woche lang verwöhnt. In diesem Jahr war ich noch nicht da. Ich müsste Hanno mitnehmen, und ich weiß, dass Jerzy diese Beziehung nicht gutheißen wird.

Nichts ist für die Ewigkeit! Im nächsten Jahr wird alles wieder anders aussehen. Ich werde wohl einen Verlag führen.

Als die Vorspeisen auf dem Tisch standen, tauchte Familie Alvarez auf. Ich hatte Astrid gesimst, wo wir seien. Astrid entschuldigte sich nachdrücklich dafür, nicht erreichbar gewesen zu sein, und leerte mein Glas Weißwein in einem Zug. Marisol saß kleinlaut am Ende des Tisches, Pilar neben sich, Jake hatte sich Helene geschnappt und sich mit ihr auf das Klettergerüst zurückgezogen.

Diego kam mit einem doppelten Ouzo vom Tresen zurück und hob sein Glas. »Auf die Familie! Sie ist das Wichtigste. Catia, ich freue mich, dass es so gut für euch ausgegangen ist. Es tut uns leid, dass wir nicht das Ende der Verhandlung miterleben konnten, aber wir hatten unser eigenes kleines Drama zu bewältigen …«

Marisol lief puterrot an, Pilar strich ihr übers Haar und murmelte ein paar beruhigende Worte auf Spanisch.

Astrid schaute mich aus vom Weinen geröteten Augen an und erklärte kurz: »Marisol war stundenlang verschwunden. Ich hatte sie sich alleine ein Eis holen lassen, und sie kam nicht wieder. Ich dachte, ihr sei etwas Schlimmes zugestoßen …«

Diego legte den Arm um seine Frau und schilderte uns, was passiert war. Marisol hatte sich auf ihr Fahrrad geschwungen, um sich in ihrem Lieblingseiscafé in der Onkel-Tom-Straße zwei große Kugeln Haselnusseis zu holen. Sie hatte danach beschlossen, mit ihrem Eis ein wenig im Fischtal spazieren zu gehen, das Fahrrad hatte sie am Anfang des Tals gegen eine Bank gelehnt. Das machten sie und ihre Geschwister häufiger, wenn sie sich ein Eis geholt hatten. Sie liefen gewöhnlich bis zur Riemeisterstraße und drehten dann wieder um. Wenn sie Fahrrad fuhren, radelten sie meist bis zum Ende des Parks und dann wieder zurück. An jenem Nachmittag wollte Marisol nur ein bisschen durch das Tal spazieren, sie wusste ja, dass sich Mama sonst Sorgen machen würde. Sie ließ den Teich gerade hinter sich, als sie ein Wimmern hörte. Dem Geräusch folgend, kroch sie durch das Gebüsch, aus dem das Wimmern erklang. Dort, hinter einem Zaun, fand sie eine Katze, die sich eine blutende Wunde leckte. Sportlich, wie das Mädchen war, kletterte es über einen vor dem Grundstück stehenden Baum über den hohen Zaun, der das Grundstück und die darauf stehende Villa umgab, um sich um die Katze zu kümmern. Die Kleine klopfte an die Scheibe der Terrassentüren, doch niemand öffnete ihr. Auch auf den Nachbargrundstücken war niemand zu sehen. Sie befeuchtete den Saum ihres Sommerkleidchens am Gartenwasserhahn und versuchte, der Katze zu helfen. Die wehrte sich zunächst mit einem tiefen Kratzer auf Marisols linker Hand, ließ die Hilfe dann aber zu. Da Marisol nicht wusste, was sie tun sollte, die Katze aber auf keinen Fall alleine lassen wollte, blieb sie einfach dort sitzen, streichelte die Katze und erzählte ihr Märchen. Darüber hatte sie alles andere vergessen.

Ihre Familie war nach einer Stunde in großer Sorge, nach zwei Stunden in heller Aufregung, und als Jake und Pilar vermeldeten, dass sie das Fahrrad ihrer kleinen Schwester gefunden hatten, jedoch keine Spur von Marisol, machte sich panische Angst breit. Marisol, gänzlich vertieft in die Pflege des Kätzchens, hatte die Rufe ihrer Geschwister nicht gehört. Erst als diese noch einmal das Gelände absuchten, holten ihre Rufe Marisol in die Realität zurück, und sie antwortete. Jake hievte sie mitsamt Katzenbaby über den Zaun, während Pilar zu Hause anrief, um Entwarnung zu geben. Die ganze Familie hatte sich eine halbe Stunde später beim Tierarzt getroffen, der sich umgehend um die kleine Katze kümmerte.

Während Pilar ihr Handy mit einem Foto des süßen Wesens, dem sie den Namen Pfötchen gegeben hatten, herumgehen ließ, lächelte Diego. »Ich hätte mir einen Namen gewünscht, der leichter für mich auszusprechen ist. Aber vielleicht hört sie auch auf Patita, das bedeutet dasselbe, geht mir aber erheblich leichter von der Zunge. Wir haben danach eine Katzentoilette und das ganze Drumherum besorgt und haben nun ein neues Familienmitglied.«

Paps erhob erst sich und dann sein Glas Mineralwasser. »Na, dann auf Pfötchen! Und auf die Kinder! Und darauf, dass immer alles so glücklich ausgeht!«

Wir standen alle auf und prosteten einander zu.

Es wurde ein rauschendes Fest. Der Koch übertraf sich selbst an dem Abend. Das Essen war köstlich, der Wein trocken und sehr gut temperiert, und ich hatte die Menschen um mich herum, die mir am liebsten waren. Ich war glücklich. Ohne ein Wenn und ohne ein Aber.

Hanno Hecht

Ich verstehe überhaupt nicht, wie das alles passieren konnte. Wieso ich mich jetzt in dieser misslichen Lage befinde. Dass Trine – die ist und bleibt sie für mich, ich fange doch nicht nach fünfzehn Jahren an, meine Frau mit einem anderen Namen anzureden! – so kaltblütig agieren könnte, hätte ich nie für möglich gehalten. Das hätte ich ihr nie und nimmer zugetraut! Auch der Rückert nicht. Das war ja nun wirklich das Allerletzte, wie die mir in den Rücken gefallen ist! Da beschäftigt man eine alte Frau so lange, und das ist dann der Dank. Man wird hintergangen, und das Vertrauen wird schamlos missbraucht. Mutter hatte recht gehabt, wenn sie mir immer wieder einbleute, dass ich bei Frauen auf der Hut sein müsse. Die würden stets nur das Beste eines Mannes wollen, nämlich sein Geld. Das ist nun einmal mehr sehr deutlich geworden. Sie hatte mir damals auch zu einem Ehevertrag geraten. Aber die Trine, die war doch noch so jung damals. Ich war mir ganz sicher, dass es da keine Schwierigkeiten geben würde, und lange Jahre hat das mit ihr doch auch wirklich gut funktioniert. Ich meine, man weiß doch, dass eine Ehefrau am besten daheim bei ihren Kindern aufgehoben ist. Da kommt sie auch nicht auf dumme Gedanken. Dazu hat Mutter mir auch immer geraten. Bei Trine hat das lange Zeit gut hingehauen.

Ich hatte allerdings nicht damit gerechnet, dass ich mich so grässlich mit ihr langweilen würde. Und auch nicht, dass sie so aus dem Leim ginge. Ich bitte Sie, als Mann braucht man schließlich einen gewissen Anreiz! Außerdem war sie andauernd müde, das ist auch nicht sehr erotisch. Zugegeben, es gab mal hier und da einen Seitensprung, aber nichts Ernstes. Als Mann hat man nun einmal Bedürfnisse. Das hat mir meine Mutter schon früh erklärt: Es ist ganz in Ordnung, die woanders zu stillen, wenn die Frau ihrem Mann nicht mehr die Reize bietet.

Außerdem hat mir auch der intellektuelle Austausch gefehlt. Immer ging es nur um die Kinder oder das Haus oder den Garten. Oder ihre Bücher, diese Franzackenliteratur, ihre Faszination für Zola, diesen weltfremden Schwätzer. Meine Güte, merken denn diese Gluckenmütter nicht, wie langweilig das alles auf Dauer für uns Männer ist? Es kann doch nicht so schwierig sein, drei Kinder in der Schule zu haben und dann für ein bisschen Programm zu sorgen! Ich gehe auch jeden Tag gut zehn Stunden arbeiten und dann oft noch mit wichtigen Kontakten essen oder in eine Bar, ohne mich darüber zu beklagen oder ständig Müdigkeit vorzuschützen.

Trine hat alles gehabt, den Kindern hat es an nichts gemangelt. Mutter hatte ganz recht, als sie sagte, dass Trine sich nicht wundern müsse, dass ich in meiner Position eine Frau an meiner Seite brauche, die etwas her-

macht. Ja, und als dann die Dana vor mir stand bei ihrem Bewerbungsgespräch, da ist mir schon die Kinnlade runtergeklappt. Lange, schlanke Beine, schmale Taille und ein üppiger Busen, richtig prall unter dem knappen weißen Blüschen. Fachlich qualifiziert war sie auch, und ich kann Ihnen sagen, schon bei dem ersten Gespräch hat es ganz schön geknistert zwischen uns. Ich bin ja nun auch kein Mann, der sich verstecken muss. Die Kleine war ganz schön beeindruckt, als ich ihr meinen Werdegang schilderte. Mich hat das schon angemacht, als sie mich so angehimmelt hat mit ihren großen Kulleraugen …

Ich fand es auch klasse von ihr, dass sie sich sofort bereit erklärte, mir bei den Finanzen zu helfen, nachdem klar war, dass ich meine Frau verlassen würde. Ich müsste lügen, wenn ich das nicht auch sexy an ihr gefunden hätte. Diese Ruchlosigkeit. Die Dana hat mit keiner Wimper gezuckt, als ich ihr den Vorschlag machte, ihr Prokura zu geben, und sie in meine kleine Trickseréien mit dem Finanzamt einweihte, die unsere Gewinne in den letzten Jahren minimierten. Das lief auch alles einwandfrei. Die Trine kennt sich ja mit so was überhaupt nicht aus, die hatte doch keinen blassen Schimmer, auch ihr Anwalt wäre da nie dahintergekommen. Wie denn auch? Es wussten ja nur wenige Leute davon, und nur Dana, meine Sekretärin und ich hatten Zugang zu den Unterlagen.

Ja, wenn die Rückert nicht gewesen wäre, die alte Hexe! Ich fasse das immer noch nicht! Ich hätte die alte Schabracke entlassen sollen, als sie die fünfzig hinter sich gelassen hatte. Aber sie schien mir immer so ergeben, und sie war ja auch effizient. Und dann das! Nach all den Jahren! Dass die Dana mir dann auch noch in den Rücken fällt und als Prokuristin dafür sorgt, dass ich ohne Gehalt beurlaubt werde, bis der Vorwurf der Unterschlagung und des Betrugs geklärt ist, das ist hart, das kann ich Ihnen sagen. Da verstehe ich beinahe die Welt nicht mehr. Sie hat mich doch geliebt!

Mutter hatte eben recht: Frauen darf man nie trauen!

Nachdem ich an dem Abend, an dem unser aller Leben wieder in ruhiges Fahrwasser steuerte, meine drei Kinder geküsst und ins Bett gesteckt hatte, saß ich noch lange auf dem Balkon und dachte nach.

Was lähmt einen im Leben? Die Angst. Wenn man sich aber den jeweils schlimmsten Ausgang eines Geschehens vor Augen hält und der einem dann nach reiflicher Überlegung keine Angst mehr macht – denn nur in den wenigsten Ausnahmen befindet man sich in einer wirklich ausweglosen Lage – und wenn diese Angst somit beherrschbar wird, dann gibt es auch keinen Grund mehr, gelähmt zu sein.

Das Schlimmste, was mir hätte passieren können, wäre gewesen, die Kinder nur alle paar Wochen und in den Ferien sehen zu können. Aber sie wären gesund und versorgt gewesen. Und ich hätte sie weiterhin, wenn auch seltener, in die Arme nehmen können.

Als ich jetzt auf meinem Balkon saß, wurde mir zudem eines klar: Meine Kinder waren *meine* Kinder. Ich hatte sie großgezogen und sie maßgeblich geprägt. Von mir hatten sie Tischmanieren gelernt und die Fähigkeit, Recht von Unrecht zu unterscheiden, von mir hatten sie gelernt, sich für andere einzusetzen, die Hilfe brauchten, und nicht absichtlich auf Schnecken zu treten, und sie wussten, dass man älteren Leuten einen Platz in den öffentlichen Verkehrsmitteln anbot. Ich musste keine Angst haben, denn ich wusste doch, wie sie ihren Vater wahrnahmen, seit sie auf der Welt waren. Selbst wenn er das Sorgerecht bekommen hätte, hätte ich mir sicher sein können, dass das Gefühl, das uns seit Jahren, seit ihrer Geburt, verband, niemals vergehen würde. Dieses Band könnte niemals reißen! Warum hatte ich das vorher nicht sehen können?

Mit dem vorläufigen Ausgang des Verfahrens war mir jede Furcht genommen worden. Für einen kurzen Moment hatte ich gespürt, was hätte passieren können. Doch es war nicht passiert, und mir war klargeworden, dass nie das eintreten konnte, wovor ich mich so sehr gefürchtet hatte. Meine Kinder würden immer *meine* Kinder bleiben.

Ich hatte an diesem Abend auf meinem Balkon das Gefühl, mir stünde die ganze Welt offen. Mein Bouquinista war fertig, die Kinder blieben bei mir, Hanno bekam obendrein sein Fett weg, und Michael sollte zu einem festen Bestandteil meines Lebens werden. Paps ging es gut, meine Mutter war milde wie nie zuvor, und ich hatte in Astrid eine wahre Freundin gefunden. Ich hätte platzen können vor Freude, vor Erleichterung. Ich strotzte nur so vor ungebremster Motivation. Ich war mir sicher, dass mein Buchbistro ein Erfolg würde. Und ich fürchtete mich nicht mehr vor dem Scheitern. Würde ich keinen Erfolg haben, so müsste ich mir niemals vorwerfen, es nicht wenigstens versucht zu haben.

Wir haben doch alle, jede für sich, unsere eigene Geschichte, die uns zu der Frau macht, die wir sind. Diese Geschichte beansprucht aber zu keinem Zeitpunkt für sich, bereits zu Ende geschrieben zu sein. Dafür sind wir selber verantwortlich, denn wir sind die Autorinnen unserer Leben, unserer ganz eigenen Geschichten. Und die besten Geschichten sind immer jene mit den überraschenden Wendungen.

Ich strich mit der Hand durch die Lavendelpflanzen und genoss den Duft, den sie verströmten. Meiner Geschichte wollte ich jetzt eine klare Wendung geben. Ich griff nach meinem Handy und versandte eine SMS: *C'est maintenant ou jamais. Je t'attends ...*

Ich war mir sicher, dass Michaels Französisch das noch hergäbe: *Jetzt oder nie. Ich erwarte dich.*

Zwei Minuten später kam die Antwort: *En route!*

Ich muss Sie enttäuschen! Wie unglaublich großartig, atemberaubend und erregend diese Nacht wurde, werde ich für mich behalten. Dass wir alles sehr leise tun mussten, fügte dem Ganzen etwas Teenagerhaftes hinzu, das man nach vierzig nicht mehr oft erlebt, aber – glauben Sie mir! – sehr, sehr aufregend sein kann.

Die Kinder staunten nicht schlecht, als ihnen Michael dann am nächsten Morgen erschien. Ich fand ihn großartig, als er sich selbst vorstellte und mir damit jedwede Erklärung ersparte.

»Hi! Ich bin Michael. Ich bin sehr verschossen in eure Mutter und sie auch in mich, wie sie behauptet. Ihr habt jetzt schon so viel in einem Jahr durchmachen müssen, dass ich dachte, ihr könntet mal was Gutes vertragen.« Dabei grinste er sie schief an. Dann wandte er sich zu Vincent. »Ich habe gehört, du kickst gerne. Mein bester Freund ist mit Jérôme Boateng groß geworden. Der kennt die ganze Familie, und wenn du möchtest, könntest du mal mit ihm oder mit seinem Bruder kicken, wenn er in Berlin ist.«

Zehnjährige sind nicht doof, meiner jedenfalls nicht, dennoch sind sie leicht zu ködern, wenn man weiß, wie. Vincent jedenfalls staunte nicht schlecht, als er das hörte, und nickte nur begeistert.

Helene rollte mit den Augen. Michael schaute sie an. »Ja, ich versuche mich sehr bewusst einzuschleimen. Damit ich einen guten Start bei euch habe. Findest du das falsch?«

Meine Tochter schaute ihn an mit der Art von Blick, den nur Teenager draufhaben, wenn ihnen unerwartete Situationen begegnen. Ich verspürte den dringenden Wunsch, mich einzumischen, hielt mich aber zurück. Sie rollte noch einmal mit den Augen, blickte zu mir und grinste dann Michael sehr breit und, wie ich fand, sehr erwachsen an. »Schon ein bisschen. Was hast du denn noch zu bieten?«

Michael lachte und wuschelte Daniel durchs Haar, der sich das tatsächlich gefallen ließ. »Oh, ich habe mir durchaus den Kopf darüber zerbrochen. Ich habe mir gedacht, deinen kleinen Bruder hier sehr bald zu den Störtebeker-Festspielen auf Rügen einzuladen.«

Daniel löste sich von Michael, trat ein paar Schritte zurück und sah dann mich an. »Meint der Michael das ernst?!« Mein kleiner Piratenfan war hingerissen von der Idee.

Ich nickte bejahend. »Ja, sonst würde er das bestimmt nicht sagen ...«

Helene kniff die Augen zusammen. Meine Große wollte sich nicht so schnell vereinnahmen lassen wie ihre kleinen Brüder. Ich war betroffen von ihrem Misstrauen, das sie in diesem Moment reifer erscheinen ließ, als sie war.

Michael schaute mich an mit einem Blick, der »Sie hat doch recht!« zu sagen schien, und holte dann seinen Trumpf aus dem Ärmel. »Helene, du bist hier die Älteste, und ich weiß, dass du nicht so leicht zu überzeugen bist. Ich werde es dennoch versuchen. Ich habe Tickets fürs Handball-Champions-League-Finale in Köln im nächsten Jahr. Zwei. Also eines für dich und ein zweites für jemanden, den du mitnehmen kannst.« Er schaute mich an, als er weitersprach. »Da werden wir alle hinfliegen. Wir bringen am Abend Helene und ihre Begleitung zur Halle, und nach dem Spiel sammeln wir sie wieder ein. Am Sonntag nach dem Spiel schauen wir uns noch ein bisschen Köln an und fliegen am Abend wieder zurück. Nur am Rande erwähnt, Familie Alvarez freut sich ebenfalls schon auf ein Wochenende in Köln.«

Haben Sie Kinder im Teenageralter? Wenn ja, werden Sie den Quietschton hören können, den diese Ansage bei meiner Tochter auslöste. Wenn nicht, haben Sie sicher genug Phantasie, um ihn sich vorzustellen. Das Mädchen war hingerissen, ihrem Freund das bieten zu können. Denn natürlich war Michael smart genug, diesen Zusammenhang erkannt zu haben. Sie zögerte zwar noch einen Moment, doch dann warf sie sich Michael an den Hals, ganz kurz nur, löste sich und brach in einen kleinen Hip-Hop-Tanz aus. Zugegeben, meine Freude wurde durch diese Bewegung, die mir ein wenig zu sexy erschien, ein wenig geschmälert, doch Michael blieb sehr cool.

»Dann habe ich den Schleimpunkt auch bei dir eingesammelt?«

Helene quiekte gänzlich ungeniert und entgegnete, weiter hüpfend: »Aber so was von! Mama, wie cool ist der denn?«

Ich zog die Augenbrauen hoch und schaute Michael an. »Offensichtlich sehr.«

Michael legte seinen Arm um mich, gab mir einen Kuss auf die Wange und schaute meine Kinder an. »Ich möchte, dass ihr wisst, dass mir eure Mutter schon sehr, sehr lange viel bedeutet, egal, wie peinlich ihr das findet, und dass ich alles tun werde, um sie glücklich zu machen. Ich möchte auch, dass ihr wisst, dass ich weiß, dass das viel mit euch zu tun hat. Ich habe mir immer einen Sack voll Kinder gewünscht. Aber glaubt nicht etwa, dass ich immer so supernett sein werde!« Dann senkte er den Kopf, lachte kurz auf und schaute wieder in die Runde. »Aber erst mal werde ich mich sehr bemühen, weitere Schleimpunkte bei euch zu sammeln. Und bei eurer Mutter ...«

Der Kuss, den er mir dann gab, ließ mich tatsächlich weich in den Knien werden. Meine Jungs wandten sich angewidert ab, und Helene johlte ein *»Go, mum!«*, woraufhin Michael mich nach hinten beugte und theatralisch noch einmal küsste.

Natürlich musste ich lachen. Der Situation geschuldet. Und vor Glück. Vor reinem, unverfälschtem Glück, das in diesem Augenblick nichts schmälern konnte.

Das Gericht hatte schnell entschieden angesichts der drückenden Beweislage bezüglich der finanziellen Missetaten Hannos. Ich bekam bis auf weiteres das alleinige Sorgerecht zugesprochen, die Kinder würden bei mir bleiben, da Hanno nun eine Anklage wegen Veruntreuung von Firmengeldern und Steuerhinterziehung am Hals hatte. Es würde eine Weile dauern, bis die Gelder aus dem Ausland verfügbar wären. Stefan Starke würde eine ordentliche Summe verdienen. Ich selbst würde in jedem Fall den Kredit für das Bouquinista abzahlen können und hätte immer noch Rücklagen für die kommenden Jahre.

Mit großer Unterstützung der Kinder, die ihre letzten drei Ferientage dafür opferten, hatten wir am Ende der Woche vor der Eröffnung des Bouquinista die Flyer wie geplant verteilt. Ich hatte die sozialen Netzwerke durchkämmt und auf allen geeigneten Seiten Informationen zur Neueröffnung gepostet. Zudem hatte ich einhundert exklusive Einladungen verschickt, unter anderem an die Pressestelle der Französischen Botschaft in Berlin. »Klotzen, nicht kleckern«, so lautete das Motto.

Zum Eröffnungsabend waren auch alle Nachbarn

aus der unmittelbaren Umgebung eingeladen. Einerseits, damit sie sich nicht gestört fühlten, und andererseits, weil ich wollte, dass sie gelegentlich bei mir einkehrten. Ich wollte meine Nachbarn kennen. Hier war unser neues Zuhause. Ich wollte die Menschen um mich herum beim Namen nennen können, ich wollte sie grüßen, ihnen einen schönen Tag wünschen und bemerken, wie es ihnen ging. Astrid, Pilar, Jake und Helene hatten sich um die Dekoration gekümmert. Sie hatten Lampions angebracht, und das La Fontaine hatte uns freundlicherweise Stehtische sowie Bierbänke und -tische zur Verfügung gestellt.

Ich war den ganzen Tag mit den Vorbereitungen des Caterings beschäftigt, wobei mich meine Mutter tatkräftig unterstützte. Paps hatte es sich auf dem Sofa bequem gemacht und genoss das Treiben um sich herum. Als wir die Musik etwas leiser machten, gönnte er sich ein Nickerchen. Am frühen Nachmittag stieß Astrid zu uns, und die Runde wurde sehr fröhlich.

Meine Mutter war kaum wiederzuerkennen. Sie plauderte mit Astrid, als würden sie sich schon viele Jahren kennen. Nachdem wir das letzte Backblech in den Ofen geschoben hatten, öffnete sie eine Flasche teuren Champagners, den sie am Nachmittag in den Kühlschrank gelegt hatte, und prostete Astrid und mir zu. »Auf Neuanfänge! Dir, Caterina Germaine Maria Valentina, wünsche ich alles Glück der Welt und viel Erfolg mit dem Bouquinista!« Meine Mutter beobachtete mich ganz genau, als ich das Bouquet einatmete.

Ich hatte die Flasche nicht gesehen, doch ich wusste sofort, um welchen Champagner es sich handelte. »Mama! Die gute alte Eugenie! Ich wusste gar nicht, dass ihr davon noch eine Flasche hattet!«

Die Champagnermarke Veuve Eugénie Bézard war eine meiner ganz großen Favoriten. Durch den hohen Anteil an Pinot-Meunier-Trauben konnte man einen Hauch von Mandeln erschmecken. Zugegeben, leichter fiel einem das, wenn man es im Vorhinein wusste. Aber mein Gaumen war geschult, und dieser Champagner kam bei mir noch vor Bollinger oder der alten Witwe Clicquot.

Meine Mutter erhob erneut ihr Glas. »Na, wenn das nicht der richtige Anlass für so einen Tropfen ist, weiß ich nicht, wann man ihn sonst aus dem Keller holen soll.« Sie prostete Astrid zu. »Und wenn Sie möchten, biete ich Ihnen jetzt das Du an. Ich bin Gerda.«

»Sehr gerne, Gerda! Ich heiße Astrid.« Dann stieß sie mit mir an. »Das wird super nachher, Catia. Mach dir keine Sorgen! Diego und Jake haben sich darum gekümmert, dass wir für den unwahrscheinlichen Fall, dass es regnet, ganz schnell Planen hochziehen können.«

Mein Handy summte in meiner Tasche. Wie immer dauerte es einen Moment, bis ich es in den Tiefen meines großen Bastshoppers fand. Darum hatte ich die Mailboxfunktion auch deaktiviert, mein Handy klingelte so lange, bis ich es entweder fand oder der Anrufer aufgab. Ich hatte eine SMS von Quinn erhalten: *Full moon and empty arms ... Bitte komm kurz zur Eiche, es ist wichtig! Q.*

Ein Lied über eine enttäuschte Liebe. Ich ginge ihn

wohl besser treffen. Ich entschuldigte mich kurz bei meiner Mutter und Astrid, die sich munter von dem guten Champagner nachschenkten.

Quinn wartete auf der Bank unter der alten Eiche an der großen Kreuzung. Er sah müde aus und stand auf, als ich auf ihn zukam. Um uns herum tummelte sich das Zehlendorfer Leben, es war alles andere als ruhig. Quinn deutete keine Umarmung zur Begrüßung an, seine Körpersprache hielt mich auf Abstand.

Ich sah ihn fragend an. »Was ist denn los, Quinn? Du hättest ruhig in den Laden kommen können. Es ist so viel passiert: Ich habe den Sorgerechtsstreit gewonnen und das alleinige Sorgerecht zugesprochen bekommen! Das Gericht hat eine unmittelbare Überprüfung der Finanzen von Hanno angeordnet und mir in Aussicht gestellt, die Gelder aus dem Ausland zurückholen zu können. Ich kann das noch gar nicht fassen. Ich werde keine Darlehen brauchen für den Laden ...«

Der Ausdruck in seinem Gesicht ließ mich schweigen. Er lächelte traurig. »Das freut mich für dich, Catia.«

Er hatte etwas auf dem Herzen, also blieb ich still.

»Ich werde wieder nach Irland gehen. Aileen geht es nicht gut, sie ist sehr krank und braucht mich dort. Bevor ich gehe, möchte ich dir etwas erklären. Ich hätte es dir schon vor sechzehn Jahren erklären müssen.«

Ich schluckte, denn ich wusste, dass wir ein zweites Mal voneinander Abschied nehmen würden.

»Aileen und ich hatten dasselbe Problem wie du und ich. Erst wollte sie keine Kinder, sie war ganz auf ihre

Karriere fokussiert. Doch mit dreißig änderte sie ihre Meinung und setzte mich immer mehr unter Druck. Irgendwann stritten wir nur noch. Ich weiß, dass ich falsch reagiert habe, aber ich konnte es schon dir damals nicht erklären, und als ich es Aileen dann sagte, war sie wütend und fühlte sich hintergangen. Zu recht, nehme ich an.« Er seufzte und fuhr sich durchs Haar. »Ich bin seit meiner Kindheit zeugungsunfähig. Ich hatte Mumps, und das hatte Folgen. Ich habe es nie wahrhaben wollen, habe einfach nicht drüber nachgedacht. Anfangs spielte es auch keine Rolle, aber dann kamst du, und ich brach in Panik aus, als du plötzlich ein Baby wolltest. Ich wusste, das wäre das Ende. Also beschloss ich, nichts zu sagen und dich lieber von selbst gehen zu lassen.« Er schüttelte den Kopf. »Was war ich für ein Idiot! Es war mir so unangenehm. Ich fühlte mich wie ein halber Mann. Ich wusste, ich würde dich enttäuschen. Da zog ich es vor, dich wütend auf mich zu machen.«

Ich war wie vom Donner gerührt. Ich hörte ihn, aber es dauerte einige Momente, bis ich auch begriff, was er mir da gestand. *Das* war es gewesen? Er hatte es »vorgezogen, mich wütend zu machen«, anstatt ehrlich mir gegenüber zu sein? Ich erinnerte mich an den Tag, als wäre es gestern gewesen. Dieser Tag hatte mein weiteres Leben geprägt, hatte die Weichen gestellt für die Strecke, auf der ich mich letztlich gegen die Wand gefahren hatte. Ich konnte noch immer das nackte Entsetzen spüren, das ich an jenem Tag empfunden hatte. Quinn hatte sich jede Auseinandersetzung erspart. Er hatte mich ausgeblendet.

Meine Gefühle fuhren Achterbahn in diesem Moment, ähnlich wie in einem Krautrock-Kracher, der zunächst ganz melodiös beginnt, bis er dann in dieses anstrengende Gitarrensologeschrammel mündet, bevor er wieder einigermaßen sanft ausgleitet. Das schien dem männlichen Habitus zu entsprechen, wie er mir bislang begegnet war – schöner Anfang, in der Mitte geht es schief, und dann verpufft alles irgendwie. Ich befand mich gerade in dem Teil mit dem Geschrammel. Die Gedanken, die mir durch den Kopf schossen, waren Gedanken des Bedauerns, des Verrats, der Bedeutungslosigkeit, der Enttäuschung, des Verlusts einer großen Chance. Die Schrammelband in meinem Hinterkopf war bei dem Crescendo im schlimmen Teil angelangt, und ich wusste, wenn ich den Stecker nicht bald zöge, ginge sie in eine Endlosschleife, die sich so anhörte, als wäre die Nadel in der Rille hängengeblieben, und es würde keinen soften Ausklang geben.

Ich schüttelte den Kopf und machte eine abwehrende Handbewegung. »Quinn, du hast es ›vorgezogen, mich wütend zu machen‹? Wirkte ich damals *wütend* auf dich? Ich habe geweint, ich war verzweifelt. Ich liebte dich sehr, ich wollte mit dir leben, mein Leben mit dir teilen. Ich weiß nicht, was ich getan hätte, wenn du mir gesagt hättest, dass du keine Kinder bekommen kannst. Vielleicht wären wir nicht zusammen geblieben. Vielleicht hätten wir ein Kind adoptiert. Oder drei. Das werden wir jetzt aber nie erfahren.«

»Catia, ich weiß, ich ...«

Ich unterbrach ihn. »Nein, du weißt nicht! Du weißt

gar nichts! Du hattest kein Vertrauen. Nicht in mich, nicht in dich selbst und erst recht nicht in uns!«

Er hatte es vorgezogen, mir so viel Leid zuzumuten, nur weil er nicht zugeben wollte, zeugungsunfähig zu sein?

Gänzlich unerwartet verflog mein Ärger genauso schnell, wie er gekommen war. Ich hatte drei wunderbare Kinder, die ich sonst nicht hätte. Ich war hingerissen von Michael. Was wollte ich denn von Quinn? Warum sollte ich ihm denn so viele Jahre später noch ernsthaft etwas übelnehmen? Ich hatte selbst auch keine Aussprache gesucht und sein Schweigen hingenommen. Es gehörten immer zwei dazu, *il faut être deux pour danser le tango.* Ich ging einen Schritt auf Quinn zu und legte meine Hand auf seine Wange. »Ich kann es dir nicht einmal mehr verübeln, denn ich habe auch nicht das Gespräch gesucht damals. Dein Schweigen und die Dinge, die du zu mir sagtest, das alles kam mir so endgültig vor. Ich habe uns auch hängenlassen, Quinn. Ich hätte wissen müssen, dass das nicht du warst, dass dein Verhalten einen Grund hatte.«

Er küsste die Innenfläche meiner Hand und sah mich traurig an. »*Das bittersüße Glück.*« Ein letztes Lied der Valente. Er lachte kurz und ohne dass das Lächeln seine Augen erreichte. »Ich werde dich wieder vermissen, Catia!«

Ich stellte mich auf die Zehenspitzen, umarmte ihn und sagte mit erstickter Stimme: »Ich weiß. Ich dich auch. Aber es wird nicht wieder so weh tun, denn es ist jetzt anders.«

Quinn küsste mich ins Haar, umarmte mich und ging dann, ohne sich noch einmal umzudrehen. Ich blickte ihm nach und sah meine Vergangenheit bei jedem Meter, den er nahm, in weitere Ferne rücken. Es war gut. Es war gut so, wie es jetzt war.

Als er nicht mehr zu sehen war, ging ich zurück in den Hinterhof meines Ladens. Und meines Zuhauses. Es war kurz vor achtzehn Uhr, die ersten Gäste waren bereits eingetroffen. Astrid und meine Mutter öffneten Flaschen und schenkten Wein oder Sekt in Gläser. Diego und Pilar hatten ein gemeinsames Glas vor sich, Jake und Helene hatten ein halbes Glas bekommen, die drei Kurzen hatten Apfelschorle in Sektgläsern. Als ich den Hof betrat, stimmten alle das Geburtstagslied im Kanon an: meine Mutter auf Deutsch, Diego und Pilar auf Spanisch, Jake und Helene auf Englisch und Astrid und der Apfelschorlenchor auf Französisch: »*Zum Geburtstag viel Glück – Happy birthday to you – Cumpleaños feliz – Joyeux anniversaire.*« Ich war zu Tränen gerührt.

Dann stupste Astrid mich an und gebot mir, mich umzudrehen. Michael kam durch die Zufahrt auf mich zu. Er schleppte einen großen, wunderschönen weißen Keramiktopf mit Lavendel. Er stellte den Topf ab und zog ein kleines Etui aus seiner Hosentasche, das er mir überreichte. Er gab mir einen Kuss auf den Mund und gratulierte mir zum Geburtstag.

»Bonne anniversaire, chère Catia!« Seine Aussprache war miserabel wie eh. Ich öffnete das Etui und sah ihn verdutzt an. Es war ein Schlüssel.

Michael zog mich an sich und raunte mir zu: »Mein

Hausschlüssel, Catia. Du und die Kinder, ihr könnt kommen und gehen, wann ihr wollt. Ich werde mich jedes Mal freuen, euch zu sehen!« Er drückte mich fester und sagte mit heiserer Stimme in mein Ohr: »Ganz besonders dich, so wie neulich Nacht ...«

Dann gab er Jake ein Zeichen, der an der Anlage stand, und zum ersten Mal hörte ich das Lied wahrhaft gerne. Meine drei Kinder, Astrid und ihre Familie, meine Eltern, Herr Meyerbeck, Frau Rückert sowie alle anderen Anwesenden, die das Lied erkannten, sangen lautstark mit, diesmal gar nicht atonal: *Ganz Paris träumt von der Liebe ...*

Michael überließ das Singen den anderen, nahm meine Hand und stellte beeindruckend unter Beweis, dass sich die Stunden in der Tanzschule Keller gelohnt hatten. Er drehte mich gekonnt und zog mich dann an sich, um mich durch den Slowfox zu führen.

Ich musste lachen, aber nur ein bisschen, denn alles war so gelungen kitschig. Dann genoss ich einfach den Tanz und Michaels Nähe und mein wunderbares neues Leben.

Merci Mille Fois

Jedes Buch ist für seinen Autor/seine Autorin etwas Besonderes, mir geht es da nicht anders. Ich trat vor drei Jahren an, um Krimis zu schreiben, und freue mich umso mehr über das Vertrauen, das mein Verlag in mich setzt, indem er mir auch das Genre dieses Buches zutraut.

Mein erstes großes *Merci bien* geht daher an Dr. Norbert Jaron, Jennifer Hambitzer, Friederike Edner und Katja Liebermann vom Jaron Verlag, die mich beim Schreiben unterstützten, dieses Buch wieder so schön gestaltet haben und für den reibungslosen Ablauf des ganzen Drumherums sorgen. Die Geschichte ist wie immer frei erfunden, etwaige Fehler sind meine eigenen, in manchem ist die Lebensrealität weniger einfach, als sie in meinem Roman erscheint. Sorgerechtsverhandlungen laufen natürlich nicht genau so ab wie hier geschildert.

Merci et bisous für Unterstützung auf mannigfaltigste Art: Renate Barsikow, Monika König, »Tante« Ute Schröder, Maike Ulrich, Kiki Wannicke, Alix Kloht sowie Markus Linde/thag's agent und ganz besonders an meine Mutter, Margot Schulz, die stets einspringt, wenn es nötig ist.

Das ultimative *Merci* geht wie immer an Eric und Maarten, *les étoiles dans ma potage aux nouilles. Je vous aime.*

Ebenfalls im Jaron Verlag erschienen:

288 Seiten, ISBN 978-3-89773-738-9, **€ 9,95**

Die selbstbewusste Lea Storm mit ihrem Faible für gutes Essen und schottische Whiskys und der kantige Kommissar Glander stehen im Mittelpunkt eines knisternden Gegenwartsromans, mit dem Beate Vera ein ganz neues Spannungsgenre kreiert: den Provinzkrimi aus Berlin.

Ebenfalls im Jaron Verlag erschienen:

320 Seiten, ISBN 978-3-89773-770-9, **€ 9,95**

Auch Beate Veras zweiter Berliner Provinzkrimi lebt von den menschlichen Abgründen hinter der Stadtrandidylle. Exkommissar Martin Glander und seine Kollegin Merve Celik gründen eine private Ermittlungsagentur. Gleich der erste Auftrag scheint das Team zu überfordern.

Ebenfalls im Jaron Verlag erschienen:

240 Seiten, ISBN 978-3-89773-726-6, **€ 8,95**

In diesem Buch präsentieren die Mitglieder des Berliner Verbandes deutscher Schriftsteller (VS) ihre skurrilsten und absurdesten, ihre »schrägsten« Geschichten. Die 30 Beiträge zeigen: Zwischen Normalität und Absurdität besteht oft nur ein schmaler Grad.